어린이문학 만세

김서정 평론집

어린이문학 만세

초판 1쇄 발행/2003년 6월 10일

지은이/김서정
펴낸이/신형건
펴낸곳/도서출판 **푸른책들**

기획·편집/김민령, 김진주, 여은영
디자인/박혜정
마케팅/이창섭, 이진명
관리/최 찬, 최윤미, 최승호

출판등록/1998. 10. 20. 제22-1436호
주소/서울 서초구 서초동 1590-13 용강 빌딩 2층 (우)137-876
전화/02-522-1968(편집) 02-581-0334~5(마케팅) 팩시밀리/02-582-0648
E-mail/iprbooks@iprbooks.co.kr
www.iprbooks.co.kr/www.adongmunhak.com

ⓒ 김서정, 2003

값 9,000원

ISBN 89-88578-92-9   03800

어린이문학 만세

김서정 평론집

푸른책들

머리말

　지난 오륙 년 사이에 쓴 글들을 묶어 평론집으로 만든다. 미숙한 글도 많고, 어린이문학을 둘러싼 환경이 하도 급속히 바뀌는 통에 이미 시의를 넘긴 글들도 꽤 있다. 그래도 '그때 그 시절'에 대한 기록으로 의의 있다고 스스로를 달래면서 그냥 내놓기로 한다. 아무래도 멋쩍고 부끄럽다.

　그래도 한편으로는 참 신이 난다. 그 사이 어린이문학의 위상도, 어린이문학과 그 종사자들에 대한 대접도 많이 달라졌고, 덕분에 이런 두서 없는 독후감 모음도 평론집이라는 이름 아래 내놓을 수 있을 정도가 되었기 때문이다. 도대체 읽을 만한 동화책이 없다고 볼멘소리를 하던 게 엊그제 같은데 지금은 멋진 동화책, 그림책들이 쏟아져 나와서 정신 바짝 차리지 않으면 흐름을 놓치기가 십상이다. 어린이문학의 호황에 따르는 부작용에 대한 우려의 목소리도 높은데, 그런 면이 있는 것도 사실이지만 나는 그다지 걱정하지 않는다. 어린이문학 작가와 독자와 편집자 모두 스스로 정화시키고 발전시킬 능력이 충분히 있다고 생각하기 때문이다. 저 먼 주변부에서, 저 낮은 발치에서 서성거리기만 하던 어린이문학이 이제는 우리 사회 문화와 문학의 당당한 일원으로 제 몫을 충분히 해 나갈 실력을 쌓을 수 있다고 생각하기 때문이다. 어린이문학은 이제 독립 선언을 준비해도 좋을 것이다.

그 동안 이 글들을 쓸 수 있도록 멍석을 깔아 준(!) 여러 매체에 감사한다. 그곳에서 지면을 마련해 주고 원고 독촉을 해 주지 않았다면 평론집을 언감생심 엄두나 냈겠는가. 웹진 '열린어린이'와 잡지 〈베스트셀러〉, 〈아침햇살〉에 진 신세가 특히 크다. 출판사는 평론집만 안 내면 망하지는 않는다는 우스갯소리도 있는데, 그런 평론집을 덜컥 내 준 푸른책들이 고맙기도 하고 걱정스럽기도 하다. 이 걱정이 그야말로 공연한 걱정으로 끝났으면 좋겠다.

2003년 5월
김 서 정

차 례

4부 : 어린이문학과 동물

1부
어린이문학 동네, 그 가운데에서

1. 어린이문학과 나

1. 하필이면 어린이문학?

요새는 워낙 어린이문학이 호황이라 그런 일이 거의 없지만, 삼사 년 전까지만 해도 어떻게 어린이문학을 하게 되었느냐는 질문을 가끔 받았다. 많은 경우, '어떻게'와 '어린이문학' 사이에 '하필이면'이 은근히 숨어 있다는 느낌이 드는 것을 어쩔 수가 없었다. 문예창작과를 나왔으면으레 시인이나 소설가 아니면 평론가를 목표로 삼았을 것 아닌가, 유치원이나 초등 학교 교사인 것도 아니고, 무슨 아동학 계통의 공부를 한 것도 아니고, 애엄마인 것도 아니면서 어떻게 동화를 쓰게 되었는지, 신기하다고나 할까 딱하다고나 할까, 그런 눈치들이었다. 어린이문학에 대한 뿌리 깊은 오해, 너무나 뿌리 깊어서 오해인 줄도 모르는 오해에서 나오는 편견이었다. 그런 편견이 불과 삼사 년 사이에 희미해지고 어린이문학에 대한 시야가 넓어진 것을 보면 어리둥절할 지경이다. 정확한 통계는 아니겠지만, 듣자 하니 문예창작과 학생들 반수 이상이 동화작가를 꿈꾸는 분위기가 조성될 정도라니까.

그러나 어린이문학 작품 자체가 창작되고 평가받는 기준은 그때와 비교해서 그다지 큰 변화를 보이는 것 같지 않다. 말하자면 아직도 편견이 상당히 남아 있다는 것이다. 무엇보다도 동화를 아이들에게 뭔가를 가르치는 도구로 삼으려는 의도가, 말로는 아니라고 하면서도 어린이문학을 쓰고 읽는 사람들 마음 밑바닥에 끈질기게 살아 있다. 이렇게 쓰고 있는 나도 그런 경향을 가끔 내 안에서 발견하고는 낙망할 때가 많다. 이런 편견을 없애고 어린이문학을 더 넓게 더 깊이, 문학으로서 진지하게 들여다보는 시각을 키우도록 부단히 공부해야 하겠다는 생각이 늘 든다. 그래서 나는 우선 어린이문학에 대한 나 자신의 시각부터 정리해 보려고 한다.

명색이 문예창작과 출신치고 어려서 책벌레 소리 안 들어 본 사람이 없겠지만, 나도 그랬다. 밥상머리에서도 책을 들고 있다가 빼앗기기 일쑤였다. 책 비슷하게 생긴 물건은 닥치는 대로 집어들었는데, 초등 학교 6학년 때 집에 있던 한국 단편문학전집을 별로 재미없어하면서도 읽어 치운 기억, 중학교 1학년 때 도스토예프스키를 읽던 기억이 특히 생생하다. 쪼그리고 앉아 『백치』의 페이지를 넘기고 있는 꼴을 본 외삼촌이, 너 그거 무슨 소린지나 알고 읽는 거냐고 물었는데, 물론 무슨 소린지 알 리가 없었다. 다만 뭔지 몹시 시끄럽다는 인상이 강했을 뿐이었다. (나중에 보니까 바흐친이 도스토예프스키의 소설을 '다성부'라는 용어로 설명하고 있었다. 그러니까 결국 그게 시끄러운 소설이라는 소리 아니겠어? 하면서 나는 어린 시절 나의 그 뛰어났던 비평적 독서 능력에 스스로 감탄했었다.)

그러나 불행히도(혹은 다행히도?) 나의 그 조숙한 독서 행태는 그 정도로 끝났고, 이후로는 오히려 퇴행의 길이 시작되었다. 지금도 내 책장에 모셔져 있는 헤밍웨이, 앙드레 지드, 서머셋 모옴 전집, 을유문화사의 세계문학전집 같은 것들은 내게 그다지 큰 영향을 주지 않았다. 오히려 나를 가장 강력하게 사로잡았던 것은, 초등 학생인 사촌 동생과 함께 뒤늦게 읽은 안데르센 동화였다. 특히 「모든 것이 제자리에」라는 단편. 어느 호화로운 성의 연회장에 높은 사람들이 뻐기며 모여 있다. 그런데 누군가가 마술 피리를 불자 회오리바람이 일어나면서 그들을 자기가 원래 있어야 할 자리로 되돌려 보낸다는 것이다. 남작은 닭장 지붕 위로 가서 떨어지고 부유한 상인은 시궁창에 처박힌다. 가난한 가정교사는 아름다운 남작의 딸과 함께 상석에 올라앉는다.

「모든 것이 제자리에」는 인생의 부조리와 모순, 천박한 인간의 위선에 대해 그토록 신랄하면서도 유쾌하게 빈정대면서, 그와 동시에 가난한 시인인 작가 자신의 세속적 욕망도 은근히 솔직하게 드러내는, 짧지만 상당히 복합적이고 정교한 구조와 숨은 뜻을 가진 이야기이다. 하지만 이런 분석은 지금에 와서의 생각이고, 그 이야기를 읽던 당시에는 폭풍에 날려 닭장이나 시궁창에 가서 처박히는 뚱뚱한 귀족, 상인 들의 영상이 너무나 통쾌하게 떠올랐을 뿐이다.

불멸의 영혼(왕자와의 사랑 이전에)에 대한 인어공주의 갈망, 성냥팔이 소녀가 보여 주는 '동화답지 않은' 비극적이고 절망적인 세계관, 물한 방울 안에서 사는 세균들을 통해 인간 군상들의 적나라한 모습을 그려내는 그 현미경적인 시선 등, 안데르센의 동화 세계는 참으로 다채로운 것이었고, 그 깊이와 높이에 있어서 어떤 위대한 '어른 문학' 작품과도 당당히 견줄 수 있는 것이었다. 그와 함께 나는 엘리노어 퍼전의 물흐르는 듯 유려하고 아름다운 문체, 루이스 캐럴의 그 현란한 말장난 솜씨에 매료되었다. 이 세 작가는 내 동화 수업의 주요 스승이었다.

　문예창작과에 동화 전공은 없었다. 전공은커녕 어린이문학에 관련된 수업 한 과목도 없었다. 네 학년 전체를 통틀어 동화에 관심을 갖는 학생도 하나 없었다. 시나 소설에 별 흥미를 느끼지 못한 채 1년을 보내던 겨울, 나는 버스 안에서 첫눈을 보았다. 그 광경을 유심히 지켜보면서, 눈송이들이 일사불란하게 수직으로 떨어지는 것이 아니라 옆으로도 내달리고 위로 다시 올라가기도 하면서 춤추듯 각자 내려온다는 사실을 나는 그때 비로소 알게 되었다. 마치 학교가 파한 뒤 운동장으로, 교문 밖으로 달려나오는 아이들 같다, 저 눈송이 하나하나가 나에게 뭔가 이야기를 하고 싶어하는 것 같다는 생각이 들었는데, 안데르센의 동화 중 한 시인이 자기 원고를 벽난로의 불 속으로 연달아 밀어넣으면서 묘사했던 정경이 내게 그런 연상을 부지중 불러일으켰을 것이다. 그 연상을 살려 쓴 동화 「눈 아이들」을 어느 신문 신춘문예에 보냈는데, 당선은 안 됐지만 심사평에 잠시 언급된 덕분에 나는 문예창작과에서 동화 쓰는 별종으로 낙인 찍히게 되었다. (96년 가을 아이오와 대학의 국제창작프로그램에 참가했을 때, 어떻게 동화를 쓰기 시작했느냐는 질문을 받고 이 이야기를 하자 러시아 소설가가 심각한 얼굴로 말했다. "헤이, 김, 무슨 말인지 알겠는데, 러시아에서는 눈송이들이 하는 말 일일이 다 들어 주다가는 미친다!" 러시아가 아닌 한국에서 동화작가가 된 게 참 다행이다.)

2. 어린이문학은 문학이다

나는 그렇게 동화를 쓰기 시작했다. 지금 생각해도 다행인 것은 내가 아동학이나 유아교육 관련 공부를 하지 않았기 때문에 습작 초기에 '어린이'에 얽매이지 않고 동화를 읽고 쓸 수 있었다는 사실이다. 물론 어린이문학은 '어린이' 문학이기 때문에 어린이에 대한 이해와 공감이 필수적이지만, 어린이를 위한, 어린이다움에 의한 글이어야 한다는 것이 첫째 조건인 것은 아니다. 동화나 동시 공모 당선 소감에서 "어린이들의 순수한 동심을 지키는 글을 쓰기 위해 노력하겠다"는 요지의 말을 듣거나 읽을 때면 나는 심경이 편치 않다. 어린이의 마음이라는 것이 절대로 '순수'하기만 한 것은 아니다, 문학의 목적이 (있지도 않은) 순수를 지키기 위한 것은 아니다, 무엇보다도 문학을 어떤 특정 독자층의 기호와 이익에 부합시키려는 의도를 가장 먼저 전면에 내세우는 자세는 그야말로 순수하지 못하다, 아무리 어린이를 위한 문학이더라도 문학에서는 작가 자신의 자기 표현이 알파요 오메가이다, 라는 것이 내 평소의 믿음이기 때문이다. 말하자면 어린이문학은 어린이의 심성을 정화시키고 도덕심을 고취시키고 민족 정서를 전수하고 지식을 전달하는 교육의 수단으로서가 아니라, 작가의 세계관과 인간관이 구체적인 작품 안에서 질서 있고 밀도 높게, 그리고 아름답게 형상화되는 문학작품으로서 우선 인식되고 평가되어야 한다는 것이다.

그러나 17세기경 아동기라는 개념이 생기면서, 그 아동기 아이들을 교육시키고 그들의 욕구를 충족시키기 위한 도구로서 함께 생겨난 어린이문학에는 교육적, 교훈적 성격이 두드러질 수밖에 없었다. 서구의 어린이문학은 19세기부터 작품으로는 그 한계를 극복하기 시작했지만 연구와 비평 분야에서는 어린이문학을 문학으로 보자는 움직임이 1980년대 이후에야 활발해졌다. 일제 침략에서 우리 민족을 지키고 계몽하자는 의도에서 비롯된 우리의 어린이문학 역시 계몽적, 교훈적 성격을 띠게 된 것이 당연한 노릇인데, 그 극복의 필요성은 일찍부터 제기되어 왔지만 지금까지도 성과는 미미해 보인다.

대부분의 동화 작가는 여전히 자신이 쓰는 동화가 아이들에게 세상에 대한 희망, 우정, 사랑 같은 긍정적인 지침을 마련해 주어야 한다는 강박관념을 가지고 있다. "……작가들이 동화를 쓰면서 아이들에게 자꾸만 어떤 세계관을 심어 주려는 의욕이 너무 지나치다 보니 이렇게 관념적인 말을 많이 쓰게" 되고, 그래서 "아이들의 아직 성숙하지 않은 세계관 속에서는 단지 공허한 말로만 들릴" 것이다, "어떤 교훈적인 가치관이든지

간에 아이들이 받아들이기 힘든 것을 자꾸 억지로 주려다 보면 문제가 생길 수밖에 없다"고 강조하는 한 비평가도 같은 책에서 다른 작품을 언급하면서는, "조금은 관념적인 이러한 (…) 카프동화들이 이런 단순한 이야기 구조를 가지고 있기 때문에 너무 도식적이라는 비판을 면하기는 힘들 것"이라면서도 "동화가 이렇게 그 시대의 어둠을 몰아내는 가장 첨예한 표현 양식으로 쓰여질 수 있다는 사실만은 아주 통쾌하면서 바람직하게 느껴진다"[1]고 말한다. 동화가 어떤 가치관의 도구 역할을 충실히 할 수 있다면 문학적 결함이 있더라도 바람직한 작품으로 평가할 수 있다는 것이다.

물론 문학이 독자의 가치관 형성에 큰 영향을 미칠 수 있다는 사실은 부인할 수 없으며, 그것은 문학이 갖는 보람이자 사명일 수 있다. 특히 유아기, 아동기, 청소년기처럼 인격과 가치관과 정서가 형성되어 가는 시기에 문학의 역할의 중요성은 새삼 강조할 필요도 없을 것이다. 교육학자도, 심리학자도, 동화작가도 그래서 동화를 통해 아이들의 올바른 인격 형성에 한몫 하고 싶다는 유혹을 뿌리치지 못한다. 그러나 도덕적이고 윤리적인 덕목들을 소리높이 외친다고 해서 아이들에게 긍정적인 영향을 미치는 좋은 동화가 되는 것은 아니다. 중요한 것은, 그것이 참된 예술로서의 문학작품이어야 한다는 것이다. 전래동화가 어린이들의 정신적 독립과 도덕적 성숙, 내적 성장에 얼마나 큰 기여를 하는지를 연구

---

1) 이재복의 『우리 동화 바로 읽기』 중에서 밑줄 필자

한 브루노 베텔하임도 한 가지 전제 조건을 내세운다. 그 전래동화가 "문학적 특질"을 갖추고 있어야 한다는 것, 즉 "예술작품"이어야 한다는 것이다. "만약 전래동화가 예술작품이 아니라면 어린이에게 그런 심리적 공헌을 할 수 없을 것"이라는 게 베텔하임의 주장이다.[2] '전래동화'의 자리에 그냥 '동화'를 가져다 놓아도 말은 마찬가지이다.

문학작품으로서의 동화의 특질은 어른 문학작품의 그것과 다를 것이 없다. 문학이란 무엇인가, 좋은 문학이란 어때야 하는가를 말하려면 지금까지의 문학사를 통틀어 그 많은 작가와 작품들이 무엇을 어떻게 말하고 있는지를 다 살펴도 모자라겠지만, 간단히 짚고 넘어가자. 그 잣대에는 국어 시간에 귀에 못이 박이도록 들어온 주제, 인물, 배경, 문체 같은 기본적 요소에서부터 절제, 생략, 비약, 함축, 상징, 은유, 패러디 같은 온갖 문학적 장치들이 다 포함되어 있다. 어린이를 위한 글이라는 명분은 그런 장치들의 허술함, 아예 없음을 정당화시켜 주는 면죄부가 아니다. 그런 문학으로서의 성취도를 보여 준 이후에 '어린이' 문학으로서의 특수성은 '어린이'라는 대상의 특성과 더불어 비로소 논의될 수 있다. 그래야만 어린이문학의 열등성으로 여겨져 왔던 구성의 단순함, 인물의 전형성, 제한된 어휘, 서사중심성, 평면성 같은 요소들이 그 정당한 자리매김을 받을 수 있을 것이다.

---

2) 브루노 베텔하임의 『옛이야기의 매력 1』 중에서

3. 동화의 환상성과 현실성

동화가 문학의 한 장르로 자리잡은 때는 18세기 후반 독일 낭만주의 시대였다. 낭만주의는, 문학을 철학이나 수사학과 관련시키고, 인간 정신을 계몽시키는 이성의 도구로 사용했던 전 시대 계몽주의에 반발하여 문학 그 자체의 독자성을 주장하였다. 낭만주의 작가나 이론가는 "삶과 사회를 시화(詩化)"할 것을 꾀하면서 그 방법으로 환상과 동경, 도취 같은, 오늘날 우리가 낭만성이라고 부르는 요소들을 도입하였다. 그러면서 그들은 눈에 보이는 현상 뒤에 숨겨져 있는 본질적인 세계, 이 세계에 대해 이미 내려져 있는 해석을 뛰어넘는 새로운 해석을 발견하고자 했고, 그것은 오늘날 우리가 당연히 받아들이는 문학의 가장 본질적인 요소, 즉 '창조성'으로 발전되었다.

그런 낭만주의 작가들이 주목했던 문학 양식이 바로 전래동화, 즉 메르헨이었다. 메르헨이 가지고 있는 그 자유분방함, 그러면서도 그 속에 견고하게 자리잡고 있는 어떤 질서, 기이하고 환상적인 인물과 사건, 그 안에 내포된 현실 세계에 대한 상징과 풍자성 같은 것들이 이 세계의 본질을 가장 시적으로 드러낼 수 있는 요소라고 그들은 생각했다. 그리하여 많은 낭만주의 작가들이 (지금 우리가 알고 있는 동화와는 약간 다른 성격의) 동화를 썼다. 괴테, 노발리스, 티이크, 호프만, 브렌타노……. 그 전통은 헤세, 카프카, 되블린에 이르기까지 이어졌고, 어린이를 위한 동화에서는 에리히 캐스트너, 제임스 크뤼스, 오트프리트 프로이슬러,

20

미하엘 엔데 등이 멋진 판타지를 내놓음으로써 그 맥을 잇고 있다.

동화의 환상성을 주된 표현 양식으로 받아들였던 낭만주의 정신이 바로 '창조성'의 본령이라는 사실을 동화작가들은 깊이 새겨야 할 것이다. 문학은 작가가 자신만의 시각으로 보는 세계를 자신만의 방법으로 형상화해 내는 자유로운 허구의 세계이다. 있는 그대로, 현실에 충실하게 쓴다는 일은 가능하지도 않을 뿐더러 필요하지도 않다. 그런 일은 다큐멘터리나 르포에 맡기면 된다. 가장 현실과 밀접해 보이는 장르인 사실적 소설조차도, 실은 현실이 아닌 허구이며 작가가 곧 창조주인 하나의 새로운 세계이다. 동화는 다른 어떤 문학 장르보다도 자유롭고 허구적인 세계의 설정이 허용되는, 허용되는 정도가 아니라 임무로 주어지는 장르이다. 어린이문학의 역사에서 가장 높은 평가를 받는 작품들이 대부분 판타지라는 사실, 그 작품들이 탄생시킨 환상의 인물과 시간, 공간과 사건들이 다른 어떤 장르에서도 보기 힘든 독특하고 생명력 있는 것들이라는 사실에 주목해 보자. 온갖 기묘한 캐릭터들과 함께 기묘한 모험을 겪는 이상한 나라의 앨리스, 네버네버랜드의 피터 팬, 수백 년의 시공을 넘나들며 대서사적 전쟁을 치르는 나니아 나라의 아이들, 마술적인 언어의 힘을 가지고 있는 긴스타킹 삐삐, 온갖 신화와 전설이 총집합된 환상과 현실이 절묘하게 엮여 있는 끝없는 이야기, 무민 나라 이야기, 인어 공주를 비롯한 안데르센의 수많은 동화들, 오즈의 마법사, 닐스의 이상한 여행, 피노키오 등등……

그러나 이 판타지들이 단지 독특하고 낯선 인물이나 공간을 만들어내기 때문에 훌륭한 것은 아니다. 더 중요한 것은, 그렇게 탄생한 새로운 환상 세계가 바로 우리의 현실을 날카롭게 꿰뚫어 보면서 반영하고 있다는 점이다. 허세 덩어리인 트럼프 여왕에게서, 계속해서 따끔한 맛을 보면서도 빗나간 길로 발을 옮기게 되는 피노키오에게서, 심장이 없는 허수아비에게서, 어른이 되고 싶어하지 않는 피터 팬에게서 우리는 우리 자신의 모습을 본다. 뒤죽박죽인 법정, 겁쟁이 엉터리 마술사가 왕 행세를 할 수 있게 만들어 주는 요란한 소리의 기계 장치, 성스러운 사자와 악의 무리들이 필사적으로 싸우는 전쟁터에서는 우리가 살고 있는 현실 세계의 그림자를 본다. 그것들은 우리가 볼 수 없는, 혹은 보고 싶어하지 않는 더럽고 악하고 우스꽝스러운 인간성과 모순되고 절망적인 세계의 본질을 드러내놓고 있다. 그러나 그것들은 또한 우리 안에 있는 선하고 고결한 본성, 우리가 잃지 않고 있는 희망과 가능성을 형상화해 주기도 한다. 우리가 구체적으로 그려낼 수 없는 감각의 세계에 빛을 던져 주고, 어떤 깊은 개념을 의식의 표면으로 이끌어내 준다. 이런 힘을 가진 판타지야말로 인간의 창조적인 능력을 입증해 주는 진정한 문학작품이라고 할 수 있다. 단순히 동물들이 말하고, 아이들이 꿈을 꾸거나 공상하는 장면을 집어넣었다고 해서 판타지라고 할 수는 없다는 것이다. 창조 정신으로서의 본령인 환상성을 갖춘 판타지를 내놓는 일, 이것이 우리 어린이문학계가 가장 무겁게 받아들여야 할 숙제가 아닐까.

그렇다고 동화가 늘 환상 세계만 창조하고 있어야 한다는 말은 아니다. 환상 세계를 통해 우리 자신을 빗대어 이야기하는 일만큼이나 현실의 문제를 있는 그대로 직시하는 일도 필요하다. '어린이' 문학은 그러니까 아이들의 현실에 관심을 가진 어른들이 그것을 이해하고, 해석하고, 그려내는 작업이 된다. 문학은 작가가 자기 자신을 표현하는 일이지만, 그와 동시에 그것을 통해 독자와의 의사소통을 꾀하는 일이기도 하다. 성인 독자들이 문학을 통해 즐거움과 위안과 지식과 정서적 안정과 의식의 고양을 주체적으로 얻기 원하는 것처럼, 어린 독자들도 그렇다. 그들은 어른들이 교육이라는 이름으로 늘어놓는 설교와 잔소리, 사탕발림과 위협을 거부한다. 어른들이 위에서 내려다보며 고압적으로 설명하는 자세가 아니라, 마음을 열고 그들과 함께 느끼고 고민하는 태도를 취할 때 아이들은 그 어른을 받아들인다.

불행히 아이들도 인간인지라, 친구인 척하는 어른들의 사탕발림에 넘어가 마약 같은 책의 유혹에 넘어가는 경우가 생기는 것을 어쩔 수가 없다. 내가 어렸을 때만 하더라도 책이 워낙 많지 않았기 때문에 나쁜 책도 적었고, 따라서 독서 지도가 따로 필요 없이, 닥치는 대로 읽다가 걸리는 나쁜 책의 독소는 금세 해독될 수가 있었다. 그러나 책이 많아진 만큼 나쁜 책도 늘 쉽게 접할 수 있게 된 요즈음에는 독서 지도라는 것이 어느 정도 불가피한 듯하다. 아이들이 책을 고르는 안목을 높여 주고, 좋은 책에서 좋은 수확을 얻게 해 주는 방법을 말하자면, 아이들의 독서에 영향을 미치는 어른들이 올바른 감식안을 갖추는 수밖에 없다. 동네마다 공공도서관이 거의 완벽하게 갖춰진 서구 선진국에서는 도서관 사서 몇 사람만 갖추면 될 그런 감식안이, 도서관 시설이 형편없는 우리 나라에서는 모든 부모와 교사에게 요구된다. 그리하여 수많은 부모와 교사들이 좋은 책 고르는 방법, 독서 지도하는 방법을 찾아 헤매면서 반은 나름대로 전문가가 된다(좋은 나라인지 나쁜 나라인지 모르겠다).

우리 현실동화[3]가 아이들에게 널리 받아들여지기 위한 가장 우선적인 과제는, 동화 소재의 폭을 넓히는 일이라고 나는 생각한다. 동화를 교육의 도구로 사용하려는 태도, 가르치고 훈계하려는 태도 외에 또 심각한 문제는, 아이들에게 선하고 고운 일만 보여 주려는 태도이다. 물론 동화는 결국 인간과 세계에 대한 희망과 신뢰를 잃지 않는다. 올더스 헉슬리의 소설 『멋진 신세계』와 로이스 로우리의 동화 『잃어버린 기억(원제는 '주는 사람The Giver' 이다)』은 둘 다 극도로 발달된 과학 문명에 의해 인간성이 말살되어가는 가상 현실을 그린 걸작이다. 그러나 『멋진 신세계』의 주인공이 그 현실에 결국 처절하게 패배하고 마는 비극적 세계관을 보여 주는 데 반해 『잃어버린 기억』의 주인공 조나스(고래 뱃속에 사흘간 들어 있다가 살아나온 선지자 요나, 나아가 예수의 상징!)는 모든 기억을 잃어버린 자기 공동체 사람들의 인간성 회복을 위해 갓난 가브리엘을 데리고 목숨을 건 탈출을 시도하고, 결국 음악과 빛이 흘러나오는 언덕 아래로 질주한다.

---

3) 생활동화라는 용어가 더 보편적이지만, 나는 환상을 그리는 판타지와 대조시키기 위해 이렇게 쓴다. 그러나 이것도 적확한 용어는 아닌 것 같다. 환상도 우리 현실의 일부 아닌가. 용어 쓰는 문제는 정말 어렵다.

4. 어린이문학의 역할

이렇게 어린이문학의 가장 큰 특성 중의 하나는 인간과 미래에 대한 희망과 신뢰이다. 그러나 절망 속에서도 잃지 않는 희망, 좌절 속에서도 살아남는 신뢰만이 진정한 희망과 신뢰라는 인식이, 동화를 쓰는 작가나 읽는 독자 양쪽 모두에게 절실하게 필요하다. 도식적이고 피상적인 고난, 어설픈 화해와 너무 손쉬운 희망은 아무런 현실감도 주지 못한다. 진정한 판타지를 갖고 있지 못한 우리 어린이문학계에서는, 그런 의미에서 또한 실감나는 현실동화도 찾아보기가 그리 쉽지는 않다. 현실동화는 단지 아이들 주변에서 일어나는 일을 그리는 이야기인 것만은 아니다. 어차피 제한적일 수밖에 없는 사람살이에서 문학은 간접 경험을 통해 다른 사람들의 삶을 대신 살아 보게 해 주고 다양한 인간상을 보여 줌으로써 세상과 인간에 대한 이해의 폭을 넓혀 준다. 어린이문학의 경우도 마찬가지이다. 아이들의 심성을 밝고 곱게 키운다면서 착한 사람들, 선행들만 나열하다 보면 아이들은 이 세상의 실상에 대해서 오해하기 십상이다. 그리하여 직접 부딪친 사회에서 지금까지 배웠던 것과는 정반대의 상황에 대면하게 되면 그에 대응할 아무 방법도 찾아내지 못하고 힘없이 무너질 수가 있다. 그러면서 책은 책이고 세상은 세상이라는 씁쓸한 이분법을 배우게 되고, 책 동네라는 곳은 이 세상을 살아가는 데 아무 쓸모도 없고 아무 지침도 주지 못하는 공허한 메아리만 살고 있는 동네로 여기게 되는 것이다.

우리는 아이들에게, 그들이 지금 살고 있고 앞으로 살아나가게 될 이 세상에 대해 의연하게 알려 줄 필요가 있다. 세상이 고통스럽고 혼란스러울 때도 있으며, 인간은 이기적이고 적대적일 수 있다는 사실을 회피하고 가리기만 해서는 안 된다. 에리히 캐스트너가 1949년 『로테와 루이제』에서 철없는 부모의 이혼으로 자기에게 쌍둥이 자매가 있다는 사실조차 모르고 자라난 로테와 루이제 이야기를 쓰자 비난이 빗발쳤다. 동화답지 않은 소재라는 것이었다. 그러나 이혼율의 증가는 엄연한 현실이었고, 부모의 이혼으로 상처받는 아이들의 마음을 알아 주고, 어떻게든 위로해 줄 수 있는 동화가 필요한 것도 현실이었다. 곤란하고 바람직하지 않은 상황이라며 정작 당사자인 아이들을 소외시키는 것은 그들의 상처를 더 크고 깊게 덧내는 일일 뿐이다.

아이들에게 세상살이의 지난함에 대해 알려 주고 그것에 대해 생각하고 준비하면서 긍정적으로 극복하는 힘을 길러 주는 일은 현실동화의 가장 중요한 임무 중 하나이다. 그래서 사소한 생활 주변의 에피소드가 아니라 좀더 스케일이 큰 모험 이야기, 재난 이야기, 자연 이야기 같은 다양한 종류의 동화가 요구된다. 혹한의 극지방에서 늑대가 먹는 날고기를 나눠 먹으면서 목적지에 도달하고 마는 에스키모 소녀 이야기인 『줄리와 늑대』, 바다에 사는 뱀장어 한 마리가 내륙의 한 강줄기를 향해 수만 킬로미터를 거슬러 올라가는 대모험을 극히 사실적으로 생생하게 그려내는 『긴코쟁이 대항해』[4] 같은 작품은 경이로운 자연 세계를 통해 강인한 정신력을 심어 줄 수 있는 이야기이다.

『그때 프리드리히가 있었다』[5]라는 동화는 2차세계대전을 배경으로 전쟁의 참혹함과 인간의 이기심을 적나라하게 묘사한다. 『핵전쟁 뒤의 최후의 아이들』 같은 작품에서는 핵전쟁의 참상, 그로 인한 처참한 굶주림과 추위와 인간들끼리의 살육, 눈앞에서 동생과 어머니가 차례로 죽어가고, 눈도 없고 팔도 없는 채 태어나 버둥거리는 갓난 여동생을 내다버리는 아버지를 목격하는 소년의 이야기가 끔찍할 정도로 냉정하게 그려진다. 독일에서는 이런 동화들이 상을 받았다. 전범으로서 자신들의 과거 죄상을 되살리고 미래까지 암울하게 연관시키는 이야기가 그들로서는 유쾌할 리 없겠지만, 무엇보다도 이 동화들이 문학작품으로서 탄탄하게 형상화되어 있으며, 죄악된 인간성에 대한 반성, 미래에 대한 준엄한 경고 같은 메시지를, 드러내지 않으면서 담고 있다는 것을 높이 평가했을 것이다.

　일제의 식민지 시절을 비롯해서 6 · 25와 4 · 19와 5 · 18 같은 역사의 소용돌이를 거쳐 IMF 시대와 그 극복에 이르기까지 수많은 사건을 겪은 우리 현대사를, 어린이문학은 어떤 뛰어난 작품을 통해 증언하고 반성하고 경고하였는가. 선뜻 대답하기 힘든 질문인 것이 사실이다. 문학이 사회적 현상, 역사의 자취를 기록하는 증인으로서의 역할, 종교와 철학과 심리학을 아우르는 정신적 지주이자 파수꾼으로서의 역할, 무한한 상상

---

4) 이 책은 어느 '해적판' 전집에 들어 있다. 정식 저작권 계약을 맺은 단행본으로 나와 있는 것 같지는 않다.
5) 『긴코쟁이 대항해』와 같은 경우이다.

력을 통해 자유와 희망과 위안을 주는 치료사로서의 역할, 언어의 아름다움을 통해 미의 세계로 인도하는 뮤즈의 역할을 모두 맡을 수 있는 복합적이고 통합적인 정신 활동이라고 할 수 있다면, 어린이문학의 역할도 그와 다르지 않을 것이다. 그 모든 역할을 인식할 때에 우리 어린이문학은 그 한계를 극복할 수 있다. 동화 동시는 되다 만 시인 소설가가 쓰는 것이고, 초등 학교 선생님이나 애엄마들의 여가선용 방편이고, 윤리 도덕 설교에 입히는 당의정일 거라는 편견과 오해가 불식될 수 있다.

애매모호한 동심의 세계와 교훈이라는 울타리 안에 어린이문학인들끼리만 웅크리고 앉아 있는 행태는 이제 지양되어야 할 것이다. 눈을 크게 뜨고 뛰쳐나와 세상 구석구석을 뒤지고, 아이들의 마음 속 깊이 들여다보고, 우주 운행의 비밀까지 꿰뚫어 보고, 그리고는 창조주가 되어서 펜을 휘둘러 나만의 세계를 만들어 보겠다는 야심을 떨쳐 보자.

2. 어린이문학을 쓰는 일

1. 어린이문학 작품을 쓰는 일[*]

어린이문학은 얼핏, 뭐가 참 명확해 보이는 장르이다. 우선 독자층이 어린이로 한정되어 있다(어린이란 무엇인가에 대한 논의는 별도로 치고서). 그것도 유아, 아동, 청소년으로 다시 세분된다. 어른 문학은 전혀 그렇지 않다. 어른 문학이 청년, 중년, 장년, 노년 문학으로 구분되는 경우, 보셨는가?

어린이문학은 그 목적도 명쾌하다. 거의 모든 동시, 동화작가들이 "아이들에게 꿈과 사랑과 희망을"을 부르짖는다(역시 그 꿈과 사랑과 희망의 내용과 그것을 이루는 절차에 관한 성찰은 무시된다). 그리하여 그 내용도 제한받는다. "꿈, 사랑, 희망"과 반대되는 "악몽, 미움, 절망"은 거들떠도 안 본다. 그런 것이 등장하면 돌 맞기 십상이다.

---

[*] 이 글은 〈어린이문학〉 이 달의 심사평 중 일부이다.

연령별, 성별로 독자층을 구분하고 그에 어울리는 책 종류를 짝지어 주는 일도 칼같이 집행된다. 언젠가 아동 독서와 관련된 어느 단체에서 일하는 사람이 라디오 방송에 나와 "일이 학년에게는 전래동화, 삼사 학년에게는 창작동화, 오륙 학년에게는 위인전을 읽히는 것이 좋다"는 요지로 말하는 것을 들은 적이 있다. 어이가 없는 일이다. 3, 40년대 일본 교과서에나 나왔음 직한 소리를 아직도 되뇌고 있다니. 그 이야기를 먹는 음식 이야기로 바꿔 보자. 일이 학년에게는 탄수화물을, 삼사 학년에게는 단백질을, 오륙 학년에게는 지방을 먹이는 것이 좋다는 말과 다를 바가 없다. 학교의 영양사가 그런 식으로 식단을 짰다면 어땠을까? 도저히 있을 수가 없는 일인데, 소위 마음의 양식이라는 책을 읽히는 데 있어서는 그런 식의 식단을 버젓이 내놓는 일이 아직도 자행되고, 그것이 또 받아들여지고 있는 것이다.

선명하고 명쾌한 것이 나쁘기만 하다는 이야기는 아니다. '어린이' 문학은 그 속성상 독자층과 내용과 지향점의 경계가 쉽게 지어질 수밖에 없다. 그것은 어린이문학의 장점이기도 하지만, 어떤 장점이라도 그 이면에서는 그것이 단점이 될 수도 있다. 우리는 부단히 그 양면을 번갈아 들여다보면서 둘 사이의 역학 관계를 깨닫고 그 사이의 균형을 잡도록 노력할 필요가 있다. 모든 사상(事象)이 가지고 있는 그 이면성에 대해서는 미하엘 엔데의 『끝없는 이야기』가 기가 딱 막힐 정도로 잘 보여 준다.

문제는 어린이 '문학' 이다. 문학은 그렇게 선명하고 명쾌하기만 한 것이 아니다. 그러면 뿌옇고 어수선한 것일까? 그럴 때도 있지만 그것이 다는 아니다. 문학은, 매번 다른 얼굴을 한다. 그 얼굴 하나하나는 나름대로 독특한, 살아 있는 표정을 가지고 있다. 그러면서 정작 할 말은 그 표정 뒤에 감춘다, 아니, 그 표정 자체가 할 말이다. 여기서 좋은 문학과 나쁜 문학의 차이가 드러난다. 좋은 문학은 미묘하고 섬세하고 개성있는 표정을 풍부하게 만들어낸다. 그러면서 그 안에 하고 싶은 말을 조용히, 그러나 강력하게 담는다. 나쁜 문학은 그런 표정이 없다. 심지어는 얼굴조차 없이, 입만 뚫린 채 늘 그게 그 소리인 선전 구호만 외마디 소리로 외쳐댈 뿐이다. 어떤 되울림도 얻지 못하고 허공으로 사라져 버리는 구호.

착해야 한다, 얌전해야 한다, 선생님 말씀을 잘 들어야 한다, 힘든 부모님을 이해하고 공경해야 한다, 불쌍한 친구를 잘 돌봐 주어야 한다, 가난한 이웃을 도와야 한다, 싸웠으면 화해해야 한다, 힘을 합해 단결해야 한다, 가난해도 희망을 잃지 말아야 한다, 약한 동물을 괴롭히지 말아야 한다……. 표정 없이 얼굴 없이, 입만 뚫린 채 단도직입적으로 메시지만 쏟아내는 동화들을 보노라면 나는, 비유가 난폭해서 미안하지만, 포르노 같다는 생각이 드는 것을 어쩔 수가 없다. 기본적인 문장력마저 부족한 동화를 보면 더욱더 그렇다. 잡담 제하고, 절차 몰라도 되고, 예의 무시하고, 노골적으로 결론만 보여 주면 된다는 식이다. 결론이 좋으면 좋다는 생각이겠지만, 문학은 결론이 아니다. 결론이야 뻔한 것 아닌가. 그것은 오히려 결론에 도달하는 지난한 과정이고, 결론을 숨겨 놓고 찾게 만드는 숨바꼭질 놀이이다.

창작동화가 재미가 없다, 어설픈 교훈과 관념만 난무한다는 평이 거의 매달 '이 달의 동화' 난에 실려 왔던 것 같다. '이 달의 동화' 뿐이랴. 다른 매체, 다른 평자들의 논의도 늘 그 언저리를 맴돈다. 그런데도 그런 한계를 깨뜨려 주는 동화가 신인에게서도 기성에게서도 그다지 눈에 띄게 나오지 않는 듯하다. 대안이 없기 때문일 것이다. 그렇다면 대체 무슨 이야기를 어떻게 쓰란 말이냐. 쓰는 사람은 그것을 묻고 싶을 것이다. 하지만 누구도 쉽게 그 질문에 대답을 할 수 없다. 이런 이야기를 이렇게 쓰란 말이야, 하고 대답하는 순간 그것은 창작이 아니기 때문이다. 그 대답은 스스로 찾아내야 한다. 부지런히 좋은 책을 읽고, 홀로 생각하고 다듬어서 작품을 만들어야 한다.

그러나 권하고 싶은 말은, 비유로 말하자면, 구호를 외치지 말고 살아 있는 얼굴을 만들자는 것이다. 성분과 칼로리를 따지기 이전에 싱싱한 재료로 맛있고 보기 좋고 독창적이고 영양가 많은 요리를 만들자는 것이다. 동화 쓰는 일을 음식 만드는 일에, 동화작가 되는 일을 전문 요리사 되는 일에 대입해 생각하면 된다. 한 가지 더 권하고 싶은 말은, 어린이를 위한다는 생각을 앞세우지 말자는 것이다. 모든 작품의 일차 독자는 바로 자기 자신이다. 독서 경험이 상대적으로 적고 생각이 단순한(혹은 단순하다고 어른들이 믿는) 아이들의 눈높이에 맞춘다고 일부러 엉금거릴 필요는 없다. 엉금엉금 기는 실력밖에 없기 때문에 동화를 쓴다는 오해를 받을 필요는 없는 일 아닌가.

2. 어린이문학 비평을 쓰는 일

서점의 어린이책 코너가 현란하다. 날마다 쏟아져 나오는 새 책들이, 무슨무슨 상을 받았다, 외국에서 얼마나 많이 팔렸다, 어디어디에서 추천을 받았다는 카피와 메달 그림 등으로 치장을 하고 자태를 뽐내고 있다. 마치 미인 대회에 출전한 후보들처럼.

90년대 중반 이후 많은 기성, 신진 출판사들이 어린이책 시장에 뛰어들었다. 어른 독자들이 점점 책을 외면하는 독서 풍토에서 어린이책은 그나마 '장사가 된다'는 장밋빛 전망에 힘입어서였다. 과연 어린 독자들은 그 기대를 배반하지 않아서, 어린이책에 손댄 것을 땅을 치고 후회하며 보따리 쌌다는 출판사 이야기는 들은 적이 없는 것 같다. 그 반대로, 한국 사람들로 북새통을 이루는 볼로냐 이야기는 신물이 나도록 듣는다. 싹쓸이도 모자라 우리끼리의 저작권 쟁탈전에 외국 출판사들만 살판났다는 것이다. 그런가 하면 창작물의 기세도 만만치 않다. 『마당을 나온 암탉』 같은 동화에서부터 『한국 생활사 박물관』 같은 대형 기획물까지, 우리 어린이책의 위상을 높이는 작품들이 드물지 않게 나온다. 현재 우리 작가의 창작물들은 각종 베스트셀러 목록을 휩쓸고 있으며, 편집자들은 작가 기근, 원고 기근을 호소하고 있다.

90년대 초에 창작과 번역으로 어린이책 분야에 들여놓은 발을 힘겹게 끌어오던 나로서는 최근 몇 년 사이의 이 가파른 상승 무드가 일단은 반갑다. 무관심과 지나친(그러나 그릇된) 관심 사이에서 이쪽저쪽으로 등

떠밀려 기우뚱거리며 걸어오던 어린이책이 탄탄하게 균형잡고 서서 제 앞길을 스스로 가릴 만큼 자랐다는 신호로 해석할 수 있기 때문이다. 그와 함께 책을 쓰고 옮기는 입장, 만들고 읽고 권하는 입장에서 우리가 선 자리를 점검하는 일도 이제 밀도 있게 이루어져야 할 때가 되지 않았을까. 우리가 아이들에게 바라는, 책읽기를 통한 반성과 자기 성찰이라는 기본 과제는 책을 만들고 권하는 어른들에게서 먼저, 그리고 끊임없이 수행되어야 할 것이다.

지금 우리 어린이책 출판계에서 가장 일선에 나와 있는 논란거리 중 하나는 번역물과 창작물에 관한 문제일 것이다. 어린이책에 관한 대담이나 논평에서 많은 사람들이 번역물의 높은 비중, 외국 베스트셀러의 무분별한 수입을 우려하면서 우리 정서에 맞는 우리 책을 내고 읽혀야 한다고 입을 모은다. 자신의 뿌리를 알고 정체성을 세우는 차원에서 우리의 역사와 문화와 현실을 알리는 일의 필요성과 소중함을 누가 부인할 것인가. 마찬가지로, 다른 문화와 다른 역사를 이해하고 인류 보편의 가치를 발견하면서 이 세계 안에서 우리의 자리를 객관적으로 돌아보는 일을 가능하게 해 주는 번역물의 중요성 또한 인정받아야 한다. 문제의 핵심은, 그것이 창작물인가 번역물인가가 아니라 좋은 책인가 그렇지 않은 책인가이다. 어린이책에 대한 전문적 감식안을 제대로 갖추지 못한 에이전시나 출판사에서 무분별하게 수입한 베스트셀러인지, 새로운 세계관을 갖게 해 주고 미적 · 언어적 · 과학적 감수성을 계발시켜 주는 베스트북인지를 엄격히 가려내는 일, 우리 것을 우리 식으로 말하려는 의도에 작품으로서의 **뼈**와 살을 세우고 붙이는 솜씨가 부합되는가를 꼼꼼히 평가하는 일이 어린이책에 대한 논의의 근간을 이루어야 한다.

최근 나온 그림책에 관한 한 평론집에는 추석을 맞은 아이의 경험담을 보여 주는 어떤 그림책이, 표정과 리듬감이 살아 있는 그림에 비해 텍스트가 추상적이고 동어반복이라서 아쉬움을 남긴다는 글이 있다. 그에 대해 한 인터넷 사이트에 '우리 고유의 문화를 소개하려는 작가의 의도를 몰랐다면 더 알고 말해라, 알고 그랬다면 그 글은 잡문이다' 라는 요지의 대목이 있는 반론이 올라왔다. 다분히 감정적인 발끈함이 느껴지는데, 이런 식의 대응은 어린이책에 대한 대화를 성숙하고 풍요롭게 이끌어가는 데 아무런 도움이 되지 못한다. 그것을 생산적인 논의로 이끌기 위해서는 평자가 문제를 제기한 것과 같은 영역에서의 비평이 펼쳐져야 한다. 그 책이 우리 문화와 우리 정서를 깊이 있고 생기 있게 담아 내기 위해 어떤 독특한 시도를 했는가, 그림책의 생명이라고 할 수 있는 글과 그림의 유기적이고 긴밀한 조응이 어떻게 이루어지고 있는가를 섬세하게 짚어내야 한다는 것이다. '우리 정서' 라는 말이 함량 미달 작품에 대한 면피용 카드로, 낯선 정서나 우리와 다른 환경을 다룬 외국책을 조금 불편하다는 이유만으로 밀어내는 방패로 사용되기를 바라는 작가나 독자는 아무도 없을 것이다.

번역물을 가지고 고민해야 할 또 하나의 문제는 그것의 유통 경로와 양태이다. 우리 나라는 1987년 이후, 사후 50년이 지나지 않은 작가의 작품은 저작권 계약을 해야 한다는 제네바 협약이 유효한 상태이지만,

그 약속 바깥쪽에서 활개치고 다니는 책은 여전히 사라지지 않고 있다. 말하자면 해적판이다. 이런 해적판들은 원작의 내용을 멋대로 빼고 붙여 만신창이로 만드는 경우도 드물지 않다. 정식 경로를 거쳐 나온 책과 많게는 일고여덟 종의 해적판이 동시에 유통되는 딱한 풍경이 펼쳐지기도 한다.

더욱 우려스러운 것은, 이런 해적판이 정체 모를 해적 출판사에서만이 아니라 전통 있는 대형 출판사에서도 나온다는 점이다. 낮은 가격, 시장 선점을 무기로 이 해적판들은 정본을 뛰어넘는 판매고를 올린다. 그 사실을 아는지 모르는지, 각종 책 권하는 단체에서는 이런 불법 도서들을 추천 목록에 올리기도 한다. 권장 단체에서는 어떤 기준으로 그 추천 도서를 내놓는지, 책임감과 설득력 있는 투명한 근거를 제시할 수 있어야 할 것이다. 우리 아이들을 올바른 우리 국민으로 키우겠다는 결의는 그 구호를 되풀이해 외치는 일만으로는 이루어지지 않는다. '도둑'이라는 이름표가 붙은 책, 작가 혼을 난도질하고 질식시킨 책 같은 상처 입은 책이 아이들에게 전달되는 일부터 막아야 한다. 올바르지 않은 방식으로 올바른 정신을 심겠다는 자세는, 올바르지 않을 뿐만 아니라 위험하기까지 하다.

쏟아져 나오는 어린이책들을 분류하고 평가하고 권하는 일에는 다각적이고 치밀한 비평의 눈길이 필요하다. 어른들이 아이들에게 책을 통해서 '무엇을' 말하느냐 뿐만 아니라 '왜', '어떻게' 말하고 있느냐에도 마찬가지 비중이 주어져야 한다. 목표와 결론을 향해 줄달음치는 경주보다는 그 목표와 결론에 도달하는 과정의 다양하고 풍요로움, 깊이 있고 무게 있음, 짜임새 있고 절제 있음, 그리고 아름다움을 즐기는 숲 속의 산책 같은 책을 아이들 앞에 펼쳐놓을 수 있도록 해야 한다.

최근 어린이책을 여러 각도에서 짚어 보는 평론서들이 속속 나오고 있는 것을 볼 때 이런 과제를 수행하는 길이 그다지 험난하지만은 않으리라는 낙관적 전망이 든다. 그림책이나 판타지 같은 특정 장르의 책들을 깊이 있게 분석한 책, 우리 어린이문학의 역사와 주요 쟁점, 작가와 작품 들을 학구적으로 탐구한 책, 옛날이야기 속에 나오는 어린이상을 이해함으로써 "오늘날의 어린이와 우리 자신을 반성하는" 자리를 마련하고자 하는 책, 어린이 독서 지도 현장에서의 생생한 체험을 바탕으로 애정 어린 따끔한 비판을 두려워하지 않는 책, 서구 어린이문학 이론의 현장을 보여 주는 책……. 이런 평론서들을 길잡이 삼아 그것을 뛰어넘는 논의들이 활발하게 전개될 때, 그리고 그 논의가 우리 어린이책의 지평을 더욱 넓혀 줄 때, 우리 어린이책의 미래는 밝을 것이다.

알록달록한 어린이책 표지들. 마치 긴장한 미인 대회 후보들의 굳은 미소처럼 보이기도 한다. 운이 좋아 선발되면 모를까, 며칠 후면 저 위에서 내려져 책꽂이에서 등만 보이고 있다가, 어쩌면 창고에서 썩다가 급기야는 '단두대' 의 이슬로 사라지는 책들도 있겠지, 생각하면 애잔하다. 책 한권한권의 운명을 생각하면 무엇을 쓰고 옮기고 읽고 권할까에 실리는 무게가 예사롭지 않다. 어린이책을 만들고 읽는 사람들 모두 자기 몫의 무거움을 진지하게 받아들여야 할 일이다.

3. 어린이문학 역사를 쓰는 일*

백 년 남짓 전개되어 온 한 장르의 문학을 놓고 그 양태를 간단히 아우르는 일은 그리 만만한 작업이 아니다. 그것은 곧장 문학사 기술의 문제와 직결된다. 지금까지 문학사 기술 방법론을 둘러싼 논의에서 나온 문제점들은 단순한 연대기적 나열, 과도한 역사적 이해, 사회사에의 종속성 같은 것들이었다. 물론 문학은 역사와 사회의 산물이다. 그러나 문학은 동시에 한 개인의 정신의 산물이며 언어 예술 작품이기도 하다. 따라서 문학사 기술은 가장 먼저, 어떤 작가와 작품을 어떤 근거로 선택하느냐 하는 문학 비평의 차원에서 시작되어야 할 것이며 그 이후에 문학의 본질과 특성에 기초한 작품끼리의 상관 관계, 발전 혹은 전개 과정이 펼쳐져야 할 것이다.

어린이문학에 대한 연구가 일천한 우리 상황에서 원종찬의 한국 어린이문학 반성이 역사, 사회, 이데올로기와의 관계에 초점이 맞춰져 있는 것은, 어쩌면 당연히 밟아야 할 수순일 수도 있다. 기왕의 작가와 작품들을 찾아내고 정리하는 일, 그들이 탄생하게 된 시대적 배경을 탐구하는 일은 문학사 세우기의 기초가 되는 과정으로서 요긴하다. 그러나 이제부터는 그 기초 위에 집을 짓는 일이 필요하지 않을까. 어린이문학의 역사와 현황을 이야기할 때에는 개별적인 작가와 작품의 분석, 그 의의의 탐

---

*이 글은 2000년 어린이도서연구회 주최 세미나 원종찬의 발제에 대한 토론이다.

구 같은 작업이 병행되어야 할 것이다. 시대 배경을 단지 배경으로만 보지 않고 거기서 문학의 당위성을 찾아내려는 자세는 문학사를 사회사의 한 하위 장르로 제한시키는 결과를 가져올 수 있다.

문학은 역사적 조건에 얽매여 그 조건을 충실히 반영하고 시대의 요구에 부응하기를 과제로 삼는 것이 아니라, 끊임없이 변하는 시대와 역사의 흐름 속에서 살아남고 빛을 발할 수 있는 가치를 지닌 작품을 탄생시키는 일을 한다. 서구 어린이문학사에서는 지난 백여 년 사이에 쏟아져 나왔던 이슈지향적인 작품들, 그러니까 당시의 사회적 요구에 의해 만들어졌던 학교 이야기 · 가족 이야기 · 성 이야기 같은 것들이 대부분 지금은 사람들의 기억에서 거의 사라졌다는 보고가 있다. 당대뿐 아니라 후대에 큰 영향을 남긴 것으로 문학사에 기록되는 작품들은 사회의 요구에 충실하다기보다는 오히려 사회의 통념을 깨뜨리고 시대를 앞서가는, 혹은 시대를 초월하는 정신과 양식을 담고 있다. 그런 작품들을 중심으로 문학의 특질과 상호 관계와 사회에서의 역할 등을 고찰하는 어린이문학사를 우리도 이제 가져야 할 때가 아닐까.

"오늘날 우리가 보는 어린이문학은 철두철미 근대의 산물이다."라고 원종찬은 말하고 있다. 그가 말하는 '근대'의 기준은, 문맥상으로 보면 '시민사회의 성숙'이다. 그 시민사회의 성숙은 90년대 한복판에 들어와서야 '열린 공간'의 마련으로 이루어졌고, 따라서 어린이문학은 90년대 중반에야 비로소 제대로 꼴을 갖춰 가고 있다는 것이다.

그러나 그의 '근대' 인식은 모호하다. 요즘 "근대를 먼저 읽어낸 '해

외문학파' 들이 바빠졌다."는 대목에 이어 우리가 "근대를 따라잡는 재미"를 지금 누리고 있다는 대목에서는, 근대란 앞으로 달성하고 도달해야 할 어떤 기준과 이상으로 설정되어 있다. 그러나 곧이어 "식민지와 분단의 조건 아래서 억압의 근대를 경험해 온 우리에겐 달성해야 할 해방의 근대가 과제로 남아 있다."를 보면 근대는 우리가 살아왔고 앞으로도 살아가야 할 시대적 배경으로 이해된다. 앞의 근대는 가치 구분, 뒤의 근대는 시대 구분에 근거한 것인가, 하는 생각이 든다. 아니면 그가 스스로 말하는 "근대의 양면성"일까?

성인문학에서의 근대 논쟁은 이미 70년대 초반에 한 차례 지나간 적이 있다. 한국문학사를 서술하는 데 있어 '근대'가 중요한 기점 역할을 했고 그 '근대'를 언제로 볼 것인가에 의견이 여러 갈래로 갈렸다. 근대라는 개념 자체가 서구식인지라, 서구의 근대를 설명하는 시민사회, 자본주의, 대량생산, 상업경제 같은 조건을 함께 충족시키는 시대를 우리의 역사에서는 찾기가 힘들었고, 따라서 실학사상이 대두된 때, 사설시조가 등장한 때, 자유경제체제의 싹이 보이던 때, 한글 문학이 나온 때 등 다양한 근대 기점이 제시되었다. 그러나 문학에서 중요한 것은, 근대 정신이 어떻게 규정되든, 그 근대 정신이 누구의 어떤 작품에서 어떻게 구현되었으며 그 양식과 문체 등이 어떻게 변이되어 나갔는지를 밝히는 일일 것이다. 성인문학에서의 근대는 김만중, 박연암, 이인직, 최남선, 이광수 등의 작품을 통해 운위되고 있다.

어린이문학에서의 근대성은 문제가 더 복잡해진다. 서구식이든 한국

식이든, 근대 개념이 역사와 사회의 관점에서 정립될 때, 그 사회 상황과 어린이문학 사이의 특수한 관계를 밝혀야 하기 때문이다. 시대 상황과 시대 정신이 어린이문학 안에서는 어떻게 구현되고 있는가? 시민사회라든가 자본주의 같은 '어른들' 문제가 아이들과 얼마나 밀접한 관계에 있는가? 아이들의 사고와 생활을 어떻게 변화시켰는가? 아동이라는 특수 계층의 사회상이 어른들의 필요와 요구에 의해 어떻게 조정되는가 혹은 왜곡되는가? 아이들에게 있어서 근대는 무엇인가? 등등의 문제들이 먼저 검토되어야 할 것이다. 그런 뒤 필요한 것이, 그런 근대 정신을 담은 어린이문학 작품을 개별적으로 탐구하고 계보를 만드는 일이다. 왜 근대인가, 어떻게 근대인가. 단순한 시대구분용인가, 문화 · 정신 · 예술 모든 면에서 전 시대와 뚜렷한 변별점이 보이는 가치와 의의를 가지고 있는가 하는 기본을 세우는 일이, 근대를 말하기 위해서는 선행되어야 할 것이다.

어린이문학은 '문학' 이다. 어떤 정치적 · 사회적 · 교육적 목적이나 의도를 담은 구호나 슬로건이 아니라, 개인으로서의 작가가 자신의 인간관과 세계관을 담아 새로운 언어와 새로운 체계로 창조해 내는 하나의 새로운 세계이다. 따라서 작가에게는 개별적이고 절대적인 자기 자신 안에서 생명력 있는 실체로서의 작품을 만들어내는 일이 일차 과제이다. 미술의 역사가 구체적인 미술 작품을 보여 주고 음악사가 개별적인 음악 작품을 들려 주는 것처럼, 문학의 역사는 개별적이고 구체적인 문학 작품을 전면에 내세워야 할 것이다. 그것과 사회와의 관계, 영향력을 분석하고 검토하는 일은 차후의, 평론가들의 몫이다. 동료와의 연대, 사회적인 책무도 중요하기는 하지만 그것이 문학의 자리를 점거할 수는 없다. 그런 뒤 문학이 한 사회에 영향을 미치고 인간 정신을 높이는 역할을 한다면, 그것은 그 문학이 문학으로서 완성되어 있다는 의미일 것이다.

어린이문학은 "어른이 어린이에게 주는 문학"이라는 인식도, 마찬가지 선상에서 위태로워 보인다. 어린이문학 작가는 '작가'이고 어린이는 '독자'이다. 이 둘 사이의 관계는 성인문학 작가와 독자 사이의 관계와 본질적으로는 다르지 않다. 성인문학의 작가가 독자에게 뭔가를 '주기' 위해서 글을 쓰지 않는 것처럼 어린이문학의 작가도 독자에게 뭔가를 준다는 목적을 앞세우고 쓰지 않아야 한다는 것이 나의 믿음이다. 작가와 독자는 문학 작품이라는 매개체를 사용해 서로 대화하는 관계이며, 그것도 대등하게 대화하는 관계이다. 작가는 다양한 대화 방식 즉 다양한 기법을 동원하여 독자 앞에 자기 자신을 드러내거나(숨기거나) 혹은 독자가 자신의 정체를 파헤치도록 유도하며, 독자는 자신의 독서 전략을 사용해 작가를 이해하면서(오해하면서) 창조적으로 해석할 수 있다. 아이들도 마찬가지로 작품 안에서 작가와 대화하면서 그 작가를 통해 세계와 인간에 대해 눈떠갈 수 있는 기회를 가져야 한다. 어린이문학은 아이들에게 주기 위해서 어른들이 마련한다는 생각 속에는 어린이문학이 또다른 교훈주의로 빠질 가능성이 숨어 있다.

다시 한 번 강조하지만, 좋은 문학은 좋은 운동과 좋은 시민단체 이전에 좋은 작가와 작품으로 이루어진다. 예를 들면 영국에는 셰익스피어,

독일에는 괴테 같은 위대한 작가들이 있으면서 그들을 중심으로 한 문학적 유산과 풍토가 문학사와 비평을 비롯한 문학 전체를 풍요롭게 만든다. 어린이문학의 경우 루이스 캐럴, 미하엘 엔데, 아스트리드 린드그렌 등이 거목으로 우뚝 서서 꽃과 잎과 열매와 그늘과 바람과 새들과 작은 동물들을 아우르는 한 세상을 만들어낸다. 지금 우리가 먼저 할 일은, 작은 나뭇가지 수백 개로 울타리를 만드는 게 아니라 그런 나무들 한 그루 한 그루를 키우는 일, 스스로 그런 나무로 자라도록 힘쓰는 일이 아닐까. 문학의 힘은 작가와 작품에서 나온다. 골방에서 혼자 머리카락을 쥐어뜯으며, 머릿속에서 한자한자 불러내오며, 작가 자신을 쏟아붓는 작업이 가장 우선되어야 한다. 문학을 역사 인식, 시민 운동, 아동 교육의 장으로 여기는 시각이 주도적인 한 문학다운 어린이문학이 꽃을 피울 토양은 마련되지 않을 것이다.

2부
한국 어린이문학 꼼꼼히 읽기

힘겨운 '어른'과 '아이' 사이

오정희『송이야, 문을 열면 아침이란다』

어린이문학은 유일하게도, 읽는 독자의 성격에 의해서 그 특성이 규정되는 장르이다. 말하자면 아이들이 읽어 주느냐 아니냐에 따라 그것이 동화, 동시냐 아니냐가 판가름되는 것이다. 물론 아이들이 읽는다는 조건 하나만으로 그것이 어린이 '문학'이 되는 것은 아니다. 일차적으로 일반문학적인 가치판단의 기준선상에 올라 있어야 하는 것이다. '어린이'라는 개념을 '문학'을 이루기 위한 혹독한 수련을 면제받을 수 있는 면죄부쯤으로 여긴, 안이하고 미숙한 '어린이문학' 작품들은 어린이를 위해서도 문학을 위해서도 아무런 도움이 되지 못한다는 사실은 자명한 일이다. 오죽하면 D. 리터가 "어린이문학이란 말에는 뭔가 의심스러운 울림이 있다."라고 했겠는가.

그런 의미에서, 소설가, 시인 들이 어린이문학 작품을 쓴다는 것은 우선은 바람직하고 고무적인 현상이다. 그들이 시와 소설에서 보인 문학적 완성도가 어린이문학의 영역을 풍부하게 하고 자극을 줄 수 있기 때문이다. 다만 그들이 염두에 두어야 할 것은 '어린이'라는 개념에 대한 이해이다. 소설가 오정희가 처음으로 쓴 동화『송이야, 문을 열면 아침이란다』(파랑새어린이, 2003)는 어른문학을 하는 작가가, 혹은 어린이문학을 한다는 작가까지 포함해서 작가들이, '어린이'를 어떻게 받아들이고 있는지에 대해서 생각하게 해 주는 작품이다.

동화를 쓰는 어른은, '어린이를 위해서' 쓴다는 생각에 흥분하기 쉽다. 아이들이 품고 있는 '꿈, 희망, 기쁨, 사랑, 우정'을 아름답게 펼쳐 보이고 싶은 열망에 불타는 것이다. 그들은, 아이들의 그것은 어른들의 것과는 다른 '아이들만이 가질 수 있는 것'이라고 생각한다. 다시 말하자면 어른들처럼 계산적이지 않고, 오염되지 않고, 이중적이지 않은, 즉 순수한 성질이라는 것이다. 그래서 동화의 인물들은 거의 언제나 맑고 착한 본성을 갖고 있고 나쁜 짓을 하더라도 금세 반성하고, 쉽게 화해한다. 어른들은 그런 동화의 인물을 통해서 어린 시절의 자신이라고 믿고 싶어하는 영상을 투영하고 싶어하며, 인류의 미래에 희망적 메시지를 던져 주기를 원한다.

물론 그것은 동화라는 장르가 갖는 가장 큰 특성이자 미덕 중의 하나이다. 동화는 단순 명쾌하고 미래지향적이며 낙천적이다. 그러나 그것은 모든 혼란과 복합성을 꿰뚫는 단순성이어야 하며, 부끄러운 과거와 불안한 현재를 수긍하면서 극복하는 미래 지향성이어야 하며, 인간의 어두운 면과 삶의 비극성을 뼈저리게 느낀 후에도 잃지 않는 희망과 낙천성이어야 한다. 그 모든 전(前)단계를 거치지 않은 채 너무 쉽게 꿈과 희망과 화해를 제시하는 동화는 그 메시지의 당위성에도 불구하고 아무런 감동도 주지 못한다.

아이들이 단순하고 희망적인 것은, 어른들처럼 인생의 고뇌와 어두움을 겪고 있지 않기 때문이 아니다. 그들도 마찬가지로 제 몫의 짐을 지고 있다. 다만 그들은 어른들처럼 피해의식에 사로잡혀 있거나 비명을 지르지 않고, 그 짐을 동료로 여기면서 기꺼이 지고 살아가는 방법을 터득한다. 그 방법이 바로, 어른들에게는 이미 희미해져 버린 미래에의 희망, 상상 속에서 얻는 힘 같은 것들이다.

오정희는 그 사실을 알고 있는 듯하다. 그가 이 동화의 주인공 송이라는 열두 살 소녀의 입을 통해 보여 주고 싶어하는 아이들의 세계는, 꿈과 사랑에 가득 찬 것이라기보다는 아픔과 외로움, 슬픔을 알아가는 과정이다. 이 책의 1장 첫머리에 나오는 에피소드, 곧 죽을 수평아리를 잘 자라서 알도 낳을 거라는 거짓말을 해가며 파는 병아리 장수 아저씨의 이야기에서 이 메시지는 선명하게 드러난다. "거짓말쟁이", 이것이 어린 송이의 눈에 비친 세상이며 어른들이다.

이 동화 전편을 통해 송이는 세상의 부조리와 인간의 이중성에 눈떠간다. 장학사가 온다고 법석

「송이야, 문을 열면 아침이란다」(파랑새어린이, 원유미 그림) 중에서

을 떨며 학교를 청소하는 선생님들, 자신의 수업에 대해 솔직히 말해 보라고 했다가 재미가 없다는 의견을 듣자 화를 내며 비열한 방법으로 아이를 공격하는 담임 선생님에게서 위선을 배우고, 밤중의 드라이브, 달빛 아래 조그맣게 앉아 있는 할머니에게서 세상의 덧없음과 소멸감을 느낀다.

작가는 열두 살 여자 아이가 짊어지고 있는 이런 문제를, 현실과 상상의 교차점인 "은비네 집"을 통해서 해결하도록 한다. 버려진 집이라는 것을 알면서도 송이와 친구 영희는 그 집에 자신들의 꿈을 투영시키고, "마치 운명의 비밀을 엿보려는 듯" 집 안을 엿본다. 그러면서 상처입고 쓸쓸해진 마음에 위로를 받고, 다시 현실과 부딪칠 힘을 얻는 것이다.

아이들이 세상과 어떻게 부딪치며 살아가는가를 제시하는 동화를 쓰기란 쉽지 않다. 작가는 최면술에라도 걸린 듯 자신의 어린 시절을 불러내야 하고, 아이들의 것이면서도 아이들 자신들로서는 뚜렷이 감지할 수 없는 감수성과 세상살이의 의미를 어른으로서의 통찰력과 분석력으로 형상화시켜야 한다. 어른과 어린이, 두 세계를 철저하게 함께 살아가는 일, 그 힘겹지만 풍부한 삶이 동화를 쓰는 작가에게 요구되는 일이다.

마술과 현실 사이의 길

강정님 『이쁘 언니』

    『이쁘 언니』(푸른책들, 2000)는 참 독특한 동화책이다. 많은 사람들이 이 책을 읽고 '이걸 동화라고 할 수 있을까?' 하며 고개를 갸웃거린다. 왜 일까? 우선, 묘사가 세밀하기 때문이다. 거의 소설 수준이라고 할 수 있는데, 상투적이고 피상적인 설명으로 대충 넘어가는 동화에 익숙해진 독자에게는 낯선 풍경일 것이다. 그러나 동화건 소설이건 시건, 글의 기본은 탄탄한 묘사이다. 눈에 보이는 장면을 훤히 그려내지 못하고서는 감정의 전달도 환상의 구축도 모두 공중누각일 뿐이다. 안데르센의 인어공주 완역본을 보자. 바닷속 풍경은 물론이고, 인어들의 눈에 비친 지상의 풍경이 낯설 정도로 자세히 그려진다. 우리가 사는 지구가 정말 이런 곳이었나? 싶을 정도이다. 그래서 독자는 물 밖으로 나가고 싶어하는 인어공주의 열망을 그녀 자신의 진술보다는 그 묘사에 의해 더 먼저, 더 열렬히 느끼게 된다. 그런 묘사야말로 전래동화와 창작동화를 구별하게 해 주는 중요한 요소 중 하나이며, 작가의 개성을 드러내 주는 열쇠이다. 묘사를 통해 두드러진 개성을 보여 주는 동화를 만나는 일, 흔치 않은 즐거움인데 『이삐 언니』에서는 그런 즐거움을 맛볼 수 있다.

『이삐 언니』가 동화가 아닌 것 같은 또다른 이유는, 내포 작가이다. 이 작품집에서 이야기를 이끌어나가는 화자인 '나'는 일곱 살에서 열 살가량의 세월을 지나가는 여자 아이 '복이'이지만, 그 서술 태도는 열 살 아이의 것이 아니다. "송엽이는 다른 아이들과 달리 솜처럼 푹신하고 물 속처럼 단순한 아이였다."라는 비유, "어디로 데려가는 건지 모르지만 길은 결코 나를 배반하지 않으리라는 것을 깨닫고 있었다." 같은 인식, "그 시절은 정의가 살아 있는 때였다."라는 평가는 분명히 나이 든 내포 작가의 눈에서 나온 것이다. 열 살 아이가 만나는 사건과 예순다섯 어른의 입에서 나오는 서술. 얼핏 모순과 불균형처럼 보이지만, 작가는 의도적으로 이 모순과 불균형을 만들어내고 조종함으로써 오히려 독특한 마술 같은 세계를 우리 앞에 펼쳐 보이고 있다. 우리 동화계에 흔치 않은 이런 뒤섞임의 기법을 성공적으로 구사해서 독자를 빨아들이는 『이삐 언니』가 나는 아주 반갑다.

『이삐 언니』에서 가장 두드러진 모티프는 '길'이다. 길은 물리적으로 어린 복이를 동네 밖으로 이끌어내는 견인차이며, 심리적으로 세상 밖으로 내보내는 문이며, 인생 그 자체이기도 하다. 그 길은 뭔지 신비롭고 마술적이다. "이게 웬일인가! 나의 발길은 생각과는 달리 집의 반대편으로 향하고 있었다.", "앞으로 나아갈수록 길은 신비한 힘으로 점점 더 강하게 나를 이끌고 있었기 때문이다.", "나는 내가 참으로 바라는 것은 어딘가 먼 곳으로 나를 이끌어 가는 길 위를 쉬지 않고 걷는 일이라는 걸 문득 깨달았다." 같은 진술들은 이 글에 나오는 길의 성격을 단정적으로 보여 준다. 복이는 그렇게 길을 나서 헤매기도 하고, 지쳐 주저앉기도 하고, 소달구지를 얻어 타기도 하면서 결국은 어딘가에 가서 닿는다. 그리고 그러는 과정에서 인생에 대한 깨달음을 하나씩 얻는다. 「이삐 언니」와 「봄이 오는 날에」에서 그 깨달음은 충분히 확인된다.

수많은 여자들이 빛이 들어오지 않는 어둡고 긴 터널을 지나는 것처럼 침울한 인생을 걸어가고 있다. 그러나 세상에는 그러한 삶만이 존재하는 것은 아니었다. 나는 가슴 뿌듯하게 차오르는 희망을 꼭 움켜쥐

「이삐 언니」(푸른책들, 양상용 그림) 중에서

었다.

　인생이란 얼마나 먼 길을 가야 하며 거기에는 빛과 그늘과 다른 어떤 것들로 가득 차 있는 것일까? 누가 나를 도와 줄 수 있을까? 나를 사랑해 주시는 (…) 그리고 지금 옆에 계시는 할아버지라 할지라도 내 슬픔과 눈물을 막을 수 없으며 내 길을 대신 가 줄 수는 없는 일이었다.

　머릿속을 텅 비게 하여 몸의 피로를 의식하지 않는 것이 중요했다. 나는 어느새 먼 길을 걷는 방법을 터득했는데 그것은 바로 소에게서 배운 것이었다.

희망과 기쁨과 절망과 슬픔을 모두 자기 몫으로 껴안고 자기 길을 가야 한다는 사실을 길을 걸으며 깨우친 복이는, 길을 걷는 방법까지도 터득한다. 그것은 몸의 피로를 의식하지 않는 것, 머릿속을 텅 비게 하는 것이다.
　그리하여 피로를 의식하지 않는 몸, 텅 빈 머릿속으로 자연스럽게 들어오는 것은 환상과 마술이다. 일제시대 가난한 농촌이라는 현실적인 배경 위에 잠깐잠깐 스치고 지나가는 환영 같은 장면들은, 등장 인물들의 힘겨운 삶에 아주 특별한 빛과 의미를 던져 준다. 이삐 "언니의 말은 언제나 마술과도 같"고, "저수지 너머 그 곳은 (…) 존재하지 않는 환상 속의 먼 나라처럼 여겨"지고, 잔치집에서 판소리를 하는 소리꾼은 "마술사와 같은 존재"이며 청중들은 "마술사의 주술에 묶인"다. 심지어는 새끼 돼지가 개 젖을 먹고 자라는 것을 보고는 개가 돼지를 낳은 것이라고 단정지어 버리는 사람들도 있다. 자초지종을 설명하다 지친 판섭이 아저씨는 "참말을 하면 아무도 안 믿어 주는디 어쩔 것이냐?"하며 자진해서 환상에 섞여 버린다. 그 환상의 보상은, 「월이의 귀가」에서 복이의 엄마가 대표적으로 누리는, 자유와 웃음과 기쁨이다.

사람들이 모두 무서워하는 골짜기 외딴 집에 들어가 살던 광암 아저씨의 이야기인 「안개 골짜기」는 현실과 환상 혹은 마술이 뒤섞이는 대표적인 경우이다. 광암 아저씨와 아주머니는 귀신들이 출몰하는 소리를 들을 수 있을 뿐 아니라 아저씨의 눈에는 그들이 보이기까지 한다. "대체 뭣들이 이른 새벽부터 시끄럽게 이 야단들이다냐!"고 기세 좋게 귀신을 야단치던 아주머니가 견디다 못해 온갖 부적을 쓰자 어시들은 "잘 살아 처묵어라!"는 저주를 내뱉은 뒤, "다리를 절고 어깨를 동여매고 머리를 싸매고, 성한 데 없는 몸을 서로 부축해 가며 참나무 숲 쪽으로 천천히 멀어져" 간다. 이 가엾은 꼴을 본 광암 아저씨는 상대가 사람이든 어시든 남을 못살게 하고 싶지 않다며 집을 내주고 떠난다. 이 이야기에서 귀신이 실제로 존재하는가, 인간이 그들을 볼 수 있는가는 중요한 문제가 아니다. 중요한 것은 이 지상이 인간만의 영토가 아니라는 점, 인간 이외의 다른 존재, 심지어는 떠도는 영혼까지도 함께 살아가야 하는 곳이라는 점이다. 그렇게 "안개 골짜기의 참모습을 깨닫게" 된 광암 아주머니는 싱싱한 솔잎의 향기와 산새들의 노래에, 알 수 없는 기쁨에 젖는다.

복이 이야기, 즉 신비로운 길 이야기로 시작된 이 책은 웬만한 지도에는 나오지도 않는 불모의 섬으로 이주하는 광암 아저씨의 이야기인 「광암 아저씨의 섬」으로 끝나면서 그야말로 대단원의 막을 내린다. 바위투성이 섬에 요술처럼 호수가 생기고 풀과 나무와 채소와 곡식이 자라나는 광경이 "놀라움으로 지켜 보는 동안 (…) 실제로 일어난 일처럼 아저씨 앞에 선명하게 펼쳐졌던 것이다." 그 섬을 찾아 길을 떠나는 광암 아저씨와 아주머니를 배웅하는 하늘에는 오색구름 하나가 나타나 함께 흘러간다.

단순한 상상과는 다른 마술적 현실이 눈 앞에서 살아나는 세상으로 가는 길을 『이쁘 언니』는 안내해 준다. 추억이 어린 과거로 가는 길, 빛나는 세상 풍경으로 인도하는 길, 세상에는 어시에게 내주어야 하는 영토도 있다는 것을 깨닫고 돌아서는 길, "황금 같은 유년 시절에서 의무와 규율과 제약 등으로 이루어진 새로운 세상으로 나를 끌어가기 위해 거기 놓여 있는" 보이지 않는 문으로 들어서는 아름다운 길들이 사방으로 뻗어 있다. 그 길들은 복이에게도 그랬던 것처럼, 결코 우리를 배반하지 않을 것이다. 어린 친구들에게 "내가 그 애들만 했을 때부터 간직해 온 소중한 나의 보물"을 나눠 주기 위해 처음으로 이야기를 엮어 내놓은 노년의 작가의 손끝도 아름답다. 그는 자신이 우려하는 만큼 나누는 솜씨가 형편없지 않았다. 자신을 잃을 까닭이 없다. 그가 바라는 이해와 위로를 우리가 보내 줄 수 있는 길이 열리면 좋겠다.

'나'를 찾아가는 멀고도 험한 길

황선미 『마당을 나온 암탉』

　　『마당을 나온 암탉』(사계절, 2000)은 한국 동화로는 보기 드물게 자기 정체성을 찾는 존재에 관한 이야기이다. 이 동화의 주인공인 암탉 잎싹은 나는 누구인가, 어떤 삶을 살아야 하는가 하는 문제를 끈질기게 따라가면서, 행동과 사고 반경을 죽음의 구덩이에서부터 부활의 창공까지 넓고도 높게 펼쳐 보여 준다. 가족과 친구 사이의 에피소드가 주류를 이루는 한국 어린이문학계(얼마 전 몇몇 동인들과 함께 90년대 주요 동화 100여 편의 소재를 조사·분류해 본 적이 있는데 그 소재의 폭좁음이 새삼 놀라웠다.)에서는 아주 소중한 시도이자 성과가 아닐 수 없다. 새 세기를 맞아 새로운 지평을 열어 보이는 작품 중 하나로 손꼽기에 무리가 없을 것이다.

　　양계장에 갇혀 사는 난용종 암탉 잎싹은 '마당'에 사는 암탉이 앙증맞은 병아리를 까서 데리고 다니는 것을 본 뒤부터 자신도 알을 품어 병아리의 탄생을 보겠다는 소망을 품는다. 그것은 "암탉으로 태어났으면 당연히 가질 수 있는 바람"이다. 잎싹은 양계장 철망 안의 다른 닭들과 달리 자신의 본질을 '알을 품어 병아리를 까는 어미'로 스스로 규정하면서 독립적으로 자아를 확립하는 것이다. 작가는 난용종 암탉인 잎싹이 "혼자서 낳은 알은 아무리 품어도 부화하지 않는다는 사실도 몰랐다. 진작에 알았다면 알을 품고 싶다는 소망 따위는 아예 갖지 않았을지도 모른다."라고 하지만, 현실적 한계 앞에서 그렇게 쉽사리 물러나는 소망이라면 애초부터 소망이라고 이름붙여질 수도 없었을 것이다. 잎싹은 그걸 알았더라도 여전히 병아리를 소망했을 것이다. 소망은 자기에게 주어진 조건이 무엇인가를 아는 일이 아니라 자기가 진심으로 원하는 것이 무엇인가를 아는 일이기 때문이다. 자기가 낳지 않은 알도 끝까지 품어 까고, 자기와 다르게 생긴 아기오리도 몸을 던져 끝까지 지켜내는 일. 그것은 꿈이나 희망을 공상처럼 품는 것과는 구별되어야 하는 차원이다. 자신의 본질이며 의무라고 여기는 목표에 도달하기 위해 어떤 험한 길도 마다않고 가는 일, 그 길 끝에서 드디어 자신을 완성하고 환한 자유를 누리는 일이 바로 진정한 소망의 모습이며 가치라는 것을 한 볼품없는 양계장 암탉 잎싹은 우리에게 확인해 준다.

잎싹은 자기 이름을 자기 스스로 지어 붙인다. 그것은 자기 존재의 독립성을 선언하는 동시에 자신을 어떤 존재로 규정지었는가, 어떤 생애를 살고 싶은가를 보여 주는 상징이다. 잎싹의 생의 목표는 생명의 밑바탕 되기, 아름답게 거듭나기이다. 그것은 철망 안에서 마당의 아카시아나무

『마당을 나온 암탉』 표지

를 보며 품어 키운 생각이다. "처음에는 아카시아나무에 꽃밖에는 아무것도 없는 줄" 아는 잎싹. 그러나 꽃이 눈송이처럼 날리며 진 뒤에도 남아 있던 초록색 잎사귀가 늦은 가을까지 거친 바람과 사나운 빗줄기를 견뎌내다 노랗게 물든 뒤 조용히 지는 것을 보며 감탄하고, 이듬해 봄에 연한 초록색으로 다시 태어나는 것을 보며 또 감탄한다. "그 잎사귀처럼 뭔가를 하고 싶었"던 마음은 결국 족제비의 밥이 될 뻔했던 알을 품어 오리를 탄생시키고, 자신의 몸뚱이는 "마지막으로 낳았던 알처럼 느껴졌"던 새끼족제비들의 먹이로 기꺼이 내어놓게 한다. 순환하는 생명 현상에 주체적으로 참여하기, 그 섭리 깨닫기. 진부할 정도로 흔하고 당연한 명제이지만 잎싹은 자신의 이름을 걸고, 자신의 전 존재를 바쳐서 그 명제를 실현해낸다. 상투적이고 어설픈 관념 섞인 설명이 아닌, 생생한 성격과 팽팽한 사건을 통해 구체적으로 살아나는 메시지는 보기 드문 설득력을 갖는다.

그 설득력을 담보하는 문학적 장치로 성격과 사건 외에 이 책에서 특히 눈에 띄는 것은, 공간성이다. 우선 제목인 "마당을 나온 암탉"부터가 시사적이다. 왜 양계장을 나온 암탉이 아니라 마당을 나온 암탉일까. 마당은 무슨 의미를 갖고 있을까.

이 이야기의 공간적 배경은 양계장 철망 안을 시작으로 마당→밭→찔레덤불→저수지→(마당)→야산으로 뻗어나간다. 각각의 공간은 잎싹의 생존에 중요한 역할을 할 뿐 아니라 자아 실현의 절대적 조건이 된다. 잎싹이 어떤 존재인지는 그녀가 지금 어느 장소에 있는지와 떼어 놓고 생각할 수가 없다는 말이다.

양계장 안의 잎싹은 열렬히 소망하는 존재이다. 양계장 밖으로 나가기 위해 먹이를 거부하고 알 낳기를 거부하면서 야위어 가다가 폐계 판정을 받아 죽은 닭들의 구덩이에 내던져지기도 하고, 족제비의 앞발에서 간신히 빠져나온 후 그토록 소망하던 마당으로 들어선 잎싹. 그러나 잎싹의 몸은 이미 알을 만들어낼 수 없는 상태이고(가장 원하는 것을 얻기 위해서 가장 소중한 것을 잃어야 한다는 아이러니!), 마당 닭 가족과 오리 무리와 문지기 개로 이루어진 마당 동물 사회는 완강하게 잎싹을 몰아낸다. 죽음을 무릅쓴 소망의 대가치고는 너무나 허망하고 혹독하다.

마당 안의 잎싹은 그래서 이제 좌절하고 슬퍼하고 분노하는 존재이다. 그러나 마당을 '나간'다는 진술에는 잎싹이 그 분노와 슬픔과 좌절을 극복한다는 의미가 숨어 있다. 양계장 안에서 마당만을 바라보던 잎싹은 분노와 슬픔의 힘으로 마당을 나와 더 넓은 세상을 발견한다. 그 세상은 밭과 찔레덤불이다. 싱싱하게 이슬 맺힌 배추와 꿈틀거리는 배추벌레를 먹을 수 있는 밭. 누군가 두고 간 알을 품어 어린 것을 탄생시킬 수 있었던 찔레덤불. 잎싹은 그토록 동경하던 '마당을 나온' 후에야 비로소 소망을 이루었던 것이다.

그러나 이제 잎싹에게는 자기와 종족이 다른 아기, 오리새끼인 초록 머리의 정체성을 찾아 주고 지켜 주어야 한다는 책임감이 생긴다. 그것

은 소망과는 또다른, 지극한 사랑에서 나오는 숭고한 의무이다. 그래서
잎싹은 자기와 전혀 어울리지 않는 거처인 저수지로 야산으로, 사는 곳
을 옮긴다. 심지어는 초록머리의 청에 못이겨 절대로 돌아가고 싶지 않
았던 마당으로 돌아가기까지 하지만, 마당은 초록머리를 위한 곳도 아니
었다. 마당은 인간이건 동물이건, 더 많은 먹을 것과 더 확실한 자리 보
존만이 목표일 뿐, 자유와 소망이 무엇인지를 이해하지 못하는 존재들이
사는 곳이었던 것이다.

그런데, 잎싹과 초록머리의 종족이 다르다고? 아니다. 잎싹은 꽃과 잎이 한 나뭇가지에 달려 있는 것처럼 닭과 오리, 나아가서 모든 생명 있는 것들은 한 뿌리에서 나왔다는 사실을 몸으로 깨닫고 있었는지 모른다. 먹고 사는 일이 먹히고 살리는 일과 궤를 같이하다가 언젠가는 만나는 일이라는 사실을 깨닫고 있었는지도 모른다. 그래서 초록머리에게 "서로 다르게 생겼어도 사랑할 수 있"다고 말해 줄 수 있었을 것이다. 그래서 날개를 활짝 벌리고 족제비에게 자기 몸을 내던질 수 있었을 것이다. "물

『마당을 나온 암탉』(사계절, 김환영 그림) 중에서

풀에 매달려 알을 낳고 남아 있는 힘으로 마지막 여행을 마친 잠자리들"
이 쪼아 먹으려는 자기를 두려워하지 않고 "날개가 굳어가는 동안 수많
은 눈"으로 "파란 하늘을 보고" 있었던 것처럼.

　이제 잎싹은 자기에게 잡아먹히던 잠자리가 쳐다보던 파란 하늘을 날
고 있다. 그 하늘은 그토록 애지중지 키웠던 초록머리가 동료 오리떼와
함께 가 버린, "그들을 빨아들이는 다른 세상"이었다. "살아 있는 것들은
모두 하늘 저쪽으로 빨려" 간다. "이쪽에 남은 껍데기"는 족제비 새끼들
의 먹이로 내주고 잎싹이 얻은 것은 살아 있는 것들의 장소인 하늘을 나
는 날개였다. 자신도 미처 몰랐던 또다른 소망, "소망보다 더 간절하게
몸이 원하던" 하늘을 나는 날개가 잎싹이 마지막으로, 그리고 영원히 얻
은 놀라운 보상이었다.

　『마당을 나온 암탉』은 아이들은 물론이거니와 어른들에게도, 아니 오
히려 어른들에게 더 깊은 울림을 주는 동화이다. 그만의 독특한 방식으
로 자기 자신을 새삼스럽게 돌아보도록 만드는 동화. 이 이야기에 나오
는 숱한 동물들 중 나는 어느 쪽에 가까운가, 내가 지금 머물고 있는 곳
은 어디인가를 자문하자. 그러면 가슴털을 뽑아 알을 덮어 주는 암탉처
럼 자기 가슴을 할퀴며 이 글을 썼을 작가에게는 상당한 위안이 될 수 있
을 것이다.

박쥐를 그냥 놓아 두세요

이경혜 『마지막 박쥐 공주 미가야』

어린이문학에서 동물은 인간만큼이나, 아니 어쩌면 인간보다 더 중요한 존재이다. 동물은 인간의 친구로, 적으로, 인간보다 더 인간을 잘 대변하는 표상으로, 혹은 동물 그 자체로 어린이문학의 세계를 종횡무진 누비고 다닌다. 어린이문학과 어른 문학을 나누어 규정짓는 변별점 중 하나가 바로 그 점일 것이다. 동물이 주요 등장 인물로 나오면 그건 동화다, 하는 생각. 그래서 이솝우화가 별 저항 없이 어린이문학의 영토 안에 자리를 잡고 들어간다. 『파브르 곤충기』, 『시튼 동물기』, 심지어는 리차드 바크의 『갈매기의 꿈』까지 마구 살점을 뜯겨가면서 그 안으로 꾸역꾸역 밀어넣어진다. 유리구두를 신기 위해 발가락과 발꿈치 살을 잘라내는 아셴푸텔의 의붓언니들 짝이다.

어린이문학이 동물을 즐겨 쓰는 이유는 여러 가지이지만, 대부분은 인간의 필요에 의한 것이다. 그림책 작가에게는, 자칫 단조로워지기 쉽고 표정 변화를 구사하기 어려운 사람 얼굴보다 다양하고 풍성한 변형이 가능하며 주목률도 높은 동물이 훨씬 좋은 소재가 될 수 있다. 특정 인간성을 상징하는 데에도 동물은 아주 유용하다. 고약한 늑대, 교활한 여우, 겁 많은 토끼, 온순한 양, 미련한 곰, 약삭빠른 쥐…… 이미 스테레오타입이 되다시피한 동물들은, 한편으로는 또 고정관념을 깨고 싶은 작가들에 의해 비틀리고 뒤집히는 대상으로 즐겨 쓰이기도 한다. 물론 인간과 동물의 어울림과 우정을 이야기하는 어린이문학도 많다. 야생동물 · 가축 · 애완동물과 인간과의 관계를 통해 자연과의 조화라든가 생명의 소중함을 피력하는 이야기들. 그리고 드물게, 동물 그 자체를 그리는 동화들이 있다. 객관적으로 그들의 생태를 따라가든, 작가의 정서를 전적으로 투영시키든, 인간과의 관계보다는 동물 자체에 초점이 맞춰지는 것이다.

『마지막 박쥐 공주 미가야』(문학과지성사, 2000)는 그렇게 박쥐에게 조명을 비추는 이야기이다. 박쥐? 우리 어린이문학에서는 아주 희귀한 소재인데, 아마도 본격적으로 박쥐를 다룬 최초의 장편동화일 것이다. 우선 우리가 박쥐에 대해서 어떤 생각을 가지고 있는지 정리해 봐야겠다.

"그러니 제발 박쥐를 그냥 놓아 두세요."

최근 자신의 박쥐 연구를 집대성한 책을 펴낸 한 박쥐 학자의 당부이다. 그는 박쥐가 얼마나 예쁘고 쓸모 있는 동물인지를 역설한다. 작은 박쥐 한 마리가 하룻밤에 모기를 5천 마리나 먹어치운다! 그러나 박쥐를

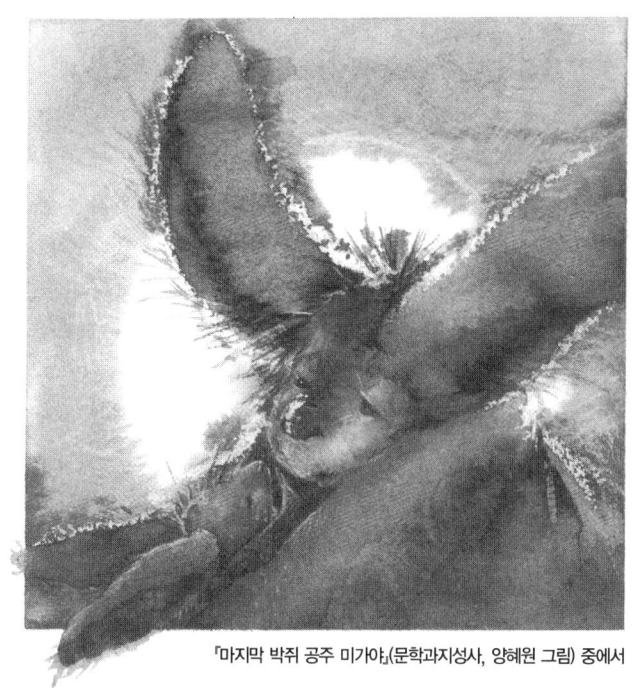

「마지막 박쥐 공주 미가야」(문학과지성사, 양혜원 그림) 중에서

간에 붙었다 쓸개에 붙었다 하는 간신의 상징으로 만들어 놓은 우화, 때 거리로 달려드는 흡혈 박쥐를 등장시키는 공포 영화를 본 기억이 있는 우리는 아무래도 박쥐를 예쁘게 봐줄 수가 없다. 어두운 동굴 안에 살면 서 밤을 틈타 활동하는 습성도 박쥐를 수상쩍게 바라보도록 만든다. 한 편 흥미롭게도, 박쥐가 행운과 장수와 보호의 상징인 적도 있었다고 한 다. 옛날 사람들은 노리개, 장롱, 보석함에 박쥐의 문양을 새겼다. 박쥐 가 정의의 상징인 경우도 있었다. 어린 시절 우리의 우상이었던 황금 박

쥐, 배트맨! 그런가 하면 박쥐는 소중한 한약재 대접을 받는다. 사람들은 씨가 마를 정도로 박쥐를 잡아 말린 뒤 한약재 시장 가게 구석에 꽁꽁 숨겨 두고 선심 쓰듯 팔아 준다. 박쥐 박사 말에 의하면 쥐나 두더지와 성분이 다를 바 없다는데도.

이러니 대체 박쥐를 어떻게 봐줘야 할지, 복잡해진다. 다른 멸종 위기 동물인 수달처럼 그 재롱에 미소를 머금게 된다든가, 두루미처럼 우아한 자태에 감탄한다든가 하는 뚜렷한 이미지가 박쥐에게는 없다. 혐오감과 연민과 호기심과 이질감 같은 것들이 뒤섞여 박쥐의 아이덴티티를 세우기 어렵게 만드는 것이다.

그러나 『마지막 박쥐 공주 미가야』는 인간적인 가치 기준과 미적 기준으로 박쥐를 평가하지 말아 달라고 말한다. 박쥐에게는 박쥐만의 세계가 있고, 그 세계는 그들 자신의 역사와 지혜와 소망을 담고 5천만 년을 이어져 내려왔다. 그러니 인간은 그 박쥐 왕국을 존중하며 더불어 살아가야 한다고 작가는 나직이, 그러나 힘주어 말한다. 하지만 독자는 그 메시지를 작가에게서 직접 듣지 않는다. 작가가 후기에 썼다시피 "박쥐로 잠시 살다 온 듯한 느낌"으로 이 글을 탄생시켰듯 독자 또한 잠시 박쥐가 된 듯한 기분으로 자신의 마음 속에서 울려나오는 박쥐의 목소리를 들을 수 있다. 그것은 박쥐, 특히 미가야의 정서에 깊이 몰입되어 펼쳐지는 서정적 문체 덕분이다.

멸종되어 가는 토끼박쥐 나라인 미가야 왕국의 여왕이 대를 이을 딸을 낳고, 그 공주에게는 나라의 이름을 따서 '미가야'라는 이름이 붙는다. 궁금해하기 잘하고, 질문 잘하고, 무엇보다 노래 만들어 부르기 잘하는 미가야 공주는 사냥법과, 인간 세상을 포함한 주위 세계와, 종족의 역사에 대해 배우며 행복한 유년을 보내지만, 박쥐사냥꾼에게 가족을 모두 잃고 홀로 남은 채 죽음 같은 겨울잠에 빠져든다. 1부 성격을 띤 여기까지의 이야기에서 미가야는 모든 것을 독자에게 나누어 주는 듯하다. 세상을 향한 호기심, 아름다운 자연에 대한 경이와 기쁨, 지혜의 동굴에서 체험하는 신비, 가족을 잃고 난 후의 절망감과 분노와 슬픔 그리고 외로움 들이, 이야기 안에서 그토록 자주 아름답게 묘사되는 폭포의 물처럼 쏟아진다. 모여드는 물을 감당 못해 제 가슴에 구멍을 뚫으며 쏟아붓는 폭포처럼 작가는 어린 시절 자기 집 앞마당에서 죽어간 조그만 박쥐에서 비롯된 박쥐에 대한 연민과 애정의 물꼬를 잠시 박쥐가 되어 그렇게 한꺼번에 터 놓아 버린 것 같다. 그 물줄기는 독자가 아니라 작가 자신을 향한 것이지만, 옆에 선 독자를 흠뻑 적시기에 충분할 정도로 강력하고 풍부하다.

겨울잠에서 깨어난 미가야가 고슴도치와 오소리를 친구로 사귀고, 멀리서 온 토끼박쥐 '달밤의칼'을 만나 딸을 낳는 2부는 사뭇 다른 분위기를 만들어낸다. 박쥐사냥꾼 때문에 두 차례나 위기를 맞기도 하지만 훨씬 가볍고 코믹하기까지 할 정도로 유머러스하다. 미가야가 오소리, 고슴도치에게 달밤의칼과의 사랑을 확인받는 대목의 재치와 감수성은 반짝반짝 빛난다. 그러나 이렇게 급작스럽게 달라진 분위기는 이 글의 전체적인 통일성을 깨뜨리는 데 한몫 하는 듯하다. 프롤로그를 비롯한 전반부의 긴장과 비애는 사라지고, 미가야의 비극적 운명은 너무 쉽게 행복과 낙관에 자리를 내 준다. "마지막 박쥐 공주"라는 제목에 걸맞게 좀 더 유장한 비극적 결말로 끌고갔더라면 보다 깊은 여운을 주면서 전체의 통일성을 높일 수 있지 않았을까. 미가야를 귀여운 봉제 인형처럼 그려 놓은 일러스트도 미가야의 두 이질적 성격 사이를 고민하여 왔다갔다하다 나온 절충안인 듯, 어느 한쪽의 캐릭터도 성공적으로 표현하고 있지 못하다.

어린이문학의 특성 중 하나가 희망과 가능성을 향해 열려 있는 경향을 갖고 있다는 점이고, 그것이 바람직한 경향이기는 하지만, 근거 없는 낙관과 맥락 없는 감상으로 빠지는 일은 경계해야 할 것이다. 이 글이 인간에 의해 몰살당하는 박쥐에 대한 안타까움에서 비롯된 것이라면, 박쥐 한두 마리의 사랑과 희망만으로 그 왕국이 영원히 이어질 수 있으리라는 기대는 그들의 현재와 미래에 대한 경각심 어린 통찰력을 흐리게 만들 수도 있지 않을까.

나, 그리고 우리

이원수 『잔디숲 속의 이쁜이』

베르나르 베르베르의 소설 『개미』, 스티븐 스필버그의 애니메이션 〈개미〉, 그와 비슷한 시기에 나왔던 또다른 애니메이션 〈벅스 라이프〉······ 언뜻 생각나는 개미 이야기만 해도 이렇게 짱짱하다. 그리고 또 어렴풋이 떠오르는, 어렸을 때 읽었던 개미 이야기. 셔츠 끝이 늘 바지 밖으로 비어져나와 있다고 그런 뜻을 가진 단어 '촌도리노'를 별명으로 얻어 가진 아이가 개미가 되어 온갖 모험을 겪는 꿈을 한바탕 꾸는데, 재미있었던 것은 개미가 되어서도 궁둥이에 셔츠 끝자락 비져나온 듯한 흰 무늬가 있어 그 지겨운 '촌도리노'라는 별명을 달고 다닌다는 설정이었다. 다른 건 다 잊어버렸는데 개미가 된 아이가 그 촌도리노를 발견하고 경악을 금치 못하는 장면만 내 머릿속에는 생생하게 살아 있다. 제목도 작가도 기억나지 않는 그 이야기를 다시 읽을 수 있으면 좋겠다.

개미 하면 우리는 일사불란한 조직 사회를 떠올린다. 철저한 신분제와 분업제, 단체를 위한 개체의 희생 등의 요소로 유지되는 체제는 인간들에게도 귀감으로 제시되기도 한다. 특히 여름 동안 놀고먹는 베짱이 옆에서 겨울에 대비해 땀흘리며 일하는 개미의 부지런함! 아이들은 어려서부터 개미와 베짱이 이야기를 들으며 개미의 부지런함과 준비성을 닮아라, 거의 세뇌를 당하다시피 한다. 그런데 과연 그럴까? 개미들은 정말 그렇게 한 치의 어긋남도 없이, 회의도 이의도 없이 사회라는 기계의 부속품 노릇을 일사불란하게 하고 있을까?

동물생태학을 연구하는 학자들은 개미의 행동을 관찰하면서 꼭 그렇지만은 않다는 견해를 내놓는다. 분주하게 일하는 것처럼 보이는 개미들의 80%가 사실은 공연히 왔다갔다하면서 시간만 때우고 있다, 실제로 일하는 20%만 골라내 집단을 만들면 그 안에서도 다시 눈가리고 아웅파가 80% 생긴다는 소위 80/20 설을 어디선가 읽고, '똑같다 똑같아! 사람하고 똑같다!' 하면서 낄낄 웃은 기억이 있다. 최재천의 『개미 제국의

「잔디숲 속의 이쁜이」 표지

발견』을 보면 알을 못 낳도록 되어 있는 일개미들이 여왕개미 몰래 구석방에서 알을 낳다가 들통나 사형 당하는 경우가 보고되어 있다. 그는 개미를 "지독한 전체주의 사회에서도 자아를 잃지 않으려는 (…) 독립적인 생명체"로 규정하면서, 스필버그의 개미에 나오는 "불합리한 체제 속에서 자신의 권익에 대

해 고민하는 사뭇 개성적인 일개미"를 상상한다.

　그런 개미를 이원수는 스필버그보다 30여 년 앞서『잔디숲 속의 이쁜이』(웅진닷컴, 1998)에서 창조해 냈다. 이원수의 책 가운데에서는『숲 속 나라』가 우리나라 최초의 본격 판타지로 평가받고 있지만, 구성의 그물망이 느슨하고 인물은 살아 있지 못한 데다 판타지로서의 리얼리티도 갖추지 못한 채 작가의 의도적 메시지만이 구호처럼 때없이 터져나오는 이 이야기는 장르적 성격 이전에 작품 자체를 더 꼼꼼히 살펴야 할 필요가 있을 것 같다. 그에 비해『잔디숲 속 이쁜이』는 동물을 의인화시킨 동물 판타지이자, 주인공이 세상으로 나가 자신의 이상 혹은 임무를 찾고 완성하는 탐색담으로서 주목할 만한 완성도를 갖추고 있다. 개미들의 공동 작업, 집짓기, 진디 목장, 혼인 비행, 개미 귀신, 집단 간의 싸움과 약탈, 알 낳고 돌보기 등 상당히 세밀하게 보고되는 개미의 생태를 바탕으로, 몸담고 있던 집단을 나와 새로운 개미 집단을 만들어가는 이쁜이와 똘똘이의 모험이 탄탄하고 긴박하게 펼쳐진다. 그러면서 작가는 이 모험을 통해 독자에게 '나'와 '우리'의 관계에 대해서 생각하게 만들어 준다.

　『잔디숲 속 이쁜이』에서는 나와 우리의 대립 상황이 사건의 발단을 만든다. 힘을 합해 부지런히 아침 일찍부터 일하는 개미들, 그리고 늦잠 잔 주제에 "그 달콤하고 고소한 새벽잠을 마음대로 자지도 않고 일만 하고 있는 동무들이 슬그머니 얄미운 생각이" 드는 이쁜이와 "좀 쉬려고 빠져 나"온 똘똘이. 둘은 결국 그 개미 집단을 떠나게 된다.

　이쁜이와 똘똘이가 사회를 떠나는 동기는 언뜻 이기적이고 사소해 보인다. 늦잠을 못 자게 하니까, 옷매무새 바로잡는데 야단치니까, 벌 받는 게 무서우니까, 친구가 떠났으니까……. 그러나 "조그만 일이 생각지도 않은 큰 사건으로 벌어지는" 것처럼, 그 사소한 이유는 점차 숨막히는 통제 사회에 대한 인식과 저항으로 발전한다. 이쁜이의 철없는 반항을 개성과 자유에 대한 자각으로 강화시켜 주는 것은, 일말의 일탈도 허용하지 않고 체벌을 가하는 반장(들)의 폭압성이다. 개미 반장들에게 공동 생활의 질서는 모든 것에 앞서는 절대 가치이며 그것을 해치는 행위는 배신이며 모반이다. 그들에게 가장 중요한 것은, 가장 빈번하게 쓰는 말, '우리' 이다.

"우리는 땀 흘려 일하는 것이 최대의 명예다. 명예를 짓밟고 혼자 꾀만 피려 드는 너는 우리들의 배반자란 말이다."

"우리가 애써 일하고 있는 시간에 편히 낮잠을 자거나 그늘에서 놀고 있는 반원은 우리들의 땀으로 배를 불리려는 못된 생각을 가진 자다."

"우리들의 공동 생활을 위해 처벌을 받아야 한다는 것도 알고 있겠지?"

"우리 족속의 규칙은 우리 족속의 행복을 위해서 있는 거다. 너 같은, 제멋대로 놀아나는 놈은 벌 주는 것이 우리 족속을 위하는 일이 되기 때문이야."

그런 개미 사회 안에서 '나'는 설 자리가 없다. 늦잠 자기 일쑤고, 풀잎에 매달린 물방울 안에서 무지개를 발견하고, 실잠자리를 양식으로만 보는 게 아니라 그 날개의 아름다움을 감상하고 싶어하는 이쁜이는 더욱 그렇다. 반장들과 입씨름을 벌이며 이쁜이는 공동 생활의 규율이라는 것이 개인의 자유와 권리를 말살하는 억압 기제로 작용할 수 있다는 인식을 선포한다.

"반장님, 그런 일로 끌어다 징역을 살리고, 심하게는 토막을 내서 죽이고 하는 게 우리 족속의 규율입니까? 그런 지독한 짓이 우리 족속이 해야 하는 일입니까?"

"저는 그런 무서운 규칙이 없어도 행복해질 수 있다고 생각해요. 그래서 규칙만 찾는 집 식구들에게서 뛰쳐나온 거예요."

늦잠 자다 벌 받을 게 무서워 집을 뛰쳐나온 철없는 이쁜이의 인식 지평은 이제 규칙 없이 행복해지기, 독립해서 살기, 명령도 사형도 노예도 없는 가족 만들기로 넓혀진다. 그리고 수많은 험난한 고비를 넘겨 가며 결국 똘똘이와 함께 그런 가족을 이루는 데 성공한다.

이쁜이가 가족을 이루면서 맞는 대단원은, 구조적으로는 이쁜이가 가족을 떠나는 발단으로 다시 돌아오는 것처럼 보인다. 그러나 많은 탐색동화와 전래동화가 그렇듯, 그 되돌아옴은 단선적인 것이 아니다. '우리'를 떠나 '나'로서 행동과 인식 지평을 넓히고 성장한 뒤 다시 만나는 '우리'는 앞의 '우리'와 본질적으로 다르다. 명령과 복종, 규칙과 형벌로 다스려지는 집단이 아니라 사랑으로 어울리는 집단. 그것이 철없는 아이에서 여왕으로 탈바꿈한 이쁜이의 목표이자, 학자 개미의 말로 대변되는 작가의 주제이다.

"개미의 나라는 어디에서나 규율이 엄하고 모두 부지런해서 나라를 지켜 나가는 데에 있어 훌륭하단다. 그러나 동포끼리 서로 사랑하는 마음의 표시가 없고, 너무 자유롭지 못한 것이 흠이야. 그런데 이쁜이와 똘똘이의 나라는 너희들의 사랑이 너무도 뜨거워서, 동포들끼리도 그 사랑의 마음으로 즐겁게 살아갈 수 있을 것 같다는 말이다."

해방 이후 어둡고 혼란스러운 이 나라, 그것을 넘어서 이루고 싶은 이상향의 나라를 『숲 속 나라』에 생경하게 토로해 놓은 작가는 사반세기가 지난 후에는 그것을 개미 나라 안에 조심스럽고 완숙하게 숨겨 놓는다. 부지런한 개미 나라는 60년대 이후 경제 발전에 매진하는 우리 나라의 투영일 것이다. 작가는 거기에 개인의 자각과 노력에 의한 사랑과 자유가 넘치게 하고 싶었을 것이다. 허리가 잘리는 형벌에 대한 잦은 언급도,

허리 잘린 우리 나라에 대한 안타까운 깨우침이었을 것이다. 그러나 이런 메시지들이 개미의 생태계에 대한 상당히 세밀하고 치밀한 관찰을 바탕으로 한 짜임새 있는 모험 이야기와 생생한 묘사, 살아 있는 개미 인물들에 의해 드러나지 않게 전달된다는 것이 이 책을 읽고 또 읽게 만드는 매력이다.

그렇지만, 두어 가지 사족 같은 기우. 우선, 개미의 생태가 정확하지 않다는 점이다. 이 책에서 일개미들은 여성도 남성도 아닌 중성으로 나오지만, 실제로 일개미는 여성이다. 작가는 이쁜이의 '나'에 대한 자각의 중요한 부분을 성적 정체성에 대한 의문과 확립으로 채우고 싶었기 때문에 일부러 그런 설정을 했을까? 또 하나, 여왕개미는 혼인할 때 거의 대부분 다른 집단의 수개미들과 짝짓기를 하며(같은 집단의 수개미와 짝짓는 경우는 아주 극히 드물다), 여러 개미들의 정자를 받아들여 저장해 놓은 뒤 평생 사용한다(한 개미하고만 짝짓기를 하는 경우가 있는지는 확인된 바 없다. 유전자 감식을 통해 계산해낼 수 있는 방법이 고안되기는 했지만, 역시 확인된 바 없다). 그런데 이쁜이는 같은 집단 출신인 똘똘이하고만 짝짓기를 한다. 일반적인 개미의 생태와는 거리가 있는 이런 설정에는 어떤 의미가 있을까. 나는 그것이 혹시, 우리가 신앙처럼 모셔왔던 단일 민족 이데올로기(그리고 정조 관념)의 숨은 발로가 아닐까 의심한다.

실제 개미 사회에서는 거의 의미가 없는 '아빠'라는 존재가 이야기 후반부에서는 무엇보다도 중요해지고 여왕개미인 이쁜이가 그 아빠에 휘

둘리며 약해지는 모습을 보자. 그것은 더 이상 개미 사회가 아니라 한국의 가부장적 인간 사회이다. 동물(곤충) 이야기에서 정작 주인공인 동물이나 곤충은 희미해지고 인간이 그 자리를 차지하고 들어서게 만드는 올무에 뒷다리가 걸린 것 같아 개운치가 않은 기분이다. 기대치 않았던 인간과 개미의 합성물을 보는 듯하다고 할까. 동물을 철저히 그 동물이게 할 것, 인간은 그 안에 솜씨 있게 숨기거나 아예 바깥으로 빼놓을 것. 이것이 성공적인 동물 판타지의 가장 기본적인 조건일 것이다.

고달픈 햄스터의 통쾌한 인생 이야기

소중애 『햄스터 땡꼴이의 작은 인생 이야기』

조그만 사육장에서 열 마리 넘는 식구가 밟고 밟히며 사는 햄스터 가족. 주인이 먹이를 너무 주면 썩어 골치고 안 주면 배 곯는 수밖에 없는 신세. 기를 쓰고 탈출해 봤자 침대 밑에서 쫄쫄 굶다가 제풀에 우리로 돌아가는 죄수 아닌 죄수. 짝짓기 후나 아기 낳은 후 미친 듯 날뛰며 물어뜯는 마누라 때문에 유배 갔다 돌아오기를 반복하면서 "이혼하고 싶다"를 되뇌었던 아빠를 이해하는 고달픈 가장. 햄스터 땡꼴이의 작은 인생이다. 그런데 『햄스터 땡꼴이의 작은 인생 이야기』(예림당, 1999)가 그리는 이 인생은 유쾌하다. 유쾌하다 못해 통쾌하기까지 하다.

별다른 사건 하나 없이 우리에 갇혀 일생을 보내는, 고작해야 아이들 주먹만 한 이 조그마한 애완 동물의 이야기가 그토록 유쾌한 데에는 몇 가지 이유가 있다. 첫째는, 군더더기 없고 탄력 넘치는 문체와 속도감 있는 서술. 의인화된 동물 이야기에서 흔히 볼 수 있는 감상과 연민이 이 이야기에는 전혀 없는 대신 능청과 유머가 시종일관 튀어나온다. 둘째 는, 햄스터 생태에 대한 정확한 관찰과 생생한 묘사. 실제로 햄스터를 키운 경험이 이 이야기를 낳게 했다는 머리말이 아니더라도 작가가 햄스터에게 얼마나 세밀한 눈을 들이대고 있었는지를 알 수 있다. 햄스터가 먹고 자고 놀고 신경질내는 장면이 머릿속에 선히 그려진다. 표지에 이름이 올라 마땅할 그린이의 표정 풍부한 동물 일러스트들도 톡톡히 한몫한다. 셋째, 아주 독특하고 재미있는 '땡꼴이'라는 캐릭터 창조. 땡꼴이뿐 아니라 엄마 햄스터와 아빠 햄스터, 그의 짝인 '실밥터진눈', 땡꼴이와 실밥터진눈을 데려다 키우는 노처녀 '주근깨'가 각각 개성과 조연 노릇을 충실히 하면서 이야기의 재미를 살려 주고 있다.

그러나 무엇보다도 시시때때로 웃음이 터져나오게 만들면서 이 이야기에 활력을 불어넣는 것은, 햄스터의 인생과 인간의 인생에 대한 땡꼴이의 심각한(?) 논평들이다. 의인화된 동물들을 어설픈 인간적 도덕과 철학에 묶어 동물로서의 본성과 개성을 잃어버리게 만드는 함정을 이 이야기는 사뿐히 피해 가고 있다. 서두에서부터 땡꼴이는 자기가 '햄스터'임을 강조한다. 쥐와 비슷하다고 우리를 쥐라고 부르지 말아라, 원숭이랑비슷하다고 너를 원숭이라고 부르면 기분 좋겠느냐, 하면서. 인간에 대한 이 맹랑한 도발은 이야기 전체를 이끌어가는 큰 축이 된다.

강아지 코 끝에 아이스크림을 들이밀어 마지못해 한 입 핥아먹자 "우리 애기가 아이스크림을 먹었다! 역시 족보 있는 개는 다르다!"며 환성을 지르는 부잣집 아줌마의 호들갑은, 동물들의 눈에는 '재롱'을 부리는 것으로 보인다. 개는 자기가 할 수 없이 재롱 부린다는 것을 자각하지만 인간은 그게 재롱이라는 걸 모른다. 미련한 인간! 햄스터들이 사람처럼 이 말 저 말 전하기 좋아했다면 애완 동물 가게에 드나들면서 은근히 남 험담을 하던 사람들은 다 싸웠을 것이다. 입 싼 인간! 그러나 안심하라, 인간들이여. 우리는 사람이 아니라 입 무거운 햄스터이다. 우리에게는 무슨 말이든 터놓고 해도 괜찮다.

자기 눈 앞에서 햄스터 한 쌍이 몇 날 며칠 짝짓기를 하자 주근깨투성이인 노처녀 주인은 "번식이란 지구의 멸망을 막는 가장 원초적인 일"이라는 묵직한 정의를 내놓고 "힘든데 먹고 해."라는 말과 함께 먹이를 소나기처럼 쏟아부어 주면서 동정을 금치 못한다. 햄스터 눈으로 보자면 "주근깨가 우리들보다 몇 천 배 몇 만 배 더 불쌍한데." 불쌍한 인간! 경제적 사정으로 우리에 톱밥 대신 신문지가 깔리자 실밥터진눈의 신경질이 폭발한다. "온통 더러운 기사뿐이잖아. 이런 나쁜 환경에서 어떻게 아이들을 키우란 말이야." 더러운 인간! 그리고 하이라이트는, 그 신문지에서 오려낸 "쟁쟁한" 사람들 이름을 햄스터 새끼들 머리에 감아 놓는 것이다. "김대중, 김영삼, 노태우, 전두환, 정주영, 이건희, 박세리, 박찬호, 이회창, 최불암, 김기철." 유명한 정치인, 경제인, 체육인, 연예인들 이름을 아이들에게 (문자 그대로) 붙여 주는 햄스터 엄마의 "허영심"이 사실은 인간에 대한 조롱임이 "김기철"에서 드러난다. 땡꼴이가 "김기철이 누구냐고요? 모르죠, 나야."하며 시치미를 뚝 떼는 것이다. 별 것 아닌 인간!

　손바닥보다 작은 동물의 이 도저(!)한 인간 풍자는 책 전체에서 웃음과 함께 강력한 설득력을 발휘한다. 그 설득력의 바탕은 땡꼴이가 햄스터로서의 자신의 위치와 한계에 대해 갖고 있는 "비극적" 인식이다. 햄스터는 대부분의 개처럼 인간의 권위 아래 전적으로 몸을 굽히면서 절대적인 충성심을 발휘하지 않는다. 그렇다고 고양이처럼 야성으로 돌아가 성공적으로 독립할 능력도 갖고 있지 않다. 인간을 우러러보지도 않고 내려다볼 수도 없는 위치에서 땡꼴이가 인간을 보는 시선은 수평을 이룬다. 햄스터의 눈높이에 맞춰진 아주 낮은 수평의 시선. 그 시선 안에서는 햄스터도 인간도 보잘 것 없고 가엾은 존재들이다.

　햄스터는 야생 동물로서의 본능을 잊지 않고 있다. 먹이가 넉넉해도 늘 볼주머니에 저장을 해두는 것이다. 땡꼴이는 그것을 "자유에 대한 갈망"으로 이해한다. "우리는 자유를 원해. 우리는 우리끼리 살 권리가 있어. 언제까지나 사람들이 우리를 조물락거리게 내버려 둘 수는 없는 일이야." 먹는 게 지나쳐 배탈이 난 애완견 부들이에게 땡꼴이는 이렇게 비장한 자유 선언을 토로한다. 그리고 팔려간 주근깨의 집에서 사다리를 타고 필사의 탈출. 하지만 자유의 대가는 굶주림이다. "자존심과 자유를 지킬 것이냐, 아니면 등에 붙으려는 뱃속을 채울 것이냐." 먹을 것 없는 집 안을 빙빙 돌면서 갈등에 빠져 있던 땡꼴이는 결국 제발로 걸어나가 다시 잡힌다. "케이크 밤톨만큼만 있으면 불러질 배였는데 (…) 그것과 맞바꾸는 나의 자유도 별게 아니라는 비참한 생각"이 탈출의 소득이다.

그 이후 땡꼴이는 자유에의 갈망을 접는다. 애완 동물 가게에 있던 땡꼴이의 아빠는 우리를 나가는 데는 성공하지만 여전히 가게 안에 있으면서 텔레비전에만 눈을 두고 있다. 그것은 "진정한 자유"가 아니다. 땡꼴이에게 진정한 자유는 죽은 부들이가 간 "하늘나라"에서나 이룰 수 있는 것이다. 지상에서는 온갖 수술로 목소리도 잃고 번식력도 잃었지만, "하늘나라에서 마음껏 컹컹 짖으며 연애도 하고 개답게 살" 부들이야말로 진정한 자유를 얻은 것이다.

본능과 환경에서 자유롭지 못하기로는 인간도 햄스터와 별로 다르지

『햄스터 땡꼴이의 작은 인생 이야기』(예림당, 김희영 그림) 중에서

않다. 무슨 일이 있으면 후다닥 일어나 달아날 준비 자세로 잠들어 있다가 주근깨의 눈에 들어 팔려간 땡꼴이는 "비극적이고 초라한 모습을 좋아하는 사람도 있다는 사실에" 놀란다. 이 인간은 하루 14시간 잠자는 햄스터를 부러워하며 출근하고, 천둥 번개 치는 밤이면 베개 들고 거실로 나와 햄스터 우리 옆에서 꼬부리고 잠든다. 햄스터에게서 "우리보다 몇천 배 몇 만 배 더 불쌍하다." 소리나 듣는다. 만물의 영장이라면서 "자기 이름을 더럽히고는 그것을 깨닫지 못하는" 사람들. "지구상에 사람이나 동물이 먹을 수 있는 음식은 한정되어 있는데 한쪽은 좋은 것을 배탈나게 먹고 한쪽은 굶주"리게 만드는 "배신" 행위를 일삼는 사람들. 유전자를 조작해서 순전히 애완용으로 주먹만 한 토끼를 만드는, "생명의 질서를 마구마구 흐트러뜨리고 있"는 사람들. 모두 햄스터의 눈에 비친 사람들이다. 땡꼴이는 "아무리 세월이 지나도 사람이 햄스터가 될 수는 없"다는 사실을 "다행으로 생각"한다.

이 시니컬한 인식은 그러나 통통 튀는 유머 가득한 서술 뒤로 숨는다. 햄스터의 작은 인생을 온전히 훑어 나가면서 필연적으로 나오게 되는 섹스와 폭력과 죽음 같은 터부성 소재도 이런 서술 태도 덕분에 한껏 가벼워진다. 그래서 어쩌면 이 이야기에서는 '배울 게 없다'는 생각이 들지도 모른다. 그러나 바로 그런 태도가 이 이야기의 장점이 아닐까. '배워라!' 하고 종주먹을 들이대지 않는 태도. 작고 가벼운 햄스터의 시선을 따라 작고 가볍게 인간과 인생을 그려내는 태도. 햄스터 몇 마리가 태어나 자라고, 사랑하여 일가를 이루고, 싸우고 화해하고, 헤어지고 다시 만

나고, 갈등하고 깨닫고 하는 엎치락뒤치락 에피소드 안에서 작가는 자신
이 느낀 생명에 대한 사랑과 놀라움과 기쁨을 말없이 전해 준다. 결국 애
완 동물 가게의 우리 안에서 톱밥 쌓아놓고 사람처럼 기대 앉아 텔레비
전 보는 것이 "세상 편하고 좋았"다는 땡꼴이 이야기의 결말이, 무기력
한 체념이 아니라 가볍지만 마음 따뜻한 포용이라는 것을 말하고 싶어한
다. '너도 나도 다 하잘것없다' 는 태도를 가끔 내보이는 땡꼴이의 마음
속에 사실은 인생에 대한 애정과 소망이 숨어 있다는 것을 알려 주고 싶
어한다. 작가는 그렇게 숨은 이야기를 하고 있다. 인간에게는 전해지지
않는 말로 열심히 이야기하는 땡꼴이처럼.

우리들의 서글픈 자화상

권정생 『몽실 언니』

『몽실 언니』 표지

우리의 대표적인 어린이책으로 내놓을 수 있는 작품 중 하나로 『몽실 언니』(창작과비평사, 1984)를 드는 데 이의를 제기할 사람은 없을 것이다. 『몽실 언니』는 20세기를 보내는 1999년 조사된 '우리 나라를 대표하는 어린이책 5'의 목록 중 가장 윗자리에 올라 있고, 지은이인 권정생은 '기억할 만한 아동작가 5'에서도 맨 먼저 얼굴을 내민다(출판저널 1999년 5월 5일자). 캐릭터 기근인 우리 동화계에서 그나마 인물다운 인물로 거론되는 몇 안 되는 이름 가운데 몽실이는 언제나 맏언니 격이다. 몽실이의 얼굴은 우리의 얼굴로, 몽실이의 삶은 우리 민족의 삶의 축소판으로 여겨진다. 우리는 누구인가, 아니, 우리는 우리를 누구로 여기는가. 몽실이를 들여다보면 그 윤곽이 잡힐 것이다.

몽실이는 2차세계대전 막바지 무렵 일본에서 태어나 자란 듯하다. 폭격으로 아수라장인 동경에서 몽실이의 아버지는 "폭탄을 맞아 죽을 고비를 넘기면서" 가족을 지키다 해방이 되자 고향으로 돌아온다. 그러나 고향에서 몽실이네는 '일본 거지'로 불리고, 땅 한 뙈기 없는 아버지는 날품팔이도 제대로 못해 가족을 굶긴다. 구걸로 연명하던 몽실이 엄마는 어린 아들이 죽고 술 취한 남편에게 두들겨 맞는 일이 잦아지자 몽실이를 데리고 다른 남자에게 간다. 이 때문에 몽실이는 두고두고, 가장 친한 친구에게서까지 "눈 시퍼렇게 뜨고 살아 있는 서방 버리고 시집 간 화냥년의 딸" 소리를 듣는다. 아버지 다른 동생이 태어나자 시작되는 구박과 갖은 집안일. 새아버지에 떠밀려 넘어지다 엄마에게 깔려 불구가 되는 다리. 몽실이 겨우 여덟 살 때 겪는 일이다. 혼자 친아버지에게 돌아간 몽실이는 또다시 배고픔과 외로움에 시달리는데, 폐병 환자인 새엄마에게 정을 붙인 것도 잠시, 6·25전쟁으로 아버지는 군대로 끌려가고 새엄마는 난남이를 낳고 나서 젖 한 번 물리지 못하고 죽는다. 혼자서 필사적으로 아기를 키우다 찾아간 고모네는 폭격으로 흔적도 없고, 할 수 없이 들어간 엄마 집에서도 부역 나갔던 새아버지가 돌아오자 쫓기다시피 나온다. 그리고 동생 데리고 식모살이. 그나마 안정적이던 그 생활도 부상 입고 돌아온 아버지 때문에 끝난 뒤 몽실이는 깡통을 들고 돌아다니며 밥을 얻어다 가족을 연명시킨다. 그러는 사이 새아버지와의 사이에 낳은 남매 영득이와 영순이를 남겨 놓고 심장병으로 죽는 엄마. 자선 병원 찾아 내려간 부산에서 구걸 생활 보름 만에 아버지도 끝내 치료 한 번 못받고 길거리에서 숨을 거둔다. 다시 양공주 집 식모살이. 동생 난남이는 남의 집 양녀로 간다. 그리고 30여 년 후. 몽실이는 시장 길바닥에 "비닐 쪼가리" 깔고 앉아 콩나물 장사하며 "산비탈 나지막한 블록 담 집"에서 사는 아주머니가 되어 있다. 시집 절대 안 가겠노라고 했지만 구두 수선장이 꼽추 남편과의 사이에 남매가 있다. 아버지 다른 두 동생의 삶도 힘겹고, 엄마 다른 동생은 폐병 요양소에 있고, 몽실이는 여전히 "기우뚱기우뚱 (…) 위태로운 걸음으로" 걸어다니며 그 가족들을 떠받치고 있다.

요약이 길어졌지만 어느 것 하나 빼놓을 수 없는 사건이다. 정리해 놓고 보니 정말 기가 막힌다. 보통 사람이라면 하나만 겪어도 평생의 상처로 남을 일들이 몽실이의 어린 시절을 숨쉴 틈도 없이 잔인하게 난타하며 지나간다. 40년대 중반부터 50년대 중반까지 우리 민족이 살아내야 했던 그 신산한 삶이 몽실이의 여린 몸뚱이에 모두 얹혀 있다. 우리는 우리를 그렇게 본다. 가족의 해체와 분열 그리고 죽음, 가난과 민족 상잔의 전쟁으로 인한 고통 같은 현대사의 온갖 비극을 짧은 시간 동안 겪어내며 몸뚱이가 불구가 되고 나라가 불구가 된 민족. 바로 '한의 민족'이다. 전쟁 끝난 지 50여 년이 지났고 대부분의 사람이 웬만큼 먹고살 만해졌지만 아직도 우리 민족 정서의 특징을 '한'으로 규정지을 만큼 과거의 상처는 깊고 깊다. 너무 깊어 아물 수 없는 상처, 지금도 때때로 덧나는 상처. 몽실이는 바로 그 상처의 상징이고, 우리는, 요즘 좀 어떠냐는 물음에 말없이 셔츠를 걷어올려 수술 자국을 보여 주는 퇴원 환자처럼 몽실이를 보여 주고 싶어한다.

그 끝없는 고난을 몽실이는 묵묵히 받아낸다. 언제나 참고, 희생하고, 기다리고, 안타까워하고, 애틋해하고, 이해하며 가족을 돌본다. 요즘으로 치면 코흘리개 초등 학교 입학생인 여덟 살 어린 때부터! 무능하고 폭력적인 아버지, 그 아버지가 무책임하게 만들어 놓은 동생, 아버지를 버리고 자신을 버린 엄마, 그 엄마와 자신을 불구로 만든 새아버지 사이의 동생들……, 이 모든 가족을 필사적으로, 초인적인 힘을 발휘하며 껴안는다. 우리는 우리를 그렇게 본다. 아무리 모진 고난 속에 있어도 강인한 생명력을 발휘할 수 있는 민족. 약하고 보잘 것 없고 불완전해 보여도 가족을 위해서 못 할 일이 없는 저력의 민족. 몽실이는 바로 그 생명력과 저력의 상징이다.

그렇게 몽실이는 비극적 민족사의 한가운데를 걸어오면서 꺾이지 않는 생명력을 보여 주는 우리의 상징, 우리의 영웅이 되었다. 그러나 몽실이는 슬픈 상징, 희망이 없는 영웅이다. 몽실이뿐 아니라 몽실이를 둘러싼 어른들에게서 우리는 우리들의 서글픈 자화상을 본다. 윗대로부터 탄탄한 정신적 지주나 유산보다는 혼란스럽고 피폐한 환경을 더 많이 물려받은 우리를. 몽실이의 아버지들은 무능력하고, 무책임하고, 약속을 지키지 않고, 이기적이고, 폭력적이다. 친아버지는 식구들의 최소한의 생존 조건도 충족시켜 주지 못하면서 "폭격 속에서도 목숨 걸고 식구들 구해낸 것"만 위세부리듯 되뇐다. 굶는 처자식 팽개치고 술 마시고 다닌다. 자신이 그런 신세가 된 까닭이 엉뚱하게도 아들이 죽었기 때문이고 다 "그 여편네" 때문이라고 아내에게 책임을 전가한다. 새아버지는 친딸처럼 사랑하겠노라는 약속을 팽개친 채, 몽실이의 다리를 부러뜨려 놓고도 까무라쳐 사흘을 못 깨어나는 아이에게 약 한 첩 안 지어 준 냉혈한이다. 몽실이는 "어느 쪽이 김씨 아버지인지 어느 쪽이 정씨 아버지인지 잘 가려내지 못할 때가 있"다. "술 취하고 때리는 것이 둘이 꼭 같"기 때문이다. "차라리 싸움터에서 돌아오시지 않으셨으면 나을 뻔했"던 아버지. 대들보가 되고 본보기가 될 만한 아버지를 갖지 못했던 우리 근, 현대사의 비극이 몽실이의 개인사에서 이렇게 고스란히 집약되어 나타난다.

우리는 또 『몽실 언니』에서 모든 조건을 초월하는 박애적 인간 사랑보다는 내 성씨 물려 받고 내 피 나눈 내 자식만 아끼는 이기적 가족 사랑에 더 익숙한 우리를 본다. 새아버지의 늙은 어머니는, 처음에는 안쓰러워하며 손녀로 대하던 몽실이를, 영득이가 태어나자 하루아침에 천덕꾸러기 취급을 한다. 몽실이 엄마는 동네 아줌마도 젖 물려 주었던 난남이에게 끝까지 젖 한 방울 나눠 주지 않는다. 엄마가 죽은 뒤 영득이와 영순이도 내 동생이라며 보살피러 가는 몽실이에게 아버지는 "너하고는 성이 다르잖냐. 그러니까 남이다."하고 내뱉는다. 한 가정에서 보이는 이런 '순수 구성원'에 대한 배타적인 집착이야말로 성씨와 출신 지역과 출신 학교와 무슨무슨 주의 따위에 따라 폐쇄적인 집단이 만들어지는 사회현상의 씨앗이며 원형이다.

　이런 아버지 엄마 밑에서 몽실이가 "모두모두 내 동생"이라는 생각으로 끝까지 동생들을 보살피는 건 기적에 가까운 일이다. 그러나 몽실이의 사랑과 희생은, 고난을 넘어서 더 나은 자아를 성취할 수 있다는 전망이나 보편적 인간 사랑의 정신에서 나왔다기보다는, 운명은 어쩔 수 없다는 체념에서 나온다. "아버지가 오지 않았어도 김씨 아버지와 엄마는 자주 싸웠어요. 그러니까 언젠가는 내가 다리를 다치게 됐을 거여요 (…) 다리 다친 건 내 팔자여요."하면서 주르르 눈물 흘리는 아홉 살 몽실이를 그려 보면 가슴이 아려온다. 누가 그 안에서 동심을 볼 수 있겠는가. 몽실이의 동심은 책 첫머리, 도망가는 엄마를 영문 모르고 따라가다 말고 돌아와 소중하게 싸안은 "구질구질한 소꿉 살림"이 댓골 가는 길에 하나둘 빠져 없어졌을 때 함께 길가 풀섶에 묻혀 버린다. 그 이후로는 어지간해서는 아무 불평도 없고, 아무도 원망 안 하고, 누구든 다 이해하고 감

싸안는, 아이답지 않은 아이만 남는다. 그 질곡의 삶이 몽실이 안의 아이를 짓눌러 버린 것이다. "누구라도 배고프면 화냥년도 되고 양공주도 되는 거여요."라는 절규가 갓 태어난 까만 아기의 시체를 부둥켜 안은 열두 살짜리 입에서 터져나오게 만드는 현실이.

일곱 살 때 이미 어른이 되어 버린 몽실이의 삶은, 우울하게도, 마흔이 넘어서도 별로 달라지지 않는다. "이 세상에 있는 모든 칼과 창이 가엾은 몽실을 끊임없이 괴롭혔"고, 결혼은 "한 가지 짐을 더 짊어진 것"에 불과하다. "절뚝거리며 걸어서 황톳길 산모퉁이를 돌아"간 몽실이가 언제까지 우리 동화의 대표적인 캐릭터 맏언니 자리를 지킬까. 아이답지 않은 아이의 고단하기 짝이 없는 삶을 그린 『몽실언니』가 언제까지 우리 어린이문학을 대표하는 동화로 남을까. 몽실이가 "위태로운 걸음으로 (…) 불쌍한 동생들을 등에 업고 (…) 여태까지 걸어온 (…) 가파르고 메마른 고갯길"은 언제쯤에나 탄탄대로로 닦일까. 어른들의 직무유기로 떠맡은 짐이 아니라 스스로 선택한 짐을 지고, 튼튼한 다리로, 어떤 길이든 마음껏 뛰어갈 수 있는 동생들이 나오는 게 몽실이의 힘겨웠던 삶에 대한 보답이 아닐까.

부모 노릇, 자식 노릇

강정규 『다섯 시 반에 멈춘 시계』

나라가 늙어가고 있다. 통계청의 걱정이다. 결혼율도 줄어들고, 출산율도 줄어들고 있다는 것이다. 우리 나라는 지금 부부 한 쌍당 아기가 1.3명도 안 되는, 프랑스 같은 선진국보다 더 선진국형인 출산율을 보이고 있다고 한다.

출산율이 낮아지는 데에는 여러 가지 이유를 들 수 있을 것이다. 아이보다는 우리의 즐거운 삶이 더 중요하다는 이기적 부부관으로 화살이 돌아가기도 하고, 사회의 도움이라고는 도대체 기대할 수 없는 힘겨운 육아 환경도 원인으로 내세워지기도 한다. 무너지는 학교에 엄청난 사교육비, 왕따며 학교 폭력이며, 아이들에게 마수를 뻗치는 온갖 유혹과 사고들……, 아이 낳고 키우기가 어려운 단계를 넘어서 무섭기까지 하다는게 모든 부모들의 한숨 섞인 푸념이다. 하긴, 육아야말로 아담과 이브 시절부터 인류의 가장 위험스럽고 좌절스러운 과제였을 것이다. 아담과 이 브가 어디 카인을, 동생 죽이라고 가르치며 키웠겠는가.

아무리 아이 낳기가 무서웠어도, 어쨌든 일단 낳았으면 올바르고 정의롭고 평화로운 인간으로 키우는 것이 모든 부모들의 임무이겠지만 이거야말로 보통 일이 아니다. 성경 말씀대로 오른뺨 맞고 들어온 아이에게 왼뺨도 내주라고 말하기는 정말 어렵다. 차라리 내가 나가서 오른뺨 왼뺨 다 맞을지언정, 내 아이 때린 녀석에게는 솔직하게는 다섯 배 이상, 공정하게는 두 배 이상 갚아 주고 싶은 게 부모의 밑바닥 마음이다. 그 마음을 억누른 채 참고, 맞고, 지고, 봐주고, 내줄 것을 제대로 가르치는 부모가 과연 얼마나 있을까. 지기는커녕, 무한경쟁이라는 끔찍한 말을 만들어 내놓고 그 경쟁터에서 어쨌거나 이길 수 있도록 아이들을 훈련시키는 것이 부모의 책임이라고 생각하는 부모들이 더 많을 것이다. 그런 부모 밑에서 스트레스로 뚱뚱해지고, 머리카락이 빠지고, 소심해지거나 아니면 난폭해지는 아이들. 출산율이 낮아지는 이유에는 이런 세상, 이런 부모 밑에서는 태어나고 싶지 않은 아이들의 심정도 들어 있을지 모른다.

부모 노릇 어떻게 해야 할지 몰라 헤매는 부모 밑에서 자식 노릇이 무엇인지 생각조차 없는 아이들. 이즈음의 위기의 가정들을 보면 마음에 먹구름이 낀다. 그런 마음의 먹구름을 몰아내는 한 줄기 바람처럼 시원하고 먹구름 사이의 햇살처럼 환한 책이 바로 『다섯시 반에 멈춘 시계』(문원, 2001)이다. "할머니와 똥 이야기를 빼면 시체"라는 말을 듣는 환갑의 작가가 "거기가 내 고향"이라며 또 한 번 당당하게 쓰는 똥 이야기. 한동안 유행의 열풍을 탔던 똥 이야기들과는 사뭇 다른 감동을 준다. 이 똥은 땅을 비옥하게 만들고 식물이라는 생명을 키우는 비료의 역할을 넘어선다. 한 아이의 정신을 키우고 그 가족 간의 사랑을 여물게 하는 힘이 되는 것이다.

이 책은 첫문장부터 단도직입적으로 똥을 들이댄다. "1학년 때 똥을 쌌다."가 그것이다. 운동회날 조회 시간에 선 채로 똥을 싸 별명이 똥장사가 된 인규. 아버지도 똥과 함께 출연한다. "밤새 꽁꽁 언 개똥을 모아다 퇴비장에 쏟으"시던 아버지가, 작가가 가장 먼저 소개하고 싶은 아버지의 모습이었던 모양이다. 할머니도 마찬가지이다. 학교 가기 전, "똥 누구요."하면서 어두컴컴한 뒷간에 들어앉아 있는 손자를 위해 한 손에는 도시락이 든 책가방을, 또 한 손에는 등불을 들고 서 있는 할머니. 손자는 마을의 유일한 중학생 친구와 함께 상여집을 지나고 공동 묘지를 지나 어둑한 산길을 걸어 학교로 가며 교가를 부른다. "항문(학문)"을 닦는 "똥퍼(동포)" 중학교 교가를. 똥은 이렇게 서두부터 자신이 중요한 모티프임을 알리지만, 설사처럼 질퍽하게 퍼져 있는 것이 아니라 토끼똥처럼 깜찍하고 야무진 모양으로 요소요소에 놓여 있다.

어느 여름 인규는 마을의 누나와 대학생 형들을 따라 해수욕장에 갔다 배탈이 나 뛰어든 공중변소에서, 친구 경호에게 빌려 차고 간 시계를 빠뜨린다. 악몽을 꾸며 앓아 눕는 인규를 위해 나선 할머니는 어려운 살림에 알탕갈탕 모아 두었던 쌀을 닷 말이나 팔아 시계를 사낸다. "애들이 저지른 일인걸유?" 어머니의 말에 할머니의 대답. "애들이 저질렀지만 애들이 어쩌겠냐. 그리구 애들이 해결헐 수 없는 일이니 어른이 해결혀야지. 그게 부모 도리 아니겠냐?" 욕심 많은 경호가 더 비싼 시계를 고를 가능성도 "할 수 없지. 죄진 편은 말을 못 하는겨."하며 담담히 받아들이는 할머니는 부모 노릇이 어떤 일인지를 소박하면서도 단호하게 보여 준다. 아이는 언제든 실수할 수 있다, 그 실수를 가능하면 자신이 수습하도록 해야 하지만, 그럴 수 없다면 부모가 대신해야 한다, 는 것이다.

그런데 일은 거기에서 끝나지 않는다. 동네에서 또다른 시계 분실 사고가 생기고, 그 혐의가 다시 인규에게 씌워진다. 시계 두 개를 팔아먹었을 거라는 것이다. 경호가 앞장서 수군거리며 소문을 퍼뜨리고 인규는 또 앓아 눕는다. 결국 사건은 아버지에게도 알려지고, 속이 상한 나머지 진탕 술을 마셔 의원 신세까지 진 아버지는, 아들의 결백을 증명해 보일 증거를 찾아 동포 기차역 공중변소의 똥을 다 퍼내기로 결심한다.

어깨에 똥지게 진 아버지와 시키지 않아도 똥바가지 메고 따라 나선 아들은 그렇게 땡볕 아래 신작로를 몇 시간씩 걸어다니며 며칠에 걸쳐 똥을 푼다. 속이 뒤집어질 법도 한 그 상황에서, 일단 고무신짝으로 아들을 실컷 패 주었던 아버지가 하는 말은 너무나 소박하고, 정겹고, 따뜻하다. "매사가 다 그러허니라. 뭐시냐, 암만 큰일도 시작

『다섯시 반에 멈춘 시계(문원, 박문희 그림) 중에서

은 쪼맨한 거여. 늬가 그 때 뭐시냐, 시계만 빌려 차지 않았드라도 이렇게는 안 됐을 거구만." 뭐시냐를 연발하면서 아버지는 이 일을 계기로 아들에게 뭔가 인생에 지침이 될 만한 가르침을 주고 싶어한다. 그러나 이 가르침 역시 소박하고도 단순하다. "공부도 그런겨. 두고 두고 쪼맨씩 허다 보면 나중에 큰 공부가 되는겨. 많은 걸 알게 되는겨." 소박하고 단순하지만, 이 말은 학문에 대한 어떤 장황한 정의보다도 더 이 아들의 폐부를 찔렀을 것이다. "다 말하지 않아도 그 뜻을 알아차릴 수 있었"던 아들은 "그래서 큰 소리로 대답하곤" 하면서 미안함과 감사함과 아버지에 대한 존경심을 대신 전했을 것이다.

"두고 두고 쪼맨씩"은 똥 푸는 일에도 적용된다. "절더러 평생 똥이나 푸라는 거그만그류!"하며 마룻장을 치던 아버지는 일단 똥을 푸기로 작정하고 나자 차근차근 똥통의 부피를 계산하고, 치울 날짜를 계산하고, 똥 버릴 곳을 찾으며 느긋하게 실행에 옮긴다. "그깟 계산해 본들 뭣 혀. 퍼내다 보면 바닥이 나겠지……."가 아버지의 믿음이며 자기 위안이다. 그리고 그 믿음은 보상을 받는다. 농업 학교 선생님이 학생들을 동원해서 도와 주기로 한 것이다. 요정들의 도움은 옛날이야기에만 나오는 것이 아니다. '하늘은 스스로 돕는 자를 돕는다'는 옛말은 틀린 게 없다. "널랑은 그늘 밑에 앉아 쉬고 있그라."는 말에 오히려 쉬지 않고 똥을 푸다가 쓰러져 아버지 등에 업혀 돌아올 지경이 될 때까지 일하는 아들. 헛소문에 앓아 눕는 심약한 아이가 스스로를 돕고 아버지를 돕는 강한 정신력을 갖게 된 것이 이 똥 푸는 아버지의 가장 큰 수확일 것이다.

"누명을 벗겨 줘야 써. 그려야 기피고 살어. 애비 노릇 허기가 그리 쉽지 않은 법. 딱 결심 한번 굳히거라." 하고 단호히 말하는 할머니. 그 명령에 두말없이 순종하는 아버지. 그들은 명예와 자존심과 책임감이 무엇인지를 아는 부모들이며, 30년이 지난 후에도 그 시계를 들여다보고 거기서 "향기"를 맡는 아들은 사랑과 존경과 감사가 무엇인지를 아는 자식이다. 한 조그만 시골 마을의 가난한 집 할머니와 아버지는 어떤 학문 높은 가문의 부모들보다 더 품위 있고 고결한 모습을 보여 주고, 드물게 부모 노릇과 자식 노릇을 제대로 하는 인물들을 화려한 수사 하나 없이 진솔하게 보여 주는 이 이야기가 참 뭉클하다.

슬픔은 힘이 세다

이미륵 『압록강은 흐른다』*

얼마 전 백두산 천지를 보았다. 그리고 머릿가죽이 벗겨지는 듯한 전율을 느꼈다. 분화구 바로 밑까지 미친 듯 지프를 몰아 올라오던 중국인 운전수의 재촉, 탄성을 지르며 사진을 찍어대는 관광객 무리의 호들갑도 그 전율을 전혀 손상시키지 못했다. 그 곳은 정말 달랐다. 단순히 장엄하다거나 아름답다거나 신비스럽다거나 감탄스러운 경지를 넘어선 어떤 강력한 영적 기운이 있었다. 그런데 이 지상의 풍경이 아닌 것 같은 그 놀라운 곳이 바로 '우리'의 영토였다! '우리 민족의 영산'이었다. 나는 '민족'과 '나라'에 대해 생각하지 않을 수가 없었다. 내게는 막연하기도 하고, 정체가 애매하기도 하고, 감상적 허상이라는 혐의가 씌워져 있기

---

*이 작품은, 엄밀히 말하면 한국문학이 아니라 독일문학에 속한다. 독일어로 쓰였기 때문이다. 그러나 원래 한국사람이었던 작가가 한국사람과 한국땅, 한국의 혼에 관해 쓴 이야기라는 점, 그리고 특히 나에게 한국 민족에 대해서 생각하게 한 이야기라는 점에서 그냥 우리 문학 편에 넣었다. 이해해 주시기 바란다.

도 했던 민족이라는 개념이 그 곳에서 그렇게 막강한 실체를 보여 주었던 것이었다.

천지를 보고 온 후에 읽은 『압록강은 흐른다』(다림, 2000)는 또다른 민족의 실체를 보여 주었다. 지금부터 80여 년 전, 식민지가 된 조국을 떠나 지구 반대편 낯선 땅에 자리를 잡은 한 작가가 모국어가 아닌 남의 나라 말로 쓴 어린 시절의 조국 이야기는, 천지의 물처럼 잔잔하게, 그리고 명징하게 '나의 나라'에 대한 감각을 새롭게 일깨워 주었다. 그것은 아주 놀랍고 낯선 감각이었다. 마치 내가 독일 사람이 되어 동방의 한 신비한 나라에 대해 처음 눈뜨게 된 듯한 경이로운 체험을 이 책은 안겨 주었다.

1900년대와 1910년대, 조선이 일본에 합병되고 독립 운동을 벌이던

『압록강은 흐른다』(다림, 윤문영 그림) 중에서

혼란과 비극의 시기이지만 이 이야기는 그 혼란과 비극을 비장하게 옮기려 애쓰지 않는다. 오십이 가까운 나이의 화자는 다섯 살 때의 일화를 시작으로 자신이 살아냈던 그 시기를 담담하고 담백하게 그려낸다. 주인공 미륵이 여유 있는 지주 집안의 외아들로 자라 한문과 신학문을 배우고 의대에 입학해 공부하기까지의 과정에서, 어두운 바깥 사회는 그만한 집안의 그만한 나이 아이의 눈에 비치는 세상 이상도 이하도 아니다. 일제의 국어말살정책으로 "모든 교과서가 일본 말로 바뀌"게 된 일로 아이가 겪는 고통은 "학교 공부는 전보다 훨씬 어려워졌고, 시간도 많이 걸렸"기 때문에 "한밤중까지 책에 매달"리게 된 것이다. "우리 민족의 독립적인 역사가 인정되지 않"고 "다만 오래 전부터 일본 제국에 조공을 바치는 힘없는 이웃 나라로 간주"되는 역사 교과서에 대한 언급도 다만 그뿐, 다른 울분이나 비분은 없다. 그보다 미륵에게 중요한 것은 사촌들과의 놀이와 공부, 누나들, 자기 집 땅을 부치는 소작인들의 생활, 아버지와의 관계 같은 개인적 세계이다. 책 전반에서는 그 개인적 세계가 간결하면서 기품 있는 문체로 아름답게 그려진다. 물론 다섯 살짜리 아이의 말이나 생각이 기품 있는 것은 아니다. 그것은 자신이 소년 시절에 체험한 일들을 그리면서 그 안에 "한 동양인의 정신 세계를 제시하려고 시도한" 작가의 시각과 언어 덕분이다.

험한 바깥 세상에 의해 파괴되지 않고 어른이 되어 그토록 아름답게 그려낼 수 있도록 어린 미륵의 세계를 튼튼하게 구축시켜 준 힘은 바로 아버지였다. "아버지 곁에 있을 땐 왠지 모르게 아늑한 품에 안겨 보호를 받는 기분이" 들었다고 고백할 만큼 아버지는 작가에게 튼튼하고 안락한 성채였다. 바깥 세상은 "파괴된 성벽이며 지붕이 헐린 성곽" 때문에 어린 미륵을 "산책하러 나가기도 싫"을 정도로 "슬프게 했고 공포감마저 가져다 주"는 곳이었다. "걱정 말고 계속해서 학교에 다니고, 세상 일에 관해서는 관심을 두지 말라고 주의를 주"는 아버지는, 어린 아들을 세상에서 격리시키려고 했다기보다는 그의 유난히 여리고 민감한 영혼을 최대한 보호하려 했을 것이다. 얻어 맞아서 피투성이가 된 채 쇠사슬에 묶여 일본 헌병에게 끌려가는 농부를 보고 공포에 질려 온몸이 불덩이가 될 정도로 상처받는 아들을 지켜 주려는 아버지의 속깊은 배려. "나는 아버지의 핏줄을 이어받았고 아버지는 나를 돌봐 주기 때문"에 아버지의 품 안에서는 안전하다는 소년의 믿음은, 민족이라는 추상적 · 집단적 개념에 구체적이고 개인적인 실체와 생생한 느낌을 덧입혀 주고 있다.

그런 아버지의 사랑 안에서 소년기를 보낸 미륵은, 피를 보고 떨던 아이에서 시체를 해부하는 의대생으로 성장한다. 그리고 "민족 모두에게 관계되는 일이라면 우리도 함께 행동해야" 한다는 친구의 말에 동의하고 파고다 공원의 독립 선언 현장에 참여한다. 시위 참여자에 대한 포위망이 좁혀 오자 조국을 떠나 머나먼 독일 땅으로 유학을 떠나는 미륵. 압록강변에 선 그는 강 하구가 바다처럼 넓은 것을 보고 "기절할 만큼 놀"라고, 물결을 헤쳐 가는 배 안에서는 "마치 영원 속으로 사라지는 것 같"은 느낌을 받는다. 과장법은커녕 감정의 노출조차 극히 절제하는 단정한 문장들 속에서 이런 강도의 비유법이 쓰인 대목은 각별히 눈길을 끈다. 고향땅을 떠나던 순간의 비감이 부지불식간에 드러나 있는 것이다.

중부 독일의 작은 도시에 거처를 정한 미륵이 고향에서 편지가 왔는지를 살피러 매일 우체국에 가지만 다섯 달 동안 번번이 허탕을 치고 돌아오다가 어느 집 정원의 꽈리 앞에 멈춰 서는 장면은 참으로 애잔하다. 집주인이 나와 무슨 일이냐고 물을 정도로 넋을 잃고 서 있다가 고향 이야기를 해 주고 꽈리 가지 하나를 얻은 그는 "얼마나 고마웠는지 모른다"며 감격해한다. 그 눈물겨운 에피소드는 결국 어머니의 별세를 알리는 편지로 마감되지만, 가족과 고향을 향한 더욱 가슴 저미는 그리움은 그때부터가 시작이라는 것을 우리는 어렵지 않게 느낄 수 있다.

이미륵은 이 책에서 민족애를 부르짖지 않았다. 그 당시 우리 나라의 가장 큰 과제였던 일본의 퇴각과 조선의 독립을 외치지 않았다. 그는 목숨 걸고 독립 운동 전면에 나선 투사가 아니었다. 오히려 이국으로 물러나, 민족 중흥과는 아무 관계 없는 동물학을 공부했고, 무엇보다도 우리말이 아닌 독일어로 작품을 쓴 독일 작가였다. 그런데도 그의 이야기는 내 고향 내 나라와 내 가족 내 동포를 우리 안에서 불러 일으킨다. 머릿속에서가 아니라 마음 속에서, 피부 위에서. 그것은 고향 이야기로 일관되는 그의 작품 소재 덕분이라기보다는 부드럽고 따뜻하게 머리카락을 쓸어 주는 듯한 봄날의 미풍 같고, 빛바래 가는 나뭇잎을 쓸쓸하게 비춰 주는 가을날의 햇빛 같은 묘사 덕분이다. 서울로 떠나는 아들에게 어머니가 잃지 말기를 당부했던 "온화한 성품"을 그는 잃지 않고 있었다. 그러면서 다섯 살 어린 때, 글을 읽지 못해 아버지에게 혼나는 사촌의 눈물을 보면서 느꼈던 슬픔 어린 눈으로 고향을 보고 있었다. 그 슬픔 어린 눈으로 그린 고향 이야기는 어떤 외침보다도 더 강력하게 우리 나라와 민족을 독자의 가슴 속으로 밀어넣는다.

그는 어린 시절부터, 사형을 면하기 위해 하룻밤 사이에 천자문을 짓고 백발이 되어 버린 시인 이야기에서부터 "집집마다 저녁 연기가 피어오르고, 회색 지붕들은 서서히 여름 밤 안개 속으로 잠겨" 가는 고즈넉한 저녁까지, 세상 모든 풍경에서 간단없이 슬픔을 느끼곤 했다고 기록하고 있다. 아버지의 보호 안에서 아늑한 소년기를 보냈으면서도 세상에 대한 슬픔의 마음을 갖고 있던 그는 의대 지원 이유를 묻는 일본인 면접관에게 "삶과 죽음의 원인을 알고 싶다"고 대답할 정도로 "차원 높은" 인식을 갖고 있었다. 삶과 죽음이라는 힘겹고 눈물겨운 과정을 겪어야 하는 모든 인간에 대해 그가 품고 있던 안타까운 연민의 정은 가족과 고향이라는 울타리 안에서 안개꽃처럼 피어나고 있다. 과꽃이나 족두리꽃이 아닌 안개꽃. 우리 나라 작가가 쓴 우리 고향에 관한 이야기를 우리 나라 번역가가 다시 우리말로 옮겨야 하는 이 묘하게 복합적인 상황과, 지극히 한국적인 풍경과 정서를 아주 단정한 번역투 문장으로 읽는 낯선 맛이 고향집 울타리 안의 안개꽃이라는 이질적 풍경을 연상하게 한다. 그러나 그것은 부조화가 아니다. 고향에 대한 애정을 간직하면서도 낯선 세계를 경이와 찬탄으로 받아들인 작가가 우리에게 새롭게 열어 준, 우리 자신을 다시 보게 만드는 경이의 눈이다.

살아 있는 아이를 만나고 싶다

이미옥 『내 이빨 먹지 마』

동화는, 반드시 그래야 하는 건 아니지만, 거의 대부분이 아이들에 대해서 쓰인 이야기이다. 당연하다. 우리는 동화를 읽으면서 살아 있는 아이들을 만나기를 원한다. 나의 어린 시절을 돌이키면서 향수에 젖게 하는 아이, 요즘 아이들이 이런 생각을 하면서 이렇게 사는구나, 놀라기도 하고 대견해하기도 하고 심각해하기도 하게 만드는 아이, 그래 아이들이란 이런 존재야, 하면서 어린 인간의 본질을 새삼스레 되새기게 만드는 아이, 그 아이가 하는 말이 귀에 쟁쟁히 울리고, 노는 꼴이 눈에 선히 그려지고, 그 마음이 일으킨 파장이 여기까지 미쳐 내 마음이 흔들리게 만드는 아이. 사랑스럽고, 얄밉고, 어처구니없고, 놀랍고, 기특한 아이들. 우리가 동화에서 보고 싶어하는 아이들이다.

그러나 동화에서 그런 아이들을 만나는 일은 기대만큼 잦지 않다. 그저 나이만 어린 걸로 설정되어 있을 뿐, 하는 행동이나 말은 어설픈 어른

흉내만 내고 있는 꼭두각시 같은 아이, 아무 느낌도 감흥도 주지 않는 허수아비 같은 아이들이 아직도 사라지지 않고 있다. 그 동화를 쓴 어른의 마음 속에 아이라는 존재가 지극히 추상화되어 있기 때문일 것이다. 자기 마음 속에 있는 실체로서의 아이를 살려내 오기보다는 머릿속에 있는 관념으로서의 아이를 끄집어내 오기 때문일 것이다.

동화라는 허구의 이야기 안에서 아이라는 존재를 통해 인간의 한 단면을 그려내는 일은, 소설 안에서의 그 일보다 훨씬 더 어렵다. 소설 속의 인물에 대해서 독자는 자기가 가지 못한 인생의 길을 가고 있다는 것을 인정하면서 그 인물의 개성과 자율성을 받아들이고 공감할 자세가 되어 있다. 그러나 동화 속의 인물에 대해서는 훨씬 더 까다롭게 군다. 특히 어른 독자들은, 자신이 이미 거쳐온 단계이기 때문에 아이라는 존재에 대해서는 충분히 안다고 여기면서 작품 속의 인물을 뜯어 본다. 그리고 자기 머릿속의 아이와 다른 인물에 대해서는 거부 반응을 보인다.

불행하게도 인간은 망각의 동물인지라, 어른들의 기억력은 그다지 정확하지 않은 경우가 많다. 에리히 캐스트너의 말마따나 어른들은 어린 시절을 마치 낡은 전화번호부 버리듯 버리는 사람들이다. 이제는 더 이상 쓸모가 없어 새 수첩에 옮겨 적지 않은 옛 전화번호는 까맣게 잊어버린다. 더 이상 살 일이 없는 어린 시절을 잊듯이. 그러면서 '아이들이란 이런 생각을 하면서 이렇게 사는 게 바람직하다' 거나 '나는 이랬어야 했다' 는 생각에 들어맞는 어린이상을 내세운다. 그렇게 성큼성큼 이끄는 황새 같은 어른들을 뭐가 뭔지도 잘 모르는 채 따라가려니 아이들은 뱁

새 다리 찢어지는 격이다. 고달픈 아이들의 인생.

　　그러니 어른들의 굳은 머리와 근엄한 윤리관 속에서 나온 게 아닌, 실제로 살아 약동하는 아이들을 만나게 해 주는 동화를 보면 반갑지 않을 수 없다. 어디로 튈지 모르는 아이들의 활력, 그 어린 세포들이 뿜어내는 터질 듯한 생명력을 보면 눈앞이 환해지며 세상이 다시 보이는 기분이 든다. 어른 문학은 좀처럼 줄 수 없는 이런 밝은 활기를 줄 수 있는 것이 바로 어린이문학이다. 어린이문학이 어린이만을 위한 것이 아니라 어쩌면 어른들에게 더 필요할 수도 있는 것이 바로 이런 이유에서이다.

　　『내 이빨 먹지 마』(웅진닷컴, 2000)는 살아 있는 아이를 만나고 싶다는 기대에 어느 정도 부응해 준다. 학교에 갓 들어간 일 학년짜리 지민이의 자질구레한 일상이 꼼꼼하고도 활기차게 그려지고 있는 책이다. 그러면서 또 눈길이 가는 부분은, 아이들뿐 아니라 주변 어른들 일상도 아이의 일상과 맞물려 생기 있게 제시되는 대목들이다. 입학한 첫날, 선생님이 이름 부르는 데 대비해서 대답하는 훈련을 시키는 어른들의 법석, 긴장한 아이의 대답 실패와 성공이 무슨 대모험 겪는 것처럼 펼쳐지는 「어서 대답해」를 읽다 보면 절로 미소가 떠오른다. (선생님이 이름 부르는 데 대답하는 일이 무슨 그리 큰일이라고

『내 이빨 먹지 마』(웅진닷컴, 송진헌 그림) 중에서

이 호들갑인가 싶은 독자도 있겠지만 그보다 더한 경우도 있다. 옛날에 내 사촌 동생 하나는 입학한 뒤 무려 한 달 동안 묵비권을 행사하다가 빗자루를 휘두르는 선생님의 위협에 못이겨 '네!' 한 마디 터뜨리고, 동시에 울음도 터뜨리며 집으로 달려왔다. 이 일은 우리 친척들 사이에 당시의 어떤 정치적·사회적 이슈보다 더 흥미진진한 화젯거리였다.) 할아버지와 손녀 둘, 할머니와 엄마와 아빠가 토끼 키우는 문제로 두 패로 나뉘어 팽팽히 맞서다가 토끼가 새끼 낳은 뒤 상황이 완전히 역전되는 「토끼를 위한 가족 회의」를 보면 어른과 아이 사이의 경계가 없다. 아이다운 즉흥성과 변덕 들을 어른들도 고스란히 공유하고 있는 것이다. 그런 공유야말로 가족에 대한 인식과 이해와 애정이 자라나게 하는 장이 될 수 있다는 것을, 가족에 대한 이야기를 하고 싶다는 이 작가는 잘 알고 있는 듯하다.

이 책에는 가족에 대한 사랑, 생명 있는 것들에 대한 연민 같은 메시지가 담겨 있지만, 착해지고 유식해지라는 훈시는 없다. 그 사랑과 연민은, 어린아이들의 놀이와 변덕과 뭔지 잘 모르는 애틋한 감정 안에 살짝 들어가 있다. 고양이에게 잡아먹힌 병아리 때문에 한바탕 울음 바다를 만든 뒤 복수하기 위해 고양이를 잡으려고 하지만, 할아버지가 잡아온 새끼고양이를 보고는 병아리고 복수고 죄 잊어버린 채 만면에 웃음을 지으며 "원수" 고양이의 이름을 그대로 붙여 주고 키우기로 하는 아이들. "아깝지만 쥐포도 나눠" 주면서 같이 놀아 주는 아이들. '원수를 사랑하라'는 식의 강변이 들어가 있었으면, 쉽게 잊고 쉽게 화해하고 사랑하는 아이들의 본성이 그렇게 경쾌하게 드러나지 못했을 것이다.

어른들이라고 모두 다 잃어버린 건 아니지만 아이들에게서 특히 선명하게 나타나는 여리고 따뜻하고 고운 연민의 마음은 「안녕, 광어야」에서 참 예쁘게 그려진다. 살점이 다 잘려나간 뒤에도 살아 아가미를 뻐끔거리는 횟집 식탁 위의 광어가 "바다로 가고 싶다"고 말하는 것만 같아 접시를 들고 바다로 뛰는 아이는 우리에게 죄책감을 안겨 준다. 아가미가 힘차게 뻐끔거릴수록 싱싱하다는 증거라며 입맛 다시는 어른, 끔찍하다는 듯 얼굴을 찌푸리고 상추 한 잎으로 덮어놓은 뒤 살점은 맛있게 집어먹는 이 어른은 그런 아이 앞에서 할 말을 잃는다. 그저 아이 눈에 비치는, "반듯하게 서서 하늘과 맞닿아 있"는 바다, "벽처럼 서서 하늘로 흘러가고 있는" 바다처럼, 우리 어른들도 아이들과 맞닿아 함께 하늘로 흘러갈 수 있기만을 바랄 뿐이다.

여덟 살짜리 여자 아이의, 사소해 보이지만 본인에게는 심각한 실존적 문제들이 잔잔한 에피소드 안에서 깔끔하게 펼쳐지는 이 이야기들의 문장은 군더더기가 별로 없다. 작가 자신이나 등장인물의 직접적 감정 진술은 최대한 자제하면서도 사소한 움직임과 말 속에 인물의 심리와 작가의 논평을 교묘하게 집어넣는다. 카피라이터라는 이력이 뒷받침해 주는 솜씨일 것이다. 가뜩이나 동물을 싫어하는데 새끼 밴 토끼를 덜컥 얻어가지고 온 시아버지에 대한 못마땅한 마음은 "엄마는 집 안으로 휙 들어갔습니다." 한 문장으로 충분하다. "엄마는 계속 '손 빼, 손 빼'라고 소리 없는 말로 소리치고 있습니다. 난 오른쪽 엄지손가락을 빼고 다시 왼쪽 엄지손가락을 입 속에 넣었습니다."를 보면 안달복달하는 엄마의 모습, 초조해하는 아이의 모습이 눈에 선히 그려진다. "걱정 마라, 이지똥. 나도 쪼니는 싫다. 그냥 줘도 안 갖는다."에서는 입을 삐죽거리며 문장 끝을 계속 올리는 리드미컬한 아이의 목소리가 들리는 듯하다. 도둑 고양이 잡자며 "뿅망치를 들고 달려"나오는 어린 지민이 이야기에는 미소가 절로 머금어진다.

그러나 때로 그 깔끔과 경쾌가 설득력 부족이나 장난으로 이어지는 경우가 있다. 「엄마의 발바닥」과 「에에에칭! 붕!」이 그렇다. 갓난 아이 적 수민이를 불길에서 구해내느라 발바닥이 흉하게 울퉁불퉁해진 것을, 엄마는 왜 그렇게 기를 쓰고 숨겨야 했을까. 학교 숙제 때문에 마지못해 엄마의 발을 씻기려던 수민이가 한사코 못 씻게 하는 엄마의 발을 밤중에 몰래 만져 보고 기겁을 한다는 이야기는 극적 효과를 노리느라 오히려 현실감이 없어진 느낌이다. 아이들 웃음 소리나 재채기 소리에 맞춰 몰래 계속 방귀를 뀐다는 이야기는 너무 말초적인 듯하다. 경쾌한 솜씨에 실려 이야기가 자칫 가벼운 깃털처럼 날려가지 않도록 무게를 잡아주는 추가 달렸다면 더 바랄 나위가 없었을 텐데.

정답 없는 받아쓰기

김은영 『김치를 싫어하는 아이들아』

이 책을 처음 보았을 때는 『김치를 싫어하는 아이들아』(창작과비평사, 2000)라는 제목에 우리 것을 아끼고 지켜야 한다는 계몽성이 너무 적나라하게 드러나 있는 것 같아서 선뜻 손이 가지 않았다. 그러다 어느 어린이 신문에 나온 서평을 접한 뒤 마음을 고쳐먹고 읽어 보니! 큰일 날 뻔했다. 이 좋은 시들을 안 읽으려고 했다니.

동시 하면 우리 머릿속에는 즉시 자연 예찬이 떠오른다. 봄, 꽃, 나비, 별, 구름, 바람에 대해서 시인들은 지치지도 않고 노래한다. 어떤 연구자가 지적했듯이 어린이를 자연과 연관시키는 것은 낭만주의 이후 그야말로 자연스러운 경향이 되어 있다. 어린이와 자연을 결부시켜 인간 교육의 가장 근원적인 장으로 보는 시를 쓰기 시작한 대표적인 시인이 윌리엄 워즈워드인데, 그의 시각 안에서 "자연과 어린이는 모두 인간이 잃지 않고 간직해야 할 어떤 것, 상실했지만 회복해야 할 어떤 것을 지니고 있는 것"이다. 현대의 거대한 자본 권력이 만들어내는 가짜 욕망을 허겁지겁 좇아가면서도 때때로 정체 모를 상실감에 시달리는 현대인은 그래서 그 상실감을 달래기 위해 자연을 찾고 어린이를 찾는다. 경치 좋은 시골에는 전원 주택과 콘도가 들어서고, 아이들의 독점적 장르로 여겨져 왔던 만화가 어른들 사이로 파고 들어간다. 어린이보다는 어른을 겨냥한 듯한, 자연과 동심을 함께 노래하는 동시가 읊어진다. 시인들은 그 안에서 자신이 풍요와 조화와 순수의 상징인 자연이나 어린 시절과 화합을 이룬다고 믿고 싶어한다.

그런데, 과연 그럴까. 생명의 근원으로서의 자연에 대한 경이로움, 자연이 가진 치유와 구원의 기능에 대한 외경심, 자연 안으로 아름답고 완벽하게 녹아들어가는 인간의 삶, 그런가 하면 화해로워 보이지만 힘겹고 치열한 갈등과 투쟁도 도사리고 있는 그 삶의 다양한 면면을 독창적인 언어 구사와 명징한 이미지를 통해 우리에게 보여 주는 동시들이 얼마나 있을까. 아니면, "당시 사회에 대한 비판과 자기 반성, 언어의 타락에 대한 자성 등이 녹아들어 있"었던 낭만주의 시대의 시 정신이 여전히 살아 있는 동시들이 얼마나 있을까. 많은 평론가들의 비판이나 동시인들의 자성에서도 볼 수 있듯이, 그렇지 않은 시들이 훨씬 더 많은 것이 사실인 듯하다. 아무런 놀라움도 깨달음도 주지 못하는, 곰팡이 핀 관습만을 따라가는 동시들 틈에서 진정한 낭만주의적 시 세계를 조금이라도 드러내는 동시를 만나기란 정말로 쉽지 않은 일이다.

그 쉽지 않은 경우를 보여 주는 동시집이 바로 『김치를 싫어하는 아이

110

들이었다. 피상적인 자연 예찬에 그치는 게 아니라, 인간의 삶과 유기적으로 엮이는 자연을 꼼꼼하게 관찰해서 생동감 있는 시어로 펼쳐 보이는 시들. 이 시에서는 자연이 저 혼자 작위적이고 무의미한 수사만을 입은 채 공허하게 내던져져 있는 시구가 거의 없다. 자연과 인간이 하나가 된다는 게 어떤 것인지를 보여 주는 시편들을 몇 개 예로 들어 보자.

「이런 적 있나요」. 달빛 쏟아지고 눈 뒤덮인 들길이라는 풍성하고 아름다운 겨울밤의 풍경은 별 보며 혹은 하얀 들판 보며 일제히 오줌 누는 한 가족의 체온 덕분에, "서로 손 꼭 붙잡고/엄마야 누나야 노래 부르"는 입김 덕분에 따뜻한 숨을 내뿜으며 살아난다. 「조팝꽃」. 양지쪽 조팝나무는 동무네 놀러 가느라 자기는 거들떠도 안 본 채 줄달음질치는 아이를 향해 소리와 향기를 보내고, 그래서 마음이 "두근두근" 하던 아이는 "저좀 보고 가라고/함박눈처럼/눈부시게 피"어 있는 조팝꽃과 눈을 맞춘다. 「방실이 방지현」. 엄마 아빠에게 버림받고 할아버지와 함께 사는 방실이가 힘차게 자전거 타는 길에서 "저녁 해님은/하얀 메밀꽃밭에서/눈부시게 웃고/연둣빛 벼 이파리들도/반짝반짝 손뼉치"며 격려를 보낸다. 「찬주의 바지 주머니 속에는 무엇이 들었나」. 팽이와 구슬과 구겨진 스티커와 과자 부스러기 사이에 "덜 여문 알밤 하나", "가늘고 까만 꽃씨"들도 들어 있다. 그렇게 찬주의 주머니 속에는 "놀이도 들어 있고/동무도 들어 있고/가을도 들어 있"는데 모두들 "비좁다 불평 없이/고즈넉이" 자리를 잡고 있다. 김은영의 시에서 동심과 자연은 이렇게 개구쟁이 사내아이의 끈적거리는 캄캄한 주머니 속에처럼 온몸을 맞부비며 껴안고 있다.

그러나 이 시집에서 작가는 자연과 인간이 모두 낙원에서처럼 마냥 화해롭게 지내는 모습만 보여 주는 것은 아니다. 오히려 인간에 의해 망가지는 자연을 안타까워하는 목소리, 그 인간들을 고발하고 깨우치려는 목소리가 더 자주 울린다. 깊은 산골에서도 사람들이 귀뚜라미 우는 소리에 무심코 "보일러 고장났나 보다"고 중얼거릴 정도로 기계 문명은 무차별 폭격을 가해 놓은 상태이다. 겨울 추위 간신히 이겨내고 봄이 되어 "새 눈 틔우려고/눈 녹아 스며드는 물/가까스로 빨아올렸는데/우리 피를 다 빼앗아" 간다고 고로쇠나무는 신음한다. 엄마가 아기에게 껍질 벗겨 입에 넣어 주는 찔레 새순에 아빠는 농약을 친다. 봄이 오면 비닐 봉지 들고 개울을 찾는 사람들. 개구리는 "겨울잠 자다가/겨우내 사람들에게 잡아먹히고/용케도 살아 남아/봄비 소식에 알을 까러 나왔는데/어기적 어기적/더 이상 달아날 힘도 없다."

이 안타까운 목소리는 다행히 안타까움만으로 울려 나온다. 분노와 계도와 설득을 소리높여 외치는 새된 소리는 없다. 가장 강도 높은 분노의 표현이라야, "붙잡힌 개구리들아/오늘 밤에는/사람들 뱃속에다/알을 까고 울어라/아파트가 떠나가도록/실컷 울어라."는 조사(弔辭) 정도이다. 아마도 이 작가에게 자신의 선창을 따라 사람들이 자연보호와 생명존중을 소리높이 외치리라는 기대는 없는 듯하다. 가장 계몽적인 것처럼 보이는 「김치를 싫어하는 아이들아」에서도, 우리 먹거리를 지키라는 가르침보다는 "된장 고추장에/푸르딩딩한 풋고추/푹 찍어 먹어" 본 자신의 체험인 듯한 장면이 앞으로 나선다. "아려 오는 혀와 입술/타오르는 목구멍/입 크게 벌리고/허–/숨을 내뱉으면/혀 밑으로/끈끈하고 맑은 침이 고이리라"는, 미각을 한껏 자극하는 감각적 표현, '먹어 보자, 떠먹어 보자, 들이켜 보자'는 청유형 어미들을 보면 독자는 고추를 먹으라는 목소리를 듣기 전에 나박김치와 된장, 고추장, 풋고추가 놓인 시골 밥상을 먼저 눈앞에 그리게 된다. 그런 다음 다시 한 번 읽으면 "딱 한 번만이라도 좋으니" 같은 애절한, 그러나 약간 애교가 섞인 권유에 미소가 절로 떠오른다. 작년에 다래 땄던 나무를 누군가 몽땅 따가려고 밑동을 잘라 버린 것을 보고 하는 말은 "이젠/아무도 못 따먹어/산새도 못 따먹고/다

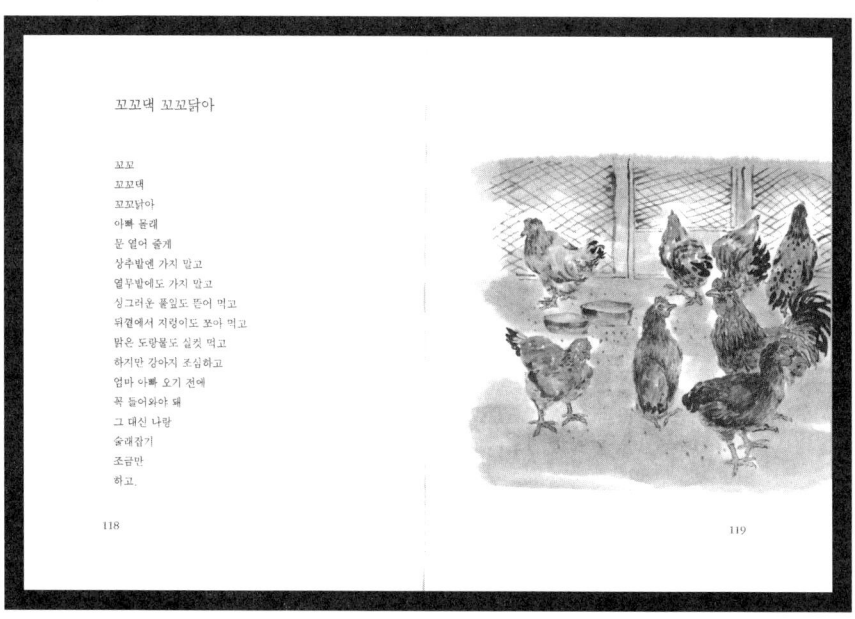

꼬꼬댁 꼬꼬닭아

꼬꼬
꼬꼬댁
꼬꼬닭아
아빠 몰래
문 열어 줄게
상추밭엔 가지 말고
열무밭에도 가지 말고
싱그러운 풀잎도 뜯어 먹고
뒤곁에서 지렁이도 쪼아 먹고
맑은 도랑물도 실컷 먹고
하지만 강아지 조심하고
엄마 아빠 오기 전에
꼭 들어와야 돼
그 대신 나랑
술래잡기
조금만
하고.

118   119

『김치를 싫어하는 아이들아』(창작과비평사, 김상섭 그림) 중에서

람취도 못 따먹어."이다. 저주나 분노가 아닌 안타까움과 애절함의 톤. 그 안타까움과 애절함이 스며 있는 목소리와 곳곳에서 시각, 청각, 미각 같은 감각을 자극하는 표현들이 오히려 그의 시 안에서 고통받고 짓밟히는 자연에 대한 경각심을 더 강도 높게 일깨운다. 그것은 아마도 그가 시를 통해 어린 독자를 가르치려기보다는 머리말에 쓴 것처럼 "받아쓰기"를 하겠다는 마음가짐을 갖고 있었기 때문일 것이다.

자연의 모습, 아이들의 마음, 이웃 사람들의 삶을 진솔하게 옮기겠다는 마음. 그런데 그 마음은 그저 말처럼 소박하게만 받아들일 수 있는 것은 아니다. 그렇게 소박한 마음을 갖는 사람은 많지만, 그것을 성공적으로 시로 형상화시킬 수 있는 시인은 드물기 때문이다. 이 작가는 시적 대상에 대한 치밀한 관찰의 눈과, 따뜻한 사랑의 마음과, 감정 토로를 극도로 절제한 정교하고 경쾌한 언어 구사력으로 그 성공적인 시들을 보여 준다. 명절에도 자식들이 도대체 찾아오지 않는 할머니를 그린 「뻐꾸기 할머니」에서 그런 면모들은 유감없이 발휘된다. 멀쩡한 자식들이 늙은 부모를 버리다시피 팽개치는 요즘 세태는 얼마든지 심각한 사회적·윤리적 문제로 쟁점화시킬 수 있다. 부모가 떠나 버려 조부모와 함께 사는 아이들 형편보다 더 비극적이고 암울할 수 있다. 아이들에게는 미래가 있지만 노인들에게는 무덤만이 기다리고 있으니까. 그러나 이 작가는 그 가슴 아픈 정경을, "받아쓰기"한다면서도 자신의 독창적인 언어의 힘으로 감싸안고 달래는 솜씨를 보여 주고 있다. "온몸이 쭈글쭈글/뼈만 남아 앙상앙상/ (…) /걸음도 어정어정/ (…) /아들딸도 있다던데/손자들도 많다던데/설날에도 우두커니/추석에도 흐늘흐늘/ (…) /하얀 머리 긁적긁적/담배만 뻐끔뻐끔." 이런 구절에서 보이는 동요조의 리듬, 경쾌한 의성어·의태어 사용, 반복적인 어미 사용법은, 뻐꾸기 할머니의 그 비극적 상황을 독특한 시적 상황으로 변주시키면서, 그 상황에 대한 독자의 반응 또한 말초적인 동정과 비난에서 한 단계 높은 인생에 대한 연민과 통찰로 끌어올려 줄 수 있다. 동시건 동화건, 소재와 메시지에 대부분의 관심이 쏠려 있는 터에 문체의 중요성을 아는 작가가 있다는 것은 반가운 일이다. 이렇게 독특한 맞춤법과 문법으로 받아쓰기를 하고 있는 이 작가. 정답 없는 이 받아쓰기에서 얼마나 독창적이고 재미있는 답안지가 나올지, 다음 받아쓰기가 기다려진다.

우리는 아이들에게 어떻게 진실을 말하는가

이금이 『맨발의 아이들』

"How Much Truth Do We Tell the Children"이라는 제목의 책을 본 적이 있다(문자 그대로, 제목만 봤다). "우리는 아이들에게 어느 만큼 진실을 말하는가" 정도로 해석할 수 있을 것이다. 제목만 봤지만, 여러 가지 생각을 하게 해 주는 책이었다. 우리는 아이들을 키우고 가르치면서, 소리를 통하고 글을 통해서 숱한 말들을 하지만, 도대체 무슨 말을 하고 있는 것일까. 무엇에 대해서, 얼마나 알려 주고 있을까. 우리가 아이들에게 말하는 것은 어느 정도까지 진실일까. 아니, 도대체 진실이 무엇인지 우리는 얼마나 확신할 수 있을까.

우리의 독자들은 미래의 희망이다, 우리는 이 독자들을 진실한 인간으로 키워야 한다, 올바르게 세상을 살 수 있도록 가르쳐야 한다 등등의 모토는 어른 문학보다 어린이문학에서 훨씬 자주 외쳐진다. 그런 의도가 뚜렷하게 드러날수록, 그런 목소리가 우렁차게 울릴수록, 그런 책을 읽으면서 나는 공연히 어린 독자들에게 미안해지고 민망해지는 것을 어쩔 수가 없다. 우리는 우리가 다하지 못한 제 몫을 미래의 주인공이라는 미명 아래 아이들에게 떠넘기는 것은 아닐까. '진실되고 올바르게' 라는 구호 아래, 아이들이 미처 제 자신에 대해 생각하고 추스리기도 전에 어른들이 일방적으로 정해 놓은 윤리적, 사회적 책무를 강요하고 있는 것은 아닐까. "그러니까 분배의 불평등이나 부정부패나 권력에 의한 폭력 등의 문제를 날것으로 아이들의 고민거리로 제시하려는 것은 위험한 발상이다. 아이들은 사회 개혁 의지를 추궁당하지 않을 권리가 있다."는 최윤정의 단언은, 역으로 우리 어린이문학에 그런 위험한 발상과 추궁이 존재하고 있다는 사실을 증명하는 듯하다.

문학이, 특히 어린이문학이 기본적으로 계몽적인 성격을 갖고 있는 것은 사실이다. 이미 이런저런 경로로 세상을 많이 겪어온 어른들에 비해 아이들이 세상을 알아가는 방식은 간접 체험에 의존하는 바가 훨씬 크고, 그 대부분의 몫을 문학이 담당하고 있다. 아니, 문학은 어쩌면 컴퓨터를 통한 인터넷과 게임 문화에 이미 그 자리를 내주었는지 모른다. 상업적이고 비인간적인 가치관과 행동 양식에 아무 여과 장치 없이 노출되고 중독될 가능성이 훨씬 많은 매체들의 범람에 문학은 더욱 조바심을 친다. 이런 위기 상황에서 어린이문학은 더욱 계몽적이어야 한다며 떨치고 일어선다. 물론 필요하고도 가능한 일이다. 하지만 거기에는 작가 자신의 투철한 자기 성찰과 자기 반성에서 나오는 진심 어린 메시지, 문학의 도구인 언어에 대한 장악력, 작품을 빈틈없이 탄탄하게 구성하는 장

『맨발의 아이들』 표지

인정신이 반드시 따라야 한다. 그리고 대상 독자인 아이들의 사고 지평과 그 메커니즘에 대한 깊은 이해와 배려가 있어야 한다. 그런 선행 조건 없이 진실과 올바름을 외치는 구호만 일방적으로 요란할 때 그 문학작품은 조야한 인터넷 게임과의 차별성을 획득하지 못할 것이다.

이금이의 동화집 『맨발의 아이들』(현암사, 1996)은 이런 우려를 갖지 않아도 좋은 책이다. 드무실, 양짓말, 새터말, 방죽거리, 가마골, 아래뜸, 감나무골, 음짓말……, 이런 예쁜 이름을 갖고 있는 시골 마을에 사는 아이들의 생활을 그리고 있는데, 정작 그 생활은 이름처럼 예쁘지 않다. 예쁘다니! 그렇기는커녕 가만히 들여다보면 한숨과 절망과 분노가 꽉 차 있다. 농작물 수급에 대한 적절한 계획이 없어, "풍작이면 풍작인 대로 값이 헐했고, 흉작인 것은 수입 농산물이 들어"서는 농촌에서는 아무리 농사를 지어 봤자 품값 건지기도 어렵다. 농협 빚내서 영농 후계자로 열심히 돼지 키우고 농사 짓는 종수 삼촌은 돼지 냄새 때문에 선 보는 족족 딱지를 맞고 서른 중반이 되도록 노총각이다. 주위에 온통 빚을 깔아 놓고 야반도주하는 이웃집 사람을 비롯해서 속속 마을을 떠나는 주민들 때문에 학교도 덩달아 쪼그라든다. "전학 간 애들 얘기 들으면 우린 꼭 바보 같아서 남아 있는 기분이" 드는 아이들. 농약 중독으로 아버지들이 죽고 쓰러지는 판에 농약에 오염된 물고기 먹고 죽은 깜짝도요새 한 마리 때문에 몰려와 법석 떠는 새 박사며 방송국 사람들. 아이들은 방죽에 와서 고기잡이 하는 도시인들 술 심부름, 담배 심부름 해서 얻은 동전을 움켜쥔 채 게임방으로 달려가고, 어른들은 추곡 수매량 할당량 때문에 이웃사촌들끼리 멱살잡이를 하다가 일껏 추수한 벼를 논에서 불태워 버리며 짐승처럼 울부짖고, 머리 박박 깎고, 데모 행렬을 이루어 군청으로 몰려간다. 우리가 충분히 우울해하고, 울분을 터뜨리고, 개선책을 찾아 일어서야 마땅한 사회이다.

그러나 작가는 이 피폐한 농촌의 풍경을 '아이들의 눈'으로 그리는 데 정성을 쏟고 있다. 실패한 농촌 정책과 천대받는 땅과 멸시받는 농촌 사람들에 대한 분노와 한탄, 그래도 땅은 소중하게 여기고 지켜야 한다는 믿음, 현재 상황의 타개와 개선을 위한 투쟁의 소리는 작중 어른 인물들의 생활 안에서 자연스럽게, 충분히 개연성 있게, 필요한 만큼만 울려 나온다. 어린 등장인물들과 독자들은 그런 소리에 짓눌리고 몰리지 않으면서 자기 삶과 관계 있는 만큼, 자기가 받아들일 수 있는 만큼 자기가 사는 사회의 부조리와 고난에 눈떠 갈 수 있다. 무엇보다도 그 고난을 도시와 농촌, 정부와 농민, 수입품과 국산품 같은 도식적 선악 가름으로 파악하지 않고, 편 갈라 상대 비난하기, 감상적이고 계몽적인 구호 외치기로 극복하려 하지 않는다는 점에서 이 이야기들은 믿음직하다. 희귀새인 깝짝도요새가 농약 중독으로 죽은 것은 안타까운 일이다. 농약의 남용으로 생태계가 파괴되는 것도 심각한 문제이다. 그러나 농약을 쓸 수밖에 없는 것이 농촌의 현실이다. 작가는 메뚜기와 가재를 잡고 논둑의 달콤한 산딸기와 귀여운 아그배를 따먹을 수 있는 순결한 자연을 그리운 듯 그러지만, 그런 자연을 오염시키는 농약을 적으로 간주하고 비난하는 눈길은 보내지 않는다. 새 박사는 농약 때문에 새 죽은 것을 안타까워하지만, 그 농약을 치는 동네 어른들도 농약을 칠 수밖에 없는 현실과 함께 새가 떠나고 사람이 떠나는 농촌을 거친 말씨로, 그러나 진심으로 안타까워한다.

"젠장, 농약 나쁘다는 거 누군 몰라? 사람도 퍽퍽 쓰러지는 판에 새 죽은 것 가지고 법석은. ⋯⋯아, 새가 아무리 귀하기로서니 사람 목숨만 해."

경수 뒤에 서 있던 아저씨가 투덜거렸다. 서울로 전학 간 정숙이 큰아버지였다.

"그러니 조심하자는 거지."

"조심은 어떻게 해. 농약 안 주고 무슨 수로 농사를 지어. 그러자면 일손이 두 배, 세 배로 더 들어가야 하는데 사람이 있어? 맨 빈 집이고 남은 건 늙은이뿐인데. 학교에 가 봐. 전교생 다 합쳐도 옛날 한 학년 폭밖에 안 된다잖아. 학교도 문 닫을 판이여."

이런 환경에서 아이들은 사회의 부조리뿐 아니라 인간 자체의 부조리와 모순까지 자기 자신의 직접 체험을 통해 어렴풋이 깨달아가고 뭔지 모를 부끄러움과 자부심과 연민 같은 것들이 마음 속으로 차오르는 것을 느끼며 자신을 조금 더 깊이 들여다볼 수 있게 된다. 돼지가 새끼 낳으려고 하니까 빨리 아버지를 모셔 오라는 엄마의 독촉에도 심부름값으로 받은 돈을 들고 오락실에서 저물 때까지 노는 진태. 퍼뜩 정신이 들어 뛰쳐나가 헤매다 읍내에서 발견한 아버지는 아카시아 꽃향기를 풍기는 아가씨들이 일하는 다방에서 황망히 나온다. 귓불이 달아오르는 아들과 얼굴이 달아오르는 아버지가 그렇게 다방 앞에서 얼굴을 마주 대한다. 그러나 아들은 아버지의 오토바이 뒷자리에 올라타 아버지의 허리를 꼭 껴안는다. 대웅이네는 땅 판 돈으로 산 소가 가격 폭락으로 사료값도 못 건질 지경이 되자 도시로 이사 갈 궁리를 하는데, "땅 한 떼기 없이 사료 값도 못 하는 소만 보구 살 수 있어? 나가서 어디 식당에 설거지 하는 데라도 다녀야지." 하는 엄마의 비장하고 처연한 말에 대웅이는 엉뚱하게도 '휴우, 애들한테 다 자랑했는데 전학 못 가는 줄 알고 걱정했네.' 하면서 가슴을 쓸어내린다. 그러나 앞장서 밭을 팔고 거기 들어선 공장의 경비로 취직해 으쓱거리며 다니던 아버지가 벼를 그리워하며 "내 가슴 위에 공장이 올라앉은 것 같"다면서 가슴을 쾅쾅 두드릴 때는 울컥 목이 멜 줄도 안다. "농사 지을 땐 하나도 도와 주지 않으면서 가을 되면 와서 다 가져가"는 "얌체" 같은 작은집과 고모네에는 고추 주지 말라고 엄마에게 투덜대면서 "효자가 된 기분으로" 고추 따는 일을 돕다가도 친구의 한 마디에 "고추 따윈 까맣게 잊어버리고" 밭에서 뛰쳐나가는 경수도 있다. 벼 수매해 봤자 농협 빚 갚고 나면 아무것도 안 남는다며 한숨을 내쉬는 엄마에게 전자 오락기 사 달라고 조르다가도 정신지체인 이웃집 친구가 요양원에서 돌아왔다는 소리에 "전자 오락기 따윈 머릿속에서 멀리 사라져 버"리는 아이, 엄마가 공장 다니며 아버지 몰래 보내 주는 피아노 학원을 빼먹고 백화점에 가서 친구에게 돈 꿔 반짝이는 머리핀을 샀던 은주가 "군불을 때고 있는 아버지의 구부정한 어깨를 보자 백화점을 나오는 순간부터 묵지근하게 느껴지던 머리핀을 빼어 멀리 던져 버"리는 장면에서는 그렇게 인생의 한 계단을 올라서는 아이의 마음새가 정갈하게 그려진다.

이렇게 아이들 생활의 영역에서 아이들의 눈으로 관찰되고 옮겨지는 간난한 삶을 넘어서는 희망의 길을 작가는 아이들 눈높이에서 조심스럽게 모색해 본다. 험하고 먼 길 마다 않고 마을 사람들 일을 자기 일처럼 기뻐하고 슬퍼하면서 소식을 전하고 다니는 정체부 아저씨, 제초제도 낫도 쓰지 않고 돼지막 주위에 자라는 그 흔한 풀꽃들을 소중히 꺾어 방에 꽂아 놓고 "……어딘가에 이 돼지 똥 냄새를 구수하게 여길 여자가 있겠지?"하며 어린 조카에게 동의를 구하는 노총각 종수 삼촌, 구박하는 친구에게도 직접 조각한 성모 마리아와 아기 예수 조각을 선물하며 한껏 맑은 웃음을 보여 주는 재덕이, "여기선 기쁜 일 있으면 냇가에 나가 물수제비를 뜨고, 화나는 일이 있으면 나무 위에 올라가서 화가 다 풀릴 때까지 내려오지 않"는데 도시로 이사 간 친구들은 어떻게 하나 걱정하는 진희. 농사 지어 봐야 손해만 보니 다랑논은 놀리자는 아버지의 말에 화를 내는 할머니 가슴팍에 슬그머니 손을 들이밀며 "다랑논도 할머니의 이 빈 젖 같은 건 아닐까 하는 생각"을 하고는 함께 일요일날 모 심자고 아버지에게 제안하는 정찬이. 그들의 순박하고 따뜻한 마음, 자연이 주는 치유력, 인간과 자연이 서로 주고받는 연민의 정, 앞날에 대한 낙천적인 믿음이 그 희망의 길을 만들어 간다.

그러나 가장 감동적인 길은 마지막 작품 「함께 가는 길」의 마지막 장면에서 열린다. 종수 삼촌이 벼 불태우는 장면을 눈이 휘둥그레져서 쳐다보던 아들을 종이보다 더 하얀 얼굴로 "너 여기 왜 왔어? 얼른 가!"하고 쫓아 버리던 아버지. 벼가 아니라 종수 삼촌이 타고, 불을 끄려던 아버지에게도 불이 옮겨 붙는 꿈을 꾸면서 "발을 동동 구르며 울다가 잠이" 깬 아들. 그 둘은 군청으로 진출하는 데모대에 섞여 만난다. "아버지를 한결 젊어 보이게 하던 숱 좋은 검은 머리가 뭉텅뭉텅 잘려 떨"어지는 모습을 보고 입술을 깨물며 우는 민규. "더러 농담을 하거나 웃기도 하"다가 삭발한 이장들을 보고는 "굳어진 얼굴로 눈물을 훔치거나 눈물을 흘리지 않으려고 고개를 젖히거나 눈을 부릅"뜨는 사람들 틈에서 "은주 앞에서 우는 게 조금도 창피하지 않"은 아들을 본 아버지는 머리를 한 번 쓰다듬더니 지나친다. 그러나 다시 돌아와 자기 머리띠를 풀어 아들 머리에 동여매 주고는 "번쩍 안아 올려 목말을 태"운다!

데모하는 아버지가 아들을 목말 태워 데려가는 이 장면은 자못 의미심장하다. 어쨌거나 이 사회의 일원으로 함께 사는 아들을 아버지는 마냥 눈 가리고 입 막을 수만은 없다. 그러나 그 데모 행렬에 집어넣을 수도 없다. 어른 키의 절반밖에 안 되는 아들의 눈에는 아무것도 안 보이고, 어른들의 함성에 파묻혀 그 입에서 나올 소리는 들리지 않을 것이다. 벌린 입으로는 먼지만 잔뜩 들어갈 것이다. 아버지는 이 신산한 삶의 현장에서 가능하면 아들을 떼어 놓고 보호하고 싶지만, 이미 그 아이는 보아 버렸고, 그 안으로 들어서 버렸다. 그리고 눈물을 흘리며 나름대로 이해하고, "아버지의 옷자락을 잡"으며 아버지의 힘이 되려고 안간힘을 쓰고 있다. 그런 아들을 위해 이 농부 아버지가 할 수 있는 최선책이 바로 목말 태우기이다. 아이가 살아가고 있는 현실 즉 땅과 아이를 연결시켜 주면서도 완충 역할을 해 주고, 무엇보다도 넓은 시야를 확보하게 해 주는 목말 태우기는, 아마도 모든 부모들이 아이들을 세상에 참여시키면서도 보호해 주고 싶은 복잡하고 간절한 심정의 상징적 표상일 것이다. 목말을 타고는 "갑자기 눈높이가 높아진 민규". 민규의 눈에는 "작은 내를 이루며 한 곳으로 걷고 있는 사람들의 무리"가 보이고, "옆에 가고 있는 경찰들도 함께 걷는 것처럼 보"인다. 아이는 더 이상 울지 않는다. "지금은 작은 냇물로 시작하고 있는 사람들의 물결이 머잖아 바다에 다다르게 될 것을 알기 때문이다." 목말 타지 않았으면 못 보았을 광경과 못 깨달았을 깨달음, 깨달음이라기보다는 오히려 희망 같은 것이 민규에게 주어진다.

거의 7년 전에 나온 이 책이 그리고 있는 우리 농촌의 상황은 별로 달라진 것 같지 않다. 이 책에서 우려하던 쌀 시장 개방은 이미 현실화되어 있고, 모든 농·수·축산물은 무차별 수입되고 있다. 농촌 총각들은 "돼지 똥 냄새 구수하게 여길 여자"를 포기하고 러시아나 필리핀, 연변에서 신부를 '수입'한다. 추수한 볏단 태우기, 다 자란 무 배추 밭 뒤엎기도 여전하다. 시골 마을은 더욱 텅텅 비어가고, 그나마 명맥을 유지하던 분교는 더 나은 교육 환경을 명분으로 통·폐합되고 있다. 그러나 이 책을 읽고 난 우리는 그래도 희망을 가질 수 있다. 장밋빛 정치 공약이나 하늘을 찌르는 투지 덕분이 아니라 이 소박하고 진정 어린 아버지의 목말 태우기 덕분이다. 아버지의 어깨 위에서 눈높이가 높아진 아들 덕분이다. 그런 아버지가 있는 한 이 아들은 세상을 '진실하고 올바르게' 살아갈 수 있다는 것을 우리는 확신할 수 있다.

정작 그 아버지의 입에서 진실과 올바름에 관한 선언은 한 마디도 나오지 않는다. 그러나 우리는 그 아버지가 자기가 믿는 바, 자기가 해야 할 바, 아들에게 해 주어야 할 바를 얼마나 치열하게 실천에 옮기고 있는지를 느낄 수 있다. 따지고 보면 '진실'은 당위와 미래에 관련된 문제라기보다는 현재 이 자리에서 우리 자신에게 가장 절실한 것을 최선이라고 생각하는 방식으로 다루어 가는 길이 아닐까. 우리에게 필요한 것은, 과연 이 길이 최선인가를 아이들과 연관시켜 겸허하게, 폭넓게, 진심으로 되짚어 보는 일일 것이다. 그런 뒤 하고 싶은 말을 하고 나서야 우리는 우리가 말할 수 있는 만큼 진실을 말했노라고 떳떳하게 나설 수 있을 것이다. 말없이 머리 깎고 말없이 아들을 목말 태운 이 아버지처럼.

슬픈 아버지를 위하여

구은영 『아부지 아부지』

얼마 전 버스 안에서 본 광경이다. 우리 버스의 난폭 운전은 세계적으로 유명하다. 오죽하면 어떤 외국인이 "한국에서 버스를 타는 일은 밧줄 없이 번지점프하는 것과 같다"고 했겠는가. 왕복 8차선의 넓은 길을 씽씽 달리는 버스 안에서 한 돌쯤 된 아기를 안은 젊은 엄마가 옆자리에서 세상 모르고 잠들어 있는 세 살쯤 된 아이를 마구 흔들며 큰 소리로 깨우고 있었다. 잠에 취한 아이는 좀처럼 일어서지 못했고 그러는 사이 버스가 한 정류장을 지났다. 아마 다음 정류장에서 내리려나 보다. 엄마는 아이에게 엄마 내려 버린다며 거의 협박을 했다. 비실대며 통로로 나온 아이를 한 나이 지긋한 아주머니가 데려가 출입문 앞에 세우자, 그 앞자리에 앉은 또 한 아주머니가 아이를 붙들었다. 그 동안 짐 든 한 손으로 아기까지 받쳐 안은 엄마는 나머지 한 손으로 출렁이는 손잡이를 잡아 가며 출입문 앞으로 나왔다. 마치 암벽 등반 묘기를 보는 듯했다. 통행량이

126

적은 길이라 버스는 사정없이 달리고 있었다. 정류장에서 열린 버스 문은 0.5초 안에 내리는 사람이 없자 덜커덕 닫혔다. 아기 엄마가 비명을 지르다시피 해서 문은 다시 열렸고, 엄마는 아이를 채근해서 간신히 버스에서 내려섰다. 그 광경을 버스 안의 사람들이 일제히 쳐다보고 있었다. 아무도 아무 말이 없었다. 그 중 하나였던 나는 화가 났고, 부끄러웠고, 처참한 기분이었다. 버스 기사는 나이 지긋한 남자였다.

이 책과 별 상관 없는 에피소드가 떠오르는 이유는, 아마 그 때 차 안에서 이 책을 읽고 있어서였을 것이다. 왜 우리 나라 여자들은 이다지도 남자들의 보호를 받지 못하면서 살아야 하나. 애가 어렸을 때 국제선 비행기 탈 일이 많았던 내 친구 하나가, 아기를 안고 다니면 사람들이 대부분 비켜 주고 양보해 주는데 밀치면서 지나가는 남자는 거의 한국 사람이더라는 말을 한 적이 있다. 물론 버스나 비행기 안에서의 일회적 경험을 일반화시킬 생각은 없다. 그러나 아이들과 여자들을 소인배 취급하며 업신여겼던 오백 년 유교 전통의 잔재가 아직도 우리 사회 곳곳에 깊이 뿌리내리고 있는 것도 사실이다. 아버지들과 남자들은 여자들과 아이들에게 명목상 지주나 버팀목이었지만, 그런 추상적 역할 외에 실질적으로 그들을 보호해 주고 이끌어 주고 성장시켜 주는 울타리 역할을 명실상부하게 했는가. 그 버스 기사가 조금이라도 아이와 엄마를 배려해 주었더라면, 그들이 버스에서 내리도록 도와 주었던 사람 중에 남자가 하나라도 있었더라면 나는 그런 처참한 기분은 안 들었을 것이다. 그리고 『아버지 아부지』(대교출판, 2001)도 조금은 달리 읽혔을 것이다. 한 우연하고 사소한 사건 때문에 한 책에 대한 생각이 전혀 예기치 않던 방향으로 흘러가는 경험을 하고 보니 독서라는 것이 얼마나 기묘한 메커니즘을 갖고 있는 행위인지를 새삼 되새기게 된다.

『아부지 아부지』는 막내로 태어나 아버지의 사랑을 듬뿍 받으며 낙원에서와 같은 생활을 했던 딸이 한국전쟁 발발로 일곱 살 어린 나이에 북한군에게 아버지를 빼앗긴 뒤 오십 년 동안 그리워하다 쓴 어린 시절의 추억담이다. 그녀에게 아버지는 "나의 그리움"이며 "나의 잊을 수 없는 귀중한 추억"이다. "아버지는 가족을 떠나 북으로 끌려가서 얼마나 고생을 하셨을까"를 생각하면 "가슴이 찢어지는 듯"하던 딸은 이 책을 아버지에게 기쁜 마음으로 바치며 "아버지와 나는 이 책으로 그 동안의 말할 수 없는 슬픔을 위로받게" 되었음을 고백한다. 그러니까 우리 나라 여자들은 왜 이다지도 남자들에게 보호받지 못하는가 하며 화를 내던 나의 독후감은 당치 않은 것일지도 모른다. 작가의 창작 의도와는 거리가 멀지도 모른다.

그래도 나는 고집스럽게 나의 독후감을 뒷받침할 증거를 찾는다. 그 아버지가 딸을 지극히 사랑했던 것은 사실이지만, 지켜 주고 보호하지 못한 것도 사실이다. "아버지는 돈을 모아 두지 않았"기 때문에 가족은 집을 빼앗기고 떠나야 한다. 피난 생활을 끝내고 다시 학교에 다니는 아이는 "아이들 중에서 아버지를 잃은 아이는 나밖에 없는 것 같"다는 소외감에 시달린다. 아버지가 원망스럽기까지 하다. '아부지도 좀 다락에 숨어 있지. 아부지도 좀 일찍 피난 가자고 하지. 아부지도 좀……' 아버지 얼굴도 생각나지 않아 '아부지라는 사람이 정말로 있었던 사람이었나?' 싶을 정도까지 된 아이는 이제 아버지 대신 군 장교가 된 큰오빠를 믿고 의지하게 된다. 그러나 아버지의 분신이었던 큰오빠도 병으로 세상을 뜬다. 그가 어린 막내 여동생에게 남겨 준 것은 귓가에 맴도는 노래뿐이다. 그러니까 아버지나 오빠는 아이에게 '그리움, 추억, 노래, 찢어지는 가슴, 말할 수 없는 슬픔'으로 표상되는 정서적 차원의 존재들이다. 전쟁과 가난과 굶주림과 질병의 소용돌이 속에서 그것들은 삶의 원동력이 될 수 없다. 아이를 현실적으로, 물리적으로 살리는 힘은 다른 데 있다. 그것은 바로 할머니와 엄마의 힘이다. 이제 나는 희미하고 슬픈 그리움과 추억과 노래를 남겨 준 아버지와 오빠 대신 집과 밥과 잠을 주는 할머니와 엄마에게 주목한다.

엄마는, 첫 장에서부터 화자인 딸과 충돌하는 사람이다. 등교 첫날 새벽같이 일어나 책가방을 메고 아빠와 함께 밥을 먹으려는 아이를 말리고, 팔을 꺾다시피 가방을 벗기려고 해 울음을 터뜨리게 만든다. 뭐든지 오냐오냐 받아 주는 아버지와는 전혀 다르다. 일러스트에서도 엄마는 심술궂은 표정, 위압적인 자세로 딸을 무릎 꿇리는 모습으로 나온다. 그런 뒤 아버지가 잡혀갈 때까지 엄마는 거의 등장하지 않는다. 그러나 네 아들과 두 딸, 시어머니를 혼자 떠맡은 뒤 엄마는 "단단히 결심을 한 모양"으로 전면에 나서서 집안을 꾸려 나간다. 감 장수로 나서 얼어붙은 언덕길을 내려가다 넘어져 목판에 받아온 홍시가 다 터져도 한탄 한 번 안 하고 눈물 한 방울 안 흘리는 강인한 생활력을 발휘하는 엄마. "앉아서 죽자"고 칭얼대는 아들을 이불에 싸안아 피난길에 나서고, 폭격으로 집이 없어지자 친구의 집을 빌려 보금자리를 틀고, 쌀이 없으면 쌀겨로 죽을 쒀서라도 가족들을 먹인다. 그런 엄마 옆에서 친딸보다 더 며느리를 아끼며 채소라도 가꾸고, 마당이라도 쓸고, 멀어가는 눈으로 담배라도 말아 노동력을 보태는 할머니. 그 여자들은 가정의 실질적인 책임자로서의 역할을 충실히 해나간다. 큰오빠의 죽음을 어른스럽게 처리하는 언니도 그 대열에 합류하고, 아이를 수양딸이라고 부르며 내면과 외면의 생활을 살펴 주는 담임 여선생도 주인공 혜린이의 정신적 성장에 한몫을 한다.

초등 학교 6학년. 이제 중학교 진학이라는 다른 세계로의 진입을 눈앞에 둔 아이가 지난 날들을 엄마 입장에서 돌아보며 그제야 엄마를 깊이 이해하는 대목은 아이의 세계 인식에 큰 변화가 생겼음을 보여 준다.

그 순간 나는 엄마에게 미안했어요.

'내가 무엇을 알고 있단 말인가? 엄마에 대해서 얼마만큼이나, 엄마의 슬픔에 대해서 얼마만큼이나?

엄마는 아버지와 생이별하고 슬픔에 잠길 시간도 없이, 할머니와 우리를 위해 살아왔어요.

나는 슬프거나 아프면 소리내어 마음껏 울었지만, 엄마는 마음껏 울어 본 적도 없을 거예요. 엄마가 울면 우리도 울까 봐서요.

엄마는 아버지를 잃고, 얼마나 무섭고 외로웠을까요?

엄마로서의 엄마뿐 아니라 여자로서의 엄마에 대해서까지 생각이 미칠 정도로 자란 이 딸은 이제 "엄마가 무엇으로 기분이 좋든지 간에, 나는 엄마가 씩씩한 모습으로 돌아왔다는 것만으로 마냥 행복해"질 정도로 엄마와 깊은 교감을 나누게 된다. 그리고 바라던 중학교에 합격한 날, "그 동안 시험 공부한답시고 잊고 있었는지도 모르는 아버지"는 "내가 중학생이 되어 교복을 입고 서 있어도 돌아오지 않는 사람이 되어 있었"다는 사실을 인정한다. 그것이 아버지를 덜 그리워하게 된다는 의미는 아닐 것이다. 아이는 아마 아버지와 함께 보냈던 행복한 시절이 다시는

「아부지 아부지」(대교출판, 송재호 그림) 중에서

되돌아오지 않으리라는 사실, 아버지가 자신의 보호막이 되어 주고 울타리가 되어 주리라는 기대는 버려야 한다는 사실을 깨달았을 것이다. 그리고 새롭게 발견한 엄마의 향기, "사람들이 연구하고 연구해도 만들어낼 수 없는 신비로운 향수"에 힘입어 이토록 애틋한 글을 써낼 수 있는 작가가 되었을 것이다.

그래도 여전히 이 딸의 인생에서 가장 무게 있는 명제는 '아버지'였던 모양이다. 없는 아버지에 대한 그리움은 수많은 문학작품의 중요한 동기 역할을 해왔다. 하기야, 결핍 혹은 부재하는 것에 대한 추구야말로 전래동화를 비롯한 문학의 가장 기본적인 모티프 아니었는가. 그런데 그런 허상이고 허명이었던 아버지의 자리를 묵묵히 채워 주었던 엄마에 대한 송가는 얼마나 있을까. 이 작가의 다음 작품으로 『어머니 어머니』를 기대해 본다.

그림책의 즐거움

류재수『노란 우산』

우리 나라에서 그림책이 어린이문학의 한 장르로 주목받으면서 독자가 늘어나게 된 것은 겨우 십 년 안팎 사이의 일이다. 그림책이라는 용어 자체도 생경했고, 어린이책의 그림이라면 교과서나 유아용 책의 삽화를 떠올리는 게 고작이었다. 지금은 그림책이나 동화책의 그림을 그리는 사람에게 일러스트레이터라는 이름을 붙이는 게 당연한 일이 됐지만, 십여 년 전만 해도 어린이문학을 한다는 사람들에게조차 그 용어는 너무나 낯설어서 '삽화가' 라는 말이 나오기가 일쑤였다. 그 시절 언젠가 어린이문학에 대한 세미나에서 한 원로 아동문학가가 삽화가라는 말을 쓰자 이원복 선생이 웃는 얼굴로, 그러나 무게를 실어, '삽화가가 아니라 일러스트레이터' 라고 정정해 준 기억이 있다. 확실히, 글을 설명해 주는 작은 그림이라는 뜻의 삽화는 그림책의 그림을 규정하기에는 너무 작은 말일 것이다. 그 이후 미처 적당한 번역어를 찾을 생각을 하기도 전에 일러스트와 일러스트레이터라는 말은 마른 풀밭에 붙은 불처럼 급속히 번져 갔고, 이제는 디자인, 디자이너처럼 어떻게 움직여 볼 수 없는 우리말이 되어 버린 듯하다.

서구의 유명한 고전 그림책을 번역해서 소개하는 일로 시작된 그림책 바람은 십여 년이 지난 지금 제법 강력한 돌풍이 되어 있다. 서점의 그림책 코너는 화려하고 풍성하기 그지없고, 그림책을 슬라이드로 만들어 여러 아이들에게 보여 주는 '빛그림책' 공연은 어린이 관련 행사 때마다 단골 메뉴로 등장한다. 다른 장르의 책에 비해 비교적 반응이 즉각적으로 나오면서도 꾸준하게 유지되는 그림책 출판은 상당수 출판사들의 구미를 돋운다. 프랑크푸르트나 볼로냐 도서전시회 때 한국 출판사와 에이전시들이 어린이책, 특히 그림책을 싹쓸이하다시피 한다는 소리는 벌써 몇 년째 들려오고 있다. 우선은 하얀 게 종이고 검은 게 글씨라는 것만 이해할 수 있는 읽기책보다는 그 자리에서 대강의 내용과 특징을 파악할 수 있는 그림책에 더 쉽게 손이 가는 건 당연지사. 그래서 이제 들어올 만한 그림책은 다 들어오고, 이런 것까지 사 와야 했을까 싶은 그림책까지 넘쳐난다.

이 시점에서 우리는 이제 우리 창작 그림책이 활성화되어야 한다는 당연한 요구와 만나게 된다. 서구의 백 년 넘는 그림책 역사에서 가려 뽑힌 수작들로 단련된 눈들에 흡족할 정도의 창작 그림책을 당장에 기대하기란 시기상조일 것 같다는 우려 속에서도, 90년대 중반부터 본격적으로 시작된 창작 그림책 출간은 상당히 뿌듯한 성장 모습을 보여 주고 있다.

우리 창작 그림책을 전문으로 기획, 출간하는 출판사가 차츰 늘고 있는 가운데 2000년대에 접어들면서 우리 그림책은 이제 다른 나라로 수출되기 시작하고 있으며, 여러 일러스트레이터들이 국내뿐 아니라 해외에서 여러 상과 높은 평가를 받으면서 세계적으로 경쟁력 있는 그림책을 만들어내고 있는 것이다.

그 가운데서도 『백두산 이야기』라는 지극히 한국적이고 민족적인 소재와 그림체로 '우리 나라 그림책 세계의 문을 열었다'는 평을 받기도 하는 류재수가 만들어낸 『노란 우산』(재미마주, 2001)이 최근 세계적으로 받고 있는 주목은, 그야말로 주목할 만하다. 뉴욕타임스가 주는 '올해의 일러스트레이션 상'을 수상하고 국제어린이도서협회(IBBY) 선정 '사상 최고의 어린이책 40'에도 오르는 성과를 거둔 이 책은, 지금까지 우리가 우리 창작 그림책에 대해 가지고 있던 일종의 강박관념을 일시에 해소시켜 주는 듯하다. 이 책에는 우리 민족의 역사와 풍습과 정서 같은 요소들이 하나도 드러나 있지 않기 때문이다.

지금까지 우리 그림책에는 민속적이고 토속적인 소재와 화풍을 담아야 한다는 의무감을 갖고 있는 것처럼 보이는 작품들이 압도적으로 많았고, 높은 평가를 받거나 수출되는 책들도 그런 경향의 책이 대부분이었다. '가장 한국적인 것이 가장 세계적인 것'이라는 모토 아래 공들여 만들어진 그런 책들은, 그러나 그 정성과 노력에도 불구하고 아쉽게도 상당수가 뭔지 허전한 빈틈을 드러냈다. 그것은 그 안에 '아이'가 없고, '이야기'가 없다는 점이었다. 그런 소재들을 가지고 어른용 책이 아니라 기본 독자를 아이로 상정한 책을 만들어야 했던 필연적인 동기나 아이들을 끌어당길 만한 흡인력이 부족했다는 점이었다. 그래서 어른 독자들은 칭찬을 아끼지 않았던 그런 책들을, 나달나달해질 정도로 아이들이 끼고 다니면서 읽었다거나, 자진해서 길고긴 독후감을 썼다는 이야기는 별로 나온 적이 없었다. 지금 이곳의 아이들, 세계 모든 아이들에게 공통적인 즐거움과 심리적 위안과 정서적 충만을 줄 수 있는 효과를, 민속적 소재와 화풍의 그림책이 어떻게 거둘 수 있는가를 그림책 작가들과 편집자들은 이제 진지하게 연구해야 할 때이다.

류재수의 『노란 우산』은 그런 즐거움과 충만한 정서를 주는 그림책이다. 세계 어디서든 비는 오고(알래스카 같은 추운 동네를 제외하면), 세계 어디서든 아이들은 비 오는 날 우산 쓰고(가난해서 우산이 없는, 혹은 옷 젖을 걱정이 없어 우산이 필요 없는 동네를 제외하면) 돌아다니며 재미있는 한때를 보낸다. 이런 재미는 현재의 즐거움에 더 충실한 아이들에게 민족 정신이나 예술성보다 오히려 더 중요하고 비중 높을 수 있다. 러시아 민화와 중국 시를 가지고 빼어난 그림책을 만들어 칼데콧 상도 받은 유리 슐레비츠의 작품 중에서 가장 인기 있는 책이 그도 저도 아닌 『비 오는 날』이라는 사실은(국내 인터넷 서점 세 곳을 조사해 보니 모두 유리 슐레비츠 책 중 판매량 1위가 『비 오는 날』이었다.) 상당히 의미심장하다. 비 오는 날이면 이 세상은 뭔가 달라 보이고, 우산 쓰고 나가면 우산 위로 투두둑 떨어지는 빗소리가 흥겹고, 발 밑에서 튕겨 올라오는 웅덩이의 물방울이 경쾌하다. 그런 날은 친구를 만나도 왠지 더 반갑고,

심지어는 학교 가는 길에도 어떤 설렘이 있다. 아이들 자신도 선명하게 깨닫지 못하는 이런 감각적인 즐거움을 『노란 우산』은 한껏 증폭시켜 보여 준다. 생각해서 머리로 들어오는 즐거움이 아니라 보는 즉시 피부로 스며들어오는 즐거움. 또록또록한 피아노 선율과 함께 흘러들어오는 이런 즐거움은 우리 그림책뿐 아니라 세계 어느 그림책에서도 찾아보기 힘들다.

『노란 우산』에는 글이 없다. 그러나 이야기는 있다. 처음 이 책을 훑어볼 때에는 그 이야기를 제대로 찾아낼 수 없다. 그냥 우산 몇 개가 왔다 갔다 하는데, 색깔이 예쁘다, 정도로 넘어갈 수도 있다. 좀더 자세히 보면 노란 우산 든 아이가 주인공 격인데, 아침에 학교 가는 길에 친구들 만나고, 육교도 건너고, 철길도 건너고, 찻길도 건너서 가는구나까지 나간다. 그러나 시디를 들으면서, 음악에 맞춰 책장을 한 장 한 장 넘겨 보자. 그러면 갑자기 눈앞이 환해지면서 이 책 속의 이야기가 찬란하게 펼쳐진다.

음악은, 빗소리로 시작된다. 보슬비도 아니고 무작스럽게 쏟아지는 소나기도 아닌, 초봄의 꽃눈을 두들겨 깨우는 듯한 힘과 부드러움이 함께 느껴지는 빗소리다. 도, 미, 솔로 이루어진 안정적인 피아노 소리가 그걸 알려 준다. 이 피아노 소리는 빗소리뿐 아니라 "학교 다녀오겠습니다!"하는 아이의 인사말까지도 담고 있다. 그림 왼쪽으로 집 앞면과 막 집을 나선 노란 우산이 보이고, 오른쪽으로는 회색도 아니고 갈색도 아닌, 묘한 색채의 뽀얀 공간이 펼쳐져 있다. 이제 이 공간은 이 노란 우산

든 아이가 그 아침 걸어가며 만날 색채와 소리의 잔치판으로 바뀔 것이다.

스러지는 피아노 소리에 따라 페이지를 넘기면 그림 구도는 앞장과 정확히 대비된다. 오른쪽에 집 앞면과 막 집을 나선 파란 우산이 보이는 것이다. 이 대칭형의 구도와 별다른 묘사 없이 색깔만 입혀진 화면이 정물처럼 보이는 것을 막아 주는 것이 음악이다. 막아 줄 뿐만 아니라, 너무나 귀엽고 경쾌한 움직임을 부여해 준다. 타박타박 걸어가다가 친구를 발견한 노란 우산의 발걸음은 스키핑으로 바뀐다. 통통 뛰면서 친구에게 쫓아간다. 파란 우산도 친구를 보고 반갑게 맞이한다. "어, 너 왔니?"하는 소리. 그리고 둘은 서로 질세라 재깔거린다. 중요한 이야기도 아니고 긴 이야기도 아니다. 중간에 친구가 끼어들어 그것과 아무 상관 없는 자기 이야기를 불쑥 꺼내도 괜찮다. 중요한 것은 이야기 내용이 아니라 소리 그 자체이기 때문이다. 두 아이의 재깔거림은 참 예쁜 이중주를 만들어낸다.

앞서거니 뒤서거니 떠들며 걷던 두 아이는 또 빨간 우산 친구를 만난다. 그리고 초록색, 분홍색, 살구색, 오렌지색 우산들이 장마다 하나씩 덧붙여지면서 화면은 더 풍성하고 다이나믹해진다. 아이들 재잘거림이 이제 시냇물처럼 흐르는 소리, 강물 위에 토도독 떨어지는 빗방울 소리, 계단 오르내리는 소리, 기차가 다가와 눈앞에서 휘익 지나가는 소리 등 피아노 소리가 거기에 이야기를 덧붙인다. 기찻길 건널목에서 밀치락달치락하며 차단기에 바짝 붙은 아이들, 그 한참 뒤로 오렌지색 우산이 허겁지겁 쫓아온다. 저만치 떨어진 공중에 자리잡고서 그 아이들 모두에게 애정 어린 시선을 마치 내리는 비처럼 골고루 뿌려 주던 작가의 눈은 이제 서서히 지상으로 내려온다. 화면을 가득 메우며 확대되는 색색가지 우산들이, 마치 고속촬영으로 찍은 꽃처럼 일시에 피어난다. 그리고 그제서야 드러나는 아이들의 다리들. 그런데 아이들의 다리가 보이는 화면은, 다리가 보이지 않는 화면보다 오히려 움직임이 덜 느껴진다. 색깔과 소리만으로 만들어낸 움직임이 그만큼 더 강력한 힘을 발휘했다는 뜻일 것이다.

　말하지 않음으로써 말하고, 움직임을 보여 주지 않음으로써 움직임을 느끼게 하는 마술 같은 예술의 영역 안에 이 책은 들어 있다. 우리 어린이책 중에는 혹시 너무 많이 말하고 너무 많이 보여 주려고 안달하고 있는 것이 너무 많은 것은 아닐까. 그래서 그 말과 그림이 내뿜는 후텁지근한 열기에 아이들이 숨막혀하고 있은 아닐까. 아이들이 이 책을 좋아한다면, 그것은 그 아이들이 무슨 주제나 가르침보다는 봄날 쏟아지는 빗줄기처럼 청량하고 상쾌한 이 그림책의 감각적 즐거움을 찾아낼 수 있었다는 말이 될 것이다.

3부
외국 어린이문학 꼼꼼히 읽기

스콧 오델 『푸른 돌고래 섬』
진 C. 조지 『나의 산에서』
팔라 폭스 『춤추는 노예들』
조지 셀던 톰프슨 『뉴욕에 간 귀뚜라미 체스터』
로이드 알렉산더 『사람이 되고 싶었던 고양이』
아스트리드 린드그렌 『난 뭐든지 할 수 있어』
필리파 피어스 『느릅나무 거리의 개구쟁이들』
로버트 뉴턴 팩 『돼지가 한 마리도 죽지 않던 날』
다니엘 페나크 『늑대의 눈』
러디어드 키플링 『정글 북』
콘스탄틴 파우스토프스키 『우리들의 여름』
캐서린 패터슨 『내가 사랑한 야곱』
하인츠 야니쉬 『일요일의 거인』
로이스 로우리 『잃어버린 기억』을 중심으로

자연과 인간, 그리고 동화

스콧 오델 『푸른 돌고래 섬』 / 진 C. 조지 『나의 산에서』

7월 말과 8월 초에 걸쳐 며칠 동안 태풍과 집중 호우로 온 나라가 뒤숭숭했다. 우리 나라뿐 아니라 중국, 일본도 물에게 호되게 당했고, 동남 아시아는 산불과 연무로 몸살을 앓았다. 큰 바다 건너 미국에서는 이상 기후로 인한 가뭄과 혹서로 사람들이 전전긍긍했다. 자연은 이렇게 무섭다. 일기 예보, 각종 치수 시설, 심지어는 인공 강우까지, 인간이 자랑하는 문명 시스템도 이럴 때는 썩은 나무 등걸처럼 힘을 쓰지 못한다.

이렇게 자연의 막강한 위력 앞에 한없이 초라한 인간의 모습을 보면서 나는 인간이 기계 문명의 모든 껍데기를 벗어 던지고 알몸으로 홀로 자연과 맞닥뜨려 볼 필요가 있지 않나 싶다. 인간이 얼마나 나약하고 무능한가를 뼈저리게

『푸른 돌고래섬』 표지

깨닫고 자연 앞에 겸손하기를 배워야 한다는 것이 나의 생각이다. 그것을 가르쳐 주는 흔치 않은 책 중의 하나가 바로 스콧 오델의 『푸른 돌고래 섬』(우리교육, 1999)이다.

이 이야기는 로스앤젤레스 앞바다의 작은 섬에서 실제로 18년 동안 혼자서 살아나간 한 여자, 카라나의 생존 기록이다. 수달을 잡으러 온 백인들의 속임수에 넘어가 추장인 카라나의 아버지를 비롯한 대부분의 남자가 죽임을 당하고, 나머지 주민들은 배를 타고 섬을 떠난다. 뒤처진 동생을 위해 바다에 뛰어든 카라나와 동생 라모만 남겨둔 채. 그나마 여섯 살 라모는 혼자 밖으로 나갔다가 야생 개들에게 물려 죽고, 카라나는 완전히 혼자가 된다. 이 모든 사건들이 책의 초반부에 빠르게 진행된다. 화자가 카라나임에도 순식간에 일어난 그 엄청난 사건들―백인들의 배신, 아버지와 동생의 죽음, 누런 눈을 번득이며 이빨을 가는 야생 개들 틈에 혼자 남겨짐에 대한 슬픔과 분노, 공포의 감정은 지극히 절제되어 있다. 이렇게 감정 이입이 절제된 짤막한 문장들은 스피디한 사건 전개와 함께 이 책 전체에 강력한 힘을 실어 준다. 자연의 힘은 강하다, 그러나 그 자연의 힘을 받아들이고, 감상에 빠지지 않고 자신의 자리를 찾아나가는 한 작은 여자의 힘도 그에 못지 않게 강하다, 그 둘 모두 아름답고 존경할 만하다는 것을 작가는 그 문체와 구조를 통해 말하려 하는 듯하다.

무인도에서 혼자 살아남기는 로빈슨 크루소를 연상시킨다. 그러나 로빈슨 크루소가 보여 주는 제국주의적 시각이 없다는 점에서 이 책은 로빈슨 크루소와 전적으로 다르다. 무인도는 정복해야 할 새로운 영토가 아니라 카라나와 그녀의 조상들이 대대로 살아왔던 삶의 터전이다. 로빈슨이 원주민인 프라이데이를 하인으로 삼았다면 카라나는 백인에 의해 흘러들어왔던 개 론투와, 동생을 죽인 야생 개들의 우두머리였음에도 불구하고, 화해하고 동료로 지낸다. 로빈슨에게 자연이 정복하고 이용해야 할 대상에 불과했다면, 카라나는 자연과 동물과 함께 기쁨과 고통을 나누면서 하나가 된다. 모두가 하나라는 인식은 상처 입은 수달에 대한 묘사에서 절정에 이른다.

> 내가 가까이 다가갔지만 수달은 도망치려 하지 않고 오히려 카누 옆으로 다가왔다. 수달은 눈이 굉장히 큰 동물이다. 어린 놈은 특히 더했다. 하지만 등에 상처를 입은 어린 수달의 눈은 두려움과 고통 때문에 특히 더 컸다. 눈동자에 비친 내 모습이 보일 정도였다.(밑줄 필자)

상처 입은 어린 수달의 커다란 눈동자에 비친 자신의 모습을 보는 광경의 묘사는 그 뒤에 나오는 "나는 친구가 된 동물들을 죽일 수 없었다. 지금은 친구가 아니라 하더라도 나중에 친구가 될 가능성이 있는 동물도 죽일 수 없었다. (…) 나에겐 모든 동물과 새들이 사람과 똑같이 느껴졌다."라는 심정적 진술보다 "동물과 새들이 사람과 똑같"다는 인식을 더 강력하게 드러낸다. 세밀하고 깊이 있는 관찰과 객관적이고 절제된 묘사의 힘이 얼마나 유효한지를 보여 주는 예이다. 이런 관찰과 묘사의 힘은 다른 책이 따라올 수 없는 이 책만의 큰 미덕이다. 특히 해일의 묘사, 커다란 문어와의 사투 장면은 숨이 막힐 정도이다.

그러나 아쉬운 점도 없지 않다. 척박한 무인도에서 혼자 살아가는 그 지난한 과정의 고통과 외로움이, 풍요로운 먹거리와 동물 친구들과의 우정에 의해 상당 부분 희석되고 미화되어 있다는 점이다. 아동문학의 특성이 갖는 한계일까. 먹고 입는 문제만이 문제가 될 뿐, 배설의 문제는 전혀 언급되어 있지 않다는 것이 그 한계를 단적으로 드러내 준다. 무인도에서 살아남기라는 배경은 인간 실존의 가장 원초적이고 기본적인 조건들을 극단적으로 추구하는 장치일 터인데, 그 조건의 큰 축의 하나인 배설 문제를 외면하고 있는 것이다. 동물과 식물과 물과 바람에 대해 지극히 꼼꼼하고 세밀하게 관찰하고 묘사한 극사실적 시각에도 불구하고 이 작품의 전체적인 분위기가 낭만적으로 흘러가는 이유가 바로 그 점이다. 카라나는 거처를 여러 곳으로 옮기고, 제 손으로 집을 짓기도 하지만 그 어느 곳에도 화장실 이야기는 없다. 배탈이 나는 일도 없으며, 무엇보다도 생리에 관한 언급이 없다. 아마 지은이가 남자이기 때문일 것이며, 이 책이 씌어진 1960년은 미국에서도 여자의 생리는 입에 올리기에 조심스러운 금기 사항이었기 때문일 것이다.

그렇다면 이 책의 주인공이 굳이 여자여야 할 필요가 무엇일까 하는 의문이 생긴다. 주인공의 모델이었던 실재 인물이 여자였기 때문이라는 이유를 제외하면 다른 개연성은 아무것도 없다. 목걸이나 귀걸이 같은 장신구에 혹하는 장면, 가마우지 깃털로 예쁜 치마를 만들고 기뻐하는 장면을 빼면 그녀의 여자로서의 아이덴티티가 확인되는 장면도 없다(장신구에 혹하고 예쁜 새 옷을 좋아하는 것은 남자도 마찬가지이다. 초반에서 마을 사람들이 백인들에게 넘어가는 것도 상자 가득 들어 있는 색색가지 구슬 목걸이 때문이었다). 그래서 이 책의 결말 부분, 카라나가 몇 차례 사람들을 피하다가 세상으로 돌아가기로 결심한 후 몸 단장을 하면서, 자신이 결혼을 안 한 처녀라는 부족의 표시로 얼굴에 파란 진흙을 바르는 장면에서는 어리둥절한 기분이 들기까지 한다.

어쨌든 이 책은 그럴 듯한 서바이벌 스토리라는 경계를 뛰어넘어 자연과 인간과의 관계에 대한 겸허하고 침착한 시각을 드러내는 데 성공하고 있다. 군더더기 없는 구조와 절제된 문장, 속도감 있는 전개로 자연과 인간의 생명력을 힘차게 펼쳐 나가는 솜씨도 경탄할 만하다. 주인공이 여자라는 점에서 인간 실존의 조건을 좀더 심도 있게 파헤쳤으면 하는 아쉬움도, 거꾸로 보자면 그런 문제에 대한 인식을 독자에게 불러일으킨다는 점에서 바람직한 여운으로 남을 수도 있다. 주로 불가항력의 큰 힘과 대결하는 인간의 처연한 노력을 그리는 이 작가의 다른 작품들도 여러 편 나와 있으니 찾아 읽어 볼 만하다. 우리는 인간이 만든 왜소하고 편협한 이데올로기 안에서 그것이 전부인 듯 동당거리고 있는 것은 아닐까. 스콧 오델의 책을 읽으면서 한 번쯤 스스로에게 던질 만한 질문이다.

『푸른 돌고래 섬』과 겨룰 만한, 여러 가지 면에서 대조적인 책으로『나의 산에서』(비룡소, 1995)를 함께 읽는 것도 재미있다. 두 작가는 모두, 이 작품들로 뉴베리 상을 수상했으며 아동문학의 노벨 상이라고 할 만한 안데르센 메달을 받았다. 수상 여부가 작품과 작가의 가치를 재는 절대적인 척도는 아니지만, 그것을 받은 작품이라면 상당한 수준이라고 믿어도 괜찮을 만한 상들은 몇 있다. 뉴베리 상과 안데르센 메달이 거기에 속한다.

『나의 산에서』는 깊은 숲 속에서 1년 동안 혼자 살아나간 한 남자 아이 샘의 생존 기록이다. 주머니칼, 노끈 뭉치, 도끼 그리고 40달러 외에는 아무것도 지니지 않았던 샘은 집을 마련하는 것, 불을 피우는 것, 식량을 마련하는 것, 사슴 가죽으로 옷을 만드는 것 모두 혼자 힘으로 해결한다. 역시 로빈슨 크루소 모티프이다. 그는 매를 길들여 친구 겸 사냥 동지로 삼는다. 카라나의 친구인 야생 개 론투를 연상시킨다. 동물과 식물에 대한 세밀한 관찰, 따뜻한 애정, 치밀한 묘사도 『푸른 돌고래 섬』의 그것에 뒤지지 않는다. 주인공이 자연의 산물을 현명하게 사용하면서 자연의 일부분으로 살아나가는 과정도 두 작품이 비슷하다. 그러나 이런 모티프와 배경의 외면상 유사성에도 불구하고 이 두 작품은 아주 극명한 대조를 보여 준다.

우선 『푸른 돌고래 섬』의 작가는 남자이고 주인공은 여자이다. 『나의 산에서』의 작가는 여자이고 주인공은 남자이다. 의미 깊은 대조는 아니지만 재미있는 대조다. 가장 중요한 차이점은 『푸른 돌고래 섬』의 카라나는 마을 사람들에게 버림받아 혼자 남겨졌고, 『나의 산에서』의 샘은 집과 가족을 버리고 스스로 숲 속으로 들어갔다는 점이다. 카라나는 살아남기 위해 때로는 생명을 위협하기도 하는 광활한 자연 속에서 힘겨운 싸움을 벌이지만 샘은 자신의 꿈을 실현하기 위해 우호적인 자연 안에서 풍요로움을 누린다. 말하자면 카라나에게 자연은 생활의 터전인 반면 샘에게는 꿈의 터전인 것이다.

이 기본 입장의 극단적 차이는 책 전편을 통해 문체와 어조와 이미지 면에서 번번이 뚜렷한 대조점을 만들어낸다. 『푸른 돌고래 섬』은 감정 이입이 절제된 객관적 어조를 사용하지만 나의 산은 아주 감상적이고 주관적인 울림을 준다. "나의 큰 목소리가 숲으로 울려퍼져 나갔다. 새들의 작은 목소리가 소리높여 대답하는 것 같았다.", "아마도 세상이 창조될 때 태어난 나무들일 것이다.", "부엉이가 겨울의 마술을 풀었다." 등등 그 예는 많다. 족제비가 "어깨에 올라와서 도저히 잊을 수 없는 연설을 한바탕 하"는가 하면, "하찮은 지렁이도 세상을 조금 움직일 수 있다"는 깨달음도 있다.

카라나에게는 생존 그 자체가 목적이기 때문에 감상이 개입할 여지가 없지만 샘에게는 숲 속에서의 삶이 자기 조상의 자취를 더듬는 일, 자신을 극복하고 꿈을 이루는 일의 수단일 뿐이기 때문에 그토록 여유 있고 정서적인 시각이 가능하다. 샘에게는 숲이 냉혹한 생존 경쟁의 장이 아니라 조금은 독특한 캠핑을 즐길 수 있는 뒤뜰의 연장이다. 책의 결말에서 카라나는 사람들과 함께 살기 위해 섬을 떠나고, 샘은 가족 모두를 숲으로 불러들인다. 카라나는 계속해서 살아나가고 샘은 계속해서 꿈을 꾸는 것이다.

이런 시점으로 두 작품을 비교하면서 그 유사점과 차이점을 찾아내

보는 일은 재미있고 쓸모 있는 독서 체험이 될 수 있다. 어느 작품이 더 나은지 우열을 가리자는 것이 아니다. 같은 로빈슨 모티프를 가지고도 얼마나 다른 시각과 어조의 작품이 나올 수 있는지를 밝혀 보자는 것이다. 외면상의 유사성 뒤에 얼마나 많은, 얼마나 큰 차이점들이 숨어 있는지 우리는 이런 작품들을 통해 깨달을 수 있다.

노예선에 관한 혼란스러운 시각

팔라 폭스 『춤추는 노예들』

『춤추는 노예들』 표지

뉴베리 상을 들먹인 김에 한 작품만 더 이야기하겠다. 19세기 초 성행했던 노예 무역을 소재로 한 『춤추는 노예들』(사계절, 1995)이다.

뉴올리언스에 사는 열네 살 소년 제시는 어느 날 밤 납치되어 노예선에 타게 된다. 그를 납치한 목적은 아프리카에서 실어올 노예들이 운동 삼아 춤을 출 수 있도록 피리를 불게 하려는 것이다. 운동을 해서 덜 죽고 덜 쇠약해져야 좋은 값에 많이 팔아 이익을 더 남길 수 있으니까. 아프리카에 가서 노예를 싣고 돌아오는 넉 달 사이, 배 안에서 일어나는 일이 이 이야기의 중심 내용이다. 이야기가 시작되기 전 한 페이지에 "1840년 6월 3일,/멕시코 걸프 만에서 배 한 척이 침몰함./생존자는 두 명."이라고 황량하게 적혀 있는 석 줄짜리 단서를 보면 실제 있었던 사건을 모티프로 삼은 듯하다. 이 이야기에서 생존자 두 명은 주인공인 샘, 그리고 샘과 무언의 감정 교류가 약간 있었던 흑인 소년 라스이다.

이 책은 노예 무역의 비인간성을 고발하고 있는 것으로 보인다. 화물칸에 짐짝처럼 차근차근 쌓여서 더위와, 질병과, 굶주림과 갈증, 자신들의 배설물과, 백인 선원들의 폭력에 의해 고통받는 흑인들의 모습, 그것을 보면서 괴로워하는 주인공 제시의 심경 토로 등을 보면 그렇다. 노예선 선장과 선원들의 폭력성과 야만성도 독자의 분개를 끌어내기에 충분하다. 다양하게 변하는 바다의 모습, 뱃일에 대한 전문가적 설명과 묘사, 노예 무역을 둘러싼 영국과 미국과 스페인, 아프리카 등 여러 나라의 얽히고설킨 이해 관계에 대한 통찰 같은 것도 이 책에 특별한 긴장감을 부여해 주는 요소이다.

아마도 『어린이 문학의 즐거움』이라는 이론서에서 이 책에 대한 언급을 읽지 않았더라면 내 독후감은 이 정도로 끝났을 것이다. 그런데 그 책에서 나는 참으로 흥미있는 코멘트를 접하게 되었다. 캐나다의 대학 교수인 페리 노들먼이 자기 수업에서 이 책을 가지고 토론하다가 한 학생으로부터 이 책이 "인종 차별적"이라는 평가를 받고 아주 놀랐다는 것이다. 미국과 캐나다에서는 인종 차별 문제가 아주 첨예한 이슈이다. 이 책의 표면에는 흑인 노예들에 대한 동정적인 시각, 노예 무역상들에 대한 분노가 깔려 있기 때문에 여기서 인종 차별적 요소를 발견한다는 것은 아주 의외였다. 노들먼은 이 책에 대한 자기의 이전까지의 평가에 큰 혼란을 느꼈다고 고백한다.

　그 대목을 접하고 나서 덩달아 혼란스러워진 나는 이 책을 다시 꼼꼼하게 읽었다. 그렇게 봐서 그런지 인종 차별적 대목이 쉽게 자주 눈에 띄었다. 전에는 뭔가 석연치 않다는 느낌만으로 지나가거나 다른 식으로 해석하던 대목들이, 바로 그거였구나 싶었다. 화물칸에 갇혔던 흑인들이 처음으로 갑판에 나와 음식을 받아먹는 장면이다. "어른들은 음식을 질질 흘리며 아주 슬픈 표정으로 먹었으며, 아이들은 자기들끼리 떠들어 댔다." 번역자의 어휘 선택이 그래서 그런지 원래 그런 의미의 단어였는지는 알 수 없으나 "질질" 흘렸다든지 "떠들어 댔다"는 표현에는 뭔가 그들에 대한 모멸감이 숨어 있는 듯하다. "이제 노예들은 자기들끼리 싸우기 시작했다.", "몸도 아프고 사기도 꺾이고 배도 고프고, 화물칸을 제대로 청소하지 않아 온몸이 더러운 그들은 텅 빈 수평선을 무기력한 표정으로 계속 쳐다볼 뿐이었다." 같은 대목도 흑인들은 그런 상황에서도 쉽게 낙담하고 포기하고, "자기들끼리 싸우기"나 했구나, 하는 한심한 기분을 갖게 한다. 아프리카 추장들이 백인 노예상들에게 받는 약간의 대가에 눈이 어두워 전쟁 포로로 잡은 다른 부족, 심지어는 자기 부족들까지 팔아넘긴다는 진술도, 선원 네드의 입을 빌리기는 했지만 노예 무역을 은근히 정당화시키는 시각을 숨기고 있다.

　그러나 가장 의아한 것은, 화자인 제시의 시각이다. 그것은 몹시 혼란스럽다. 물론 열네 살 어린 소년이 처음으로 보는 그 끔찍한 광경을 일관된 감성으로 보고한다면 오히려 이상할 것이다. 그러나 제시는 흑인 노예들에 대한 연민과 그들의 무기력에 대한 증오의 감정, 그들이 겪는 인간성 상실의 상황에 대한 자기 혐오와 자신이 그런 상황에 처해 있지 않다는 데 대한 자기 안도의 감정 사이에서 너무나 극단적으로 왔다갔다한다. 페리 노들먼이 지적한 것처럼, 이 책에서는 흑인 노예들의 입장 그 자체보다는 그것을 보는 제시의 감정이 더 중요하며, 작가는 흑인 노예들보다는 백인 선장과 선원들 연구에 더 몰두하고 있는 것 같다. 제목이 "춤추는 노예들"임에도 불구하고 노예들은 이 책의 중심적인 위치에 있는 것이 아니라 배경과 도구 역할만을 하고 있는 것이다.

하지만 이것 또한 노들먼의 고백에 힘입은 나의 편견일지도 모른다. 나는 독자들이 이 책을 좀더 꼼꼼하게 읽어 주기를 바란다. 다른 책들과 달리 몹시 다면적이고 혼란스러운 시각들이 뒤섞여 있기 때문이다. 그것들을 분류해 내고, 모든 단어와 표현과 인물 들을 통해 은근히 드러나는 작가의 의도를 파악하고, 거기에서 더 나아가 작가의 의도와 상관없이 자신의 해석으로 새롭게 평가하는 일이, 이렇게 진지한 문제를 진지하게 다루는 작가에 대한 독자로서의 예우일 것이다.

동물이 인간보다 낫다?

조지 셀던 톰프슨 『뉴욕에 간 귀뚜라미 체스터』
로이드 알렉산더 『사람이 되고 싶었던 고양이』

『뉴욕에 간 귀뚜라미 체스터』(시공주니어,
가스 윌리엄즈 그림) 중에서

동물 의인화는 동화의 전형적인
특성이다. 수많은 동화가 인간과 동
물 사이의 관계를 다양한 방식으로
그려내는 것을 우리는 볼 수 있다.
우화처럼 겉모습만 동물일 뿐 인간
의 어떤 한 단면에 대한 상징 외에
는 동물로서의 아이덴티티나 기능
은 전혀 가지고 있지 않은 동물이
나오는가 하면, 인간성의 한 측면을
상징하면서도 동물로서의 특성도
잃지 않고 인간과 한 차원에서 동등
한 역할을 맡는 전래동화의 동물도

있다.

현대 창작동화에서 동물의 모습은 그보다 좀더 복합적이다. 인간과 자연 그대로의 동물, 인간과 의인화된 동물, 혹은 동물만 등장하는 여러 동화들을 보면서 동화에서의 동물의 역할과 기능에는 어떤 것들이 있는 가, 그것을 통해서 드러나는 인간의 동물관은 무엇인가 같은 면모들을 탐색해 보는 것도 재미있는 작업이 될 것이다.

『뉴욕에 간 귀뚜라미 체스터』(시공주니어, 1998)에서는, 대도시 지하 공간에 사는 고양이와 쥐(고양이와 쥐는 원래 천적 간이지만 여기 나오 는 생쥐 터커와 고양이 해리는 친구이다. 둘이 친구인 이유도 아주 재미 있다), 신문팔이 소년이 그 작은 몸뚱이 하나 들여놓아도 옴짝달싹 못할 정도로 비좁은 가판대 안에서 키우는 귀뚜라미 같은 아주 작고 하찮은 동물들이 주인공이다. 그러나 이 동물들은 인간보다 모든 면에서 한 수 위에 있다. 유머 감각도, 음악적 재능도, 재산을 모으는 부지런함도, 난 관을 극복하는 지혜도 그렇고, 심지어는 말썽 부리는 일에서까지, 이 책 에 나오는 다른 등장인물인 인간들에 비교하면 훨씬 뛰어나다.

동화에 나오는 동물은 대체로 몇 가지 분류로 나뉘어진다. 인간성을 대변하는 상징으로서(우화나 전래동화의 동물들), 아니면 인간을 돕고 정서적으로 교감하는 동료로서(서양의 경우는 말, 우리 나라의 경우는 개가 대표적이다), 아니면 그 자체의 독단적인 삶을 사는 존엄한 생명체 로서(시튼 동물기의 동물들). 그러나 『뉴욕에 간 귀뚜라미 체스터』의 동 물들은 위의 세 카테고리 어디에도 속하지 않는 것 같다. 미국에서는 불후의 현대 고전으로 꼽히고 있는 E. B. 화이트의『샬롯의 거미줄』에 나오는 동물들도 그렇다. 인간과 한 지평 위에서 생활하는데, 말은 할 수 있지만 동물들끼리만 의사소통을 할 뿐, 인간과 말을 나누지는 않는다. 돼지, 들쥐, 거미, 거위로서의 동물적 특성도 잃지 않는다. 그들의 삶은 거의 전적으로 인간에게 달려 있지만, 나름대로 인간에게 침해받지 않는 내면의 삶도 있다.

동화에는 왜 이런 동물들이 등장하게 되었을까. 이 동물들의 정체는 무엇일까. 우리와 무슨 관계가 있는 것일까. 이 책을 읽으면서 물어야 할 질문은 이런 것들이 아닐까 싶다. 그러나 지나치게 심각하게 생각하면서 읽지는 마시기 바란다. 기본적으로 이 책은 아주 재미있다. 세 동물들의 뚜렷한 개성과 그들이 일으키는 사건은 생생하고 흥미진진하다. 반드시 지은이 이름 옆에 함께 이름을 올려야 할 만큼 일품인 그린이의 그림도 그 재미를 증폭시킨다. 그 재미를 충분히 즐기는 것만으로도 이 책의 독자로서의 임무는 다하는 것이 아닐까.

또다른 동물 이야기 하나. 제목 그대로 "사람이 되고 싶었던 고양이" (논장, 1999)에 관한 책이다. 마술사의 조수 노릇을 훌륭하게 하고 있던 말하는 고양이가 사람이 되고 싶다는 간절한 소원을 갖고, 결국은 그 소원을 이루어 인간 세계로 간 뒤 갖가지 풍파를 겪는다.

그렇다고 이 책이 무슨 음험한 마술과 변신에 관한 이야기는 아니다. 다짜고짜 "'선생님, 부탁인데요, 저를 인간으로 만들어 주세요.' 고양이가 말했다."하고 시작되는 서두를 읽으면 푹 웃음이 나오는데, 책 전편에 걸쳐 '요것 봐라' 라는 식의 그런 웃음은 여기저기서 유발된다. 이 당돌한 고양이의 가당찮은 욕심에서 비롯된 웃음은 나중에는 '그래, 인간이 고양이보다 나을 게 뭐란 말이냐' 하는 자조 섞인 웃음으로 바뀐다. 말하자면 이 책은 인간이 된 고양이의 대책없이 어수룩하면서 진지한 언행을 통해 진정한 인간성이 무엇인가를 반성하게 만드는 것이다.

안 그러려고 하는데도 대책없는 주제 찾기 버릇은 어김없이 나온다. 그러나 할 수 없다. 주제가 문학작품의 중요한 요소 중의 하나임은 부인할 수 없는 일이니까. 다만, 그래, 주제가 그렇구나 정한 뒤 다 읽었다고 치워 버릴 일이 아니라 혹시 다른 주제는 없는가, 그 반대의 발상도 가능하지 않을까도 생각해야 하며, 그 주제를 주제로서 성공적으로 드러내는 다른 문학적 장치들을 찾는 일도 병행되어야 한다는 것이다. 문체가 심각한가 유머러스한가, 장황한가 간결한가, 왜 이런 문체를 썼는가, 다른 방식으로 쓰면 어떤 효과가 났을까, 인물들은 어떤 성격인가, 일관성이 있는가, 개연성이 있는가, 생명력이 있는가, 이런 여러 문제들을 훑어보는 것이 우리의 독서 체험을 훨씬 풍요롭고 재미있게 해 주는 일이다.

「사람이 되고 싶었던 고양이」(논장, 송수정 그림) 중에서

이 책에서 특히 즐길 수 있는 요소는 유머와 아이러니, 풍자이다. "선생님이 말씀하신 대로였어요. 아니, 더 나쁜 사람들도 있었어요. 하지만 어떤 사람들은 선생님 말씀보다 훨씬 좋았어요. 하지만 좋은 사람들하고만 지낼 수는 없겠죠. 그러니까 모든 사람들을 다 받아들이겠어요."라는 고양이 인간의 선언은 이 책의 주제 중의 한 가지를 거의 노골적으로 드러낸다. 그러나 그보다는 "브라잇포드에 보낼 때만 해도 나무랄 데 없이 착한 고양이였건만. 한데 지금은? 망쳐 버렸어! 인간들과 너무 오래 있었던 게야! 분별 있는 동물이라면 꿈도 못 꿀 일을 해 버린 게다."라는 마법사의 투덜거림이 오히려 인간성과 동물성, 그 관계에 대한 성찰을 촉구한다. 슬랩 스틱 만화 같은 과장된 액션, 목숨이나 전 재산이 걸린 중차대한 상황에서도 서슴없이 터져나오는 톡톡 튀는 대사 들은, 그 성찰을 그렇게 오만상 찌푸린 얼굴로 할 게 아니라 냉소와 웃음 섞인 가벼운 얼굴로 할 것을 권한다.

그러나 얼굴이 가볍다고 해서 그 생각까지 가벼운 것은 아니다. 얼굴이 웃는다고 해서 그 성찰까지 웃기는 것은 아니다. 가볍고 우스운 얼굴로 하는 반성이 오히려 더 진지하고 정곡을 찌르는 경우가 있다. 그렇게 생각하지 않는가? 하고 이 책은 묻고 있다.

뭐든지 할 수 있다는 꼬마 이야기

아스트리드 린드그렌 『난 뭐든지 할 수 있어』

『내 이름은 삐삐 롱스타킹』으로 유명한 아스트리드 린드그렌은, 아마도 현존하는* 세계 최고의 작가 중 한 사람일 것이다. 영미권에서는 그다지 언급되지 않지만 독일을 비롯한 북유럽에서는 그의 작품을 분석하는 박사 논문이 여러 편 나올 정도이다.

린드그렌은 언제나 시대의 조류를 벗어나는, 아니 앞서가는 작품을 내놓는 것으로 유명했다. 그는 자기 자신의 작품도 어떤 고정 패턴을 갖는 것을 용납하지 않았다. 사회주의적 고발, 혹은 계몽 동화가 판을 치던 40년대 중반, 그 엄숙한 사회와 어른들을 마음껏 조롱하는 통쾌한 팬터지인 『내 이름은 삐삐 롱스타킹』을 내놓았고 『사자왕 형제의 모험』, 『산

---

* 이 글을 쓴 이후 린드그렌은 2002년 초 세상을 떠났다. '현존하는'을 빼야 할 일이지만, 그의 부재를 그렇게 쉽게 인정하는 일이 그야말로 쉽지 않아서 그냥 두기로 했다.

적의 딸 로냐』, 『미오, 나의 미오』 같은 작품들로 다양하고 깊이 있는 판타지 세계를 펼쳐 보였는가 하면 다시 『라스무스와 방랑자』 같은 사회성 짙은 작품도 내놓았고, 『떠들썩한 마을의 아이들』, 『난 뭐든지 할 수 있어』처럼 아이들의 아기자기한 일상을 그린 단편집들도 가지고 있다. 군더더기 없이 깔끔하고 탄탄한 구성, 섬세한 아이들 심리 묘사, 시정 넘치는 표현, 깊이 있는 주제, 절묘한 언어 감각 등 동화, 아니 문학이 갖추어야 할 모든 덕목을 린드그렌의 작품들은 총망라하고 있다고 해도 과언이 아니다. 다양한 각도로 동화 수업을 하고 싶다면 가장 먼저 추천하고 싶은 교과서가 린드그렌의 작품들이다.

『난 뭐든지 할 수 있어』(창작과비평사, 1999)는 아이들 심리 묘사에 대한 린드그렌의 탁월한 솜씨를 한눈에 볼 수 있는 단편집이다. 자기에게 단 한 번, 그게 친절인지도 모르는 채 친절하게 대해 준 남자 아이를 위해 대신 죽은 매리트의 짧은 일생을 그린 「매리트 공주」, 엄마가 병든 뒤 이모 집에 얹혀 구박받으면서 사는 에바의 작은 반란을 다룬 「귀염둥이」, 동네 가게에는 다 팔리고 없다는 크리스마스 트리를 결국 구해온 꼬마 로타의 좌충우돌 대모험이 담긴 「난 뭐든지 할 수 있어」, 몰래 썰매 뒤에 올라탔다가 숲 속에 버려져 하마터면 얼어죽을 뻔한 리사베트의 이야기 「봐, 마디타, 눈이 와!」, 엄마끼리의 경쟁이 아들끼리의 경쟁으로 이어져 결국 지렁이를 삼키고 헛간 지붕에서 뛰어내렸다가 둘 다 다리가 부러져 입원한 알빈과 스티그의 팽팽한 신경전 이야기인 「누가 더 높은 데서 뛰어내릴까」 등등, 한편한편이 모두 각각 다른 소재와 분위기와 인물들을 갖고 각각 다른 재미와 감동(감동이라는 말이 남발되는 세상이지만 이 작품들에서는 진정한 의미에서의 감동을 느낄 수 있다.)을 준다.

린드그렌의 아이들 심리 묘사는 그 날카롭고 정확한 눈과 함께, 작가의 직접적 진술이 아닌 아이들의 대사, 행동 묘사, 화자의 은근한 개입 등을 통한 표현으로 더욱 빛난다. 만년필을 훔쳐갔다고 야단친 아빠가 원망스러워 집을 나가기로 결심한 「펠레의 가출」 같은 경우를 보자. 펠레가 가끔 아빠의 만년필을 "빌려간" 적은 있지만 그날만은 아무 잘못도 없다. "이런 대접을 하는 식구들하고는 도저히 더 이상 함께 살 수가 없"다고 판단한 펠레는 바다로 가서 물에 빠져 죽을까, 사자에게 잡아먹혀 죽을까를 궁리하다가, 엄마 아빠가 엉엉 우는 모습을 볼 수 있는 마당 헛간으로 가기로 한다. 가출에 필요한 각종 필수품을 챙긴 펠레는 "자기가 집을 나가는 모습을 엄마가 볼 수 있도록 부엌으로 한 번 더" 들어간 뒤 엄마의 만류를 뿌리치고 헛간으로 간다. 그리고 30분 후, 머리를 쥐어짜 내다가 생각한 핑계를 가지고 펠레는 "집으로 들어가는 계단을 걸어 올라, 아니 뛰어 올라"간다. 그 핑계란 자기에게 크리스마스 카드가 오면 우체부 아저씨한테 이사 갔다고 전해 달라는 것. 그러겠다는 엄마의 약속을 듣고 다시 "머뭇거리면서" 문 쪽으로 가는 펠레의 발이 "질질 끌리고" 있다. 그러다가, 네가 없는 크리스마스가 얼마나 슬프겠냐, 엄마 아빠는 촛불도 안 켜고 부엌에 앉아 펑펑 울 거다, 라는 말을 듣고는 "부엌문에 머리를 기대고" 흐느낀다. "엄마 아빠가 너무 불쌍했기 때문"이다. 그리고는 "용서해 드릴게요."라고 말한다.

터무니없는 공상, 비장한 각오, 딴청 부리기, 절묘한 반어법, 과장 등등, 30분간 가출한 이 맹랑한 꼬마의 짧은 이야기에서 사용되는 기법은 다양하고도 풍성하다. 그 기법들을 통해 억울하고 화나고 외롭고 슬픈 아이의 마음이 생생히 살아나고, 그 마음을 능청스러우면서도 따뜻하게 받아 주는 엄마의 캐릭터도 생생히 살아나면서 입가에 절로 미소가 떠오르게 만드는 것이다.

린드그렌의 단편들은 대체로 이렇게 독자를 미소짓게 만든다. 그렇다고 그 내용이 모두 이런 따뜻하고 정에 넘치는 이야기인 것만은 아니다. 가난, 불구, 죽음, 유기, 무시, 질투 같은 인생의 어둡고 힘겨운 측면도 그는 회피하지 않는다. 이기적이고 무책임하고 잔인한 어른들도 등장한다. 「봐, 마디타, 눈이 와!」에서는 술주정뱅이 안데르손이 어린 리사베트를 시내에서 한참 떨어진, 눈 덮인 숲 속에 버려 두고 가 버리는 바람에 리사베트는 그야말로 얼어죽기 일보 직전까지 간다. 에바의 이모는 천둥번개 치는 날씨에 감자가루 1킬로그램을 사오라고 에바를 숲 속으로 밀어낸다. 폴리는 갓난아기 때 어느 가난한 할머니 집 문간에 버려진다. 그리고 할머니도 병들어 겨우 일곱 살 나이에 집 안을 치우고, 음식을 만들고, 새벽같이 시내 장으로 나가 노점에서 사탕을 팔아야 한다.

인생이란 그런 것임을, 별별 일들이 다 일어나는 것임을 린드그렌은 보여 준다. 그런 일들을 겪어야 하고, 극복해야 하고, 받아들여야 한다고 말한다. 그 방법은 갖가지이다. 분노로, 유머로, 사랑으로, 체념으로, 자부심으로, 용기로. 그 다양성이야말로 우리가 린드그렌의 단편에서 배워야 할 가장 큰 덕목이 아닐까. 또 하나, 그 모든 다양한 방법들 안에서 린드그렌의 린드그렌다움을 발견하게 해 주는 일관적인 시각인 '따뜻함'도 유념할 일이다. 린드그렌의 이야기에서는 위기와 분노와 슬픔조차도 어쩐지 정답게 느껴지는 까닭은, 그의 현실 인식이 치열하지 못해서가 아니라 그것을 넘어서는, 인간과 인생에 대한 연민의 시선이 있기 때문일 것이다. 린드그렌과 단짝인 일러스트레이터 일론 비클란트의 사랑스럽기 그지없는 그림도 그 연민의 시선에 힘을 보태고 있다.

『난 뭐든지 할 수 있어』(창작과비평사, 일론 비클란트 그림) 중에서

어른들? 봐 줄 만해!

필리파 피어스 『느릅나무 거리의 개구쟁이들』

필리파 피어스는 20세기 가장 중요한 판타지의 하나인 『한밤중 톰의 정원에서』를 쓴 작가이다. 그러나 이 『한밤중 톰의 정원에서』는 C. S. 루이스의 나니아 나라 이야기 시리즈나 J. R. R. 톨킨의 『반지의 제왕』, 매들린 랭글의 『시간의 주름』, 수잔 쿠퍼의 『어둠이 떠오른다 The Dark is Rising』 같은 동시대 걸작 판타지와는 사뭇 다른, 독특한 작품이다. 후자들이 방대한 시공간적 배경 안에서 신화적이고 영웅적인 인물들로 표상되는 선과 악이 치열하게 벌이는 전투의 양상을 보여 주면서 현란한 상상력을 휘두르는 반면, 전자는 현실적 인물들이 좁은 공간에서 일상 생활을 영위하는 이야기이기 때문이다. 그 이야기를 판타지로 만드는 것은 오직 시간의 뒤엉킴뿐이다.

시간의 작용과 의미에 대한 깊은 탐구를 바탕으로 한 현란한 시간 놀림만으로 그렇게 뛰어난 판타지를 만들어낸 작가의 솜씨가 놀라운데, 또

한 놀라운 것은 사소한 일상을 활기 넘치고 의미 깊은 사건으로 바꾸어 내는 세밀한 묘사력이다. 거기다 잠깐 나오는 단역들까지도 눈에 선히 그려지게 만드는, 개성 있는 인물 형상화. 특히 바깥 세상을 향한 호기심과 에너지가 터질 듯 넘쳐나는 아이들의 모습과 심리를 그토록 다양하면서 생생하게 그려내는 솜씨는, 아스트리드 린드그렌 정도만이 비견될 수 있을 것이다.

그런 필리파 피어스의 솜씨를 가볍게, 그러나 충분히 만끽할 수 있는 책이 『느릅나무 거리의 개구쟁이들』(논장, 2002)이다. 느릅나무 그루터기가 있는 길을 중심으로, 그 주위에 사는 자그만 동네 아이들의 평범한 일상이 그려지는데, '평범'하다고 했지만 어디 아이들 삶이 평범할 수가 있는가. 적어도 필리파 피어스의 눈에 걸리면 아이들의 자질구레한 말썽은 대서사적 모험으로 화려하게 탈바꿈한다. 온 세상이 그 사건을 중심으로 돌아가는 것이다. 자칫 작가가 흥분해서 과장하기 쉽고 호들갑떨기 쉬운 무대인데, 피어스는 과장과 호들갑 대신 능청스러운 유머와 군더더기 없이 날씬한 구상, 그러면서도 세밀하고 풍성한 묘사로 독자들을 끌어들인다. 번역 같지 않은 자연스러운 문장과 냉큼, 이내, 잽싸게, 그예, 신경 끄라, 줄행랑을 쳤다 같은 통통 튀는 구어체 표현의 사용도 그 흡인력에 한몫 한다.

목욕통, 햄스터, 비 새는 지붕, 늙은 절름발이 고양이, 아이들이 날리는 연 같은 자질구레한 소재가 세계의 중심에 놓이는 여섯 개의 에피소드들로 이루어진 이 책에서는, 아이들보다 오히려 어른들이 더 아이 같고 매력적인 성격을 보여 준다. 송곳눈을 한 크래키 영감이 주문한 목욕통은 너무나 커서 집 안으로 들여놓을 수가 없다. 할 수 없이 마당 복판에 그냥 놓인 목욕통을 보는 느릅나무 패거리들은 '좀이 쑤셔서 견딜 수가 없다.' 영감이 장에 간 사이 냉큼 목욕통으로 들어가서 비를 맞으며 노 젓는 시늉을 하는 아이들. 마침내 목욕통은 노예들이 노 젓는 갤리선 꼴이 된다(이 대목을 읽으며 〈벤허〉의 갤리선을 연상해 본다. 이 절묘한 부조화의 은유!). 아이들을 쫓아 보내고 틈만 나면 거실에서 창밖을 내다보며 감시하는 크래키 영감. 아이들이 목욕통에서 장난치지 못하게 하라는 영감의 말에 "당장 사라지지 못하겠느냐, 내지는 그와 비슷한 말을" 내뱉는 조니네 아빠. 목욕통을 훔쳐갔다가 누명 쓰고 눈에 불을 켠 아이들에게 발각당하고는 "저건 비싼 목욕통도 아냐. 사실 완전히 손해보는 장사지. 자리나 차지하고 말야. 내일 도로 갖다 놓을 거야."하고 얼버무리는 고물 장수.

이 책의 어른들은 어떤 교훈도 지식도 주지 않지만, 어른도 결국 우리와 똑같은 인간이라는 웅숭깊은 깨우침을 준다. 똑같이 화내고 미워하고 슬퍼하고 욕심부리고 고집부리는, 사랑스러운 인간이라는 깨우침. 그래서 함께 살아 줄 만한 인간이라는 생각을 아이들은 할 수 있게 된다. 실제로 이 책의 마지막 에피소드에서 자폐증 환자처럼 외부 세계와의 문을 닫아걸고 혼자 살아가는 먼슨 할머니를 마침내 밝은 세상으로 끌어내는 것은, 아이들이다. 닫아걸려는 문틈에 발을 끼워넣으면서까지. 그리고 마침내 자기가 애지중지 키운 팬지를, 따그닥따그닥 말 흉내를 내면서

『느릅나무 거리의 개구쟁이들』(논장, 피터 러시 그림) 중에서

뜯어먹는 어린 지미를 보고 "예끼, 이 녀석! 그만두지 못해!"하고 야단까지 치는 할머니를 보면서 아이들이 "흐뭇하게" 하는 말을 보라. "축제 준비가 아주 잘 되어 가고 있는걸."이다.

　목욕통 소동으로 시작된 이 책은 그렇게 축제로 끝맺는다. 어찌 보면 시시할 수도 있고, 어찌 보면 비극적일 수도 있는 여러 사건들이 이 책에서는 그렇게 축제처럼 다루어진다. 버르장머리 없어 보이는 아이들, 어른답지 않은 어른들이 사랑스럽기 그지없게 그려진다. 좋은 작가가 쓴 좋은 동화가 갖는 힘이다. 그리고 그런 힘을 가지고 동화는 세상과 인간에 대한 희망을 준다.

동화 속의 아버지는 뭐 하고 있나

로버트 뉴턴 팩 『돼지가 한 마리도 죽지 않던 날』

　동화에서는 아버지가 약하다. 거의 대부분의 전래동화가 그렇고, 상당 부분의 창작동화가 그렇다. 동화의 주인공 아이들은 고아나 편모슬하인 경우가 많고, 부모가 있더라도 계모 때문에 아니면 너무 가난하기 때문에 집에서 쫓겨나기 일쑤다. 신데렐라와 백설공주가 계모에게 그렇게 당할 때 아버지는 대체 뭘 하고 있었던 거냐고 분개하는 '여성' 독자들을 나는 많이 보아 왔다.

　전래동화가 그러는 건 당연하다. 전래동화는 인간이 집을 떠나 사회로 나가 성장하는 과정에서 겪는 일, 인간관계를 나타내는 이야기가 주종을 이루기 때문이다. 아이들은 전폭적으로 의지하던 아버지와 어머니를 떠나 독립을 이뤄야 하는데 그 과정에서 생기는 인간적 심리적 갈등을 전래동화는 극단적이고 상징적인 방법으로 형상화한다. 부모에게 버림받거나, 야수에게 넘겨지거나, 죽음의 위협을 받는 일이 대표적인 경우다.

　실질적인 아버지가 이야기에서 아예 등장하지 않거나 일찌감치 사라지는 이유는, 외면상 아버지에의 의존도가 어머니보다 낮기 때문일 것이다. 아니면 그 반대로, 아버지의 힘과 영향력이야말로 아이가 궁극적으로 넘어야 할 태산 같은 과제로서 온 세상에 편재해 있기 때문일 것이다. 실제로 동화 속 아이가 세상에 나가 만나는 호랑이, 늑대, 거인, 난쟁이, 사냥꾼, 스승, 왕 같은 적이나 동지가 모두 아버지의 변형으로 읽힐 수 있다는 해석도 있다. 말하자면 전래동화의 아버지는, 어디에도 없지만 아무 데나 있는 존재 같은 것이다.

　그러나 창작동화로 오면 사정이 달라진다. 창작동화, 특히 사실적 동화는 전래동화처럼 다층적 의미를 갖기가 힘들기 때문에 할 말이 비교적 선명하게 드러난다. 그런 창작동화에 아버지가 없거나 그 역할이 미약하다는 것은, 실제로 우리 현실 속의 아버지가 그렇다는 뜻이다. 없는 아버지, 있으나마나한 아버지를 동화에서 만나기는 그다지 어렵지 않다. 자애롭고 희생적인 어머니, 꿋꿋하고 용감한 아이는 흔히 찾아볼 수 있지만, 그러나 그 옆에 버팀목 같은 아버지가 함께 있는 경우는 드물어 보인다. 결핍이 있어야 충족과 그 충족에의 열망이 가능하기 때문일까. 동화에서 결핍의 대상이 주로 아버지라는 사실은, 아버지 자신과 그 아버지가 이끄는 가정에게는 비극적이다.

　아니다. 어쩌면 아버지라는 존재 자체의 본질이 비극적인지 모른다. 자신의 분신인 아이들에게 모든 것을 내주고, 소외당하고, 아이가 더 높

『돼지가 한 마리도
죽지 않던 날』 표지

이 멀리 가기 위해 밟고 넘어야 하는 대상으로서의 역할을 충실히 해야 하는 것이 아버지의 가장 큰 본분 중 하나이기 때문이다. 우리 시대의 비극은, 그런 비극적 책임을 다하는 아버지가 거의 없다는 데 있을지도 모른다.

『돼지가 한 마리도 죽지 않던 날』(사계절, 2001)은 그런 책임을 다한 아버지에 관한 이야기이다. 당의정같이 달콤하고 부드러운 언어로 일상생활의 예의와 도덕에 관한 에피소드를 다루는 이야기에 익숙해져 있는 독자에게는 이 책이 거칠고 폭력적인 것으로 여겨질 수도 있다. 그야말로 피와 살이 튀는 몇 개의 죽음이 주요 모티프로 자리잡고 있기 때문이다. 그러나 그 끔찍한 죽음들을 '주관' 하고 결국 자신의 몸뚱이도 죽음 앞에 내놓는 아버지는, 그 죽음들을 거름 삼아 아들을 키운다. 현실에 순응하되 비굴하지 않고, 자신을 있는 그대로 받아들이되 더 나아지려는 노력에 혼신의 힘을 기울이고, 아들을 사랑하되 책임감 있고 예의바른 인간을 만들기 위해 회초리를 아끼지 않는 아버지인 헤븐 팩의 이야기는, 강인하고 속도감 있는 문체에 실려 유난히 가슴을 친다. 아버지다운 아버지가 드문 사회, 따라서 당연히 그런 아버지 이야기가 드문 아동문학계에 귀한 전범이 아닐 수 없다.

"돼지가 한 마리도 죽지 않던 날"은 역설적인 제목이다. 그 날은 바로, 돼지 백정으로 일하던 아버지가 죽던 날이기 때문이다. 제목이 말해 주듯 과연 이 책에는 인간과 동물, 죽음과 삶이 역설적으로 뒤엉켜 있다. 이야기의 시작 부분에서는 송아지가 태어나고, 끝부분에서는 돼지와 아버지가 죽는다. 독수리의 발톱에 심장을 찔려 단말마의 비명을 지르고 죽어간 산토끼는 새끼독수리의 삶의 원천인 식량 역할을 한다. 닭을 죽인 족제비, 그 족제비를 죽이는 개, 치명적인 부상을 입고 신음하는 개의 고통을 덜어 주기 위해 방아쇠를 당기는 사람이 마치 먹이사슬처럼 엮이는가 하면, 어미고양이가 새끼고양이에게 젖을 먹이는 평화로운 정경이 예찬되기도 한다. 이런 삶과 죽음의 파노라마가 감정을 최대한 배제한 사실적 묘사와 짧고 단단한 문장으로 펼쳐지는데, 긴장과 이완을 적절히 엮어내는 플롯과 중간중간 끼어드는 유머가 독자의 숨을 골라 준다.

시대는 1940년대나 50년대일까? 미국 버몬트 주 농장 지대를 배경으로 하고 있는 이 이야기는, 이상한 셰이커 교도 옷을 입었다고 친구들이 놀리는 게 싫어 학교를 빼먹은 열두 살 화자 로버트가 송아지의 탄생을 돕는 장면으로 시작된다. 들판에서 만난 이웃 농장 젖소는 난산으로 고통스러워하고 "머리와 발굽 하나가 궁둥이 밖으로 삐져" 나온 송아지의 울음소리는 자꾸만 잦아든다. 젖소에게 걷어차여 가며 실갱이를 벌이던 로버트는 다급한 나머지 바지를 벗어 한쪽은 송아지 머리에 묶고(그러고 났는데 젖소가 내달린다. 로버트는 소 꽁무니에 매달려 함께 뛰는데 "한 발자국 움직일 때마다 발가벗은 궁둥이와 불알에 가시가" 박힌다. 긴장감 넘치는 급박한 상황에 느닷없이 웃음이 터져나오게 만드는 작가의 유머 감각은 곳곳에서 발휘된다.) 간신히 다른 한쪽은 나무등걸에 묶은 뒤,

눈물을 흘리며 있는 힘껏, 막대기에 난 가시가 손바닥 깊숙이 파고 들 정도로 젖소를 내리친다. 가까스로 송아지가 빠져나왔는데, 이번에는 어미 소가 숨막혀하며 쓰러진다. 소 목구멍에 손을 깊숙이 집어넣은 로버트는 손에 잡히는 혹을 잡아채고, 놀라고 고통스러워 날뛰는 소에게 팔을 깨물린 채 피투성이로 끌려가다 정신을 잃고 만다.

어미소의 입김, 송아지의 가냘픈 울음소리, 피 냄새 같은 것들이 생생하게 느껴질 정도로 감각적이면서 극히 사실적인 묘사는 가히 압권이다. 이 장면은 젖소 주인에게 감사 표시로 선물받은 뒤 동생처럼 애지중지 보살펴 온 돼지 핑키를 로버트가 어쩔 수 없이 아버지를 도와 함께 죽이는 끝부분의 도살 장면과 훌륭한 짝을 이룬다. 그 둘은 "어차피 죽는다는 건 더러운 일이야. 태어날 때와 마찬가지로 말이야."라는 아버지의 말을 받쳐 준다. 이 이야기에서 생명의 탄생이 주는 신비로움과 경이로움, 기쁨 같은 것은 이차적 감상이다. 죽음을 보면서 느끼는 두려움, 애처로움, 슬픔도 부차적인 것이다. 중요한 일은 현실을 직시하는 것, 모든 일을 책임지고 처리하는 것, 자기에게 주어진 임무에 충실한 것, 내키지 않지만 해야 할 일은 하는 것이다. 경련을 일으키며 죽어가는 핑키를 내려다보아야 하는 로버트는 아버지가 밉다고 몇 번이나 마음 속으로 외치지만, 결국 그 모든 것을 이해하고, 자기 눈물을 닦아 주는 아버지의 손을 잡는다.

나는 참지 못하고 아빠 손을 잡아 입맞춤을 했다. 돼지 피와 살이 잔

뚝 묻어 있었지만 상관하지 않았다. 나는 계속 아빠 손에 키스를 퍼부었다. 설사 나를 죽이는 일이 있다 하더라도 아빠를 용서할 수밖에 없다는 사실을 알리고 싶었다.

거기서 처음이자 마지막으로 아들에게 눈물 흘리는 모습을 보인 아버지는 이듬해 봄, 자는 듯 세상을 뜬다. 죽은 아버지를 본 로버트가 처음하는 말은, "아빠, 괜찮아요."이다.

"아빠, 괜찮아요. 오늘 아침에는 푹 주무세요. 일어나지 않아도 돼요. 내가 아빠 일까지 다 할게요. 더 이상 일하지 않으셔도 돼요. 이제 푹 쉬세요."

마차를 끌 말도 없어 소가 끄는 우마차를 타던 아버지, 사슴사냥용 장총이 없어 권총을 들고 사슴이 코앞에 올 때까지 새벽 추위 속에서 몇 시간씩 떨며 기다리던 아버지. 그렇게 가난했던 아버지가, 그러나 아들에게 보여 준 것은 남의 것을 탐내지 않고, 남에게 빚지지 않고, 남에게 피해 입히지 않고, 다른 누구에게 예속되지 않은 자유인으로 당당하게 사는 삶이었다. 그는 글을 배우지 못해 자기 이름도 쓸 수 없었지만, 사랑하는 가족과, 비록 자기 소유는 아니지만 농사 지을 땅과, 대지를 적셔주고 "몸에 묻은 더러운 것을 씻어내는" 비와, "우리 눈을 눈물로 젖게할 만큼 아름답게 펼쳐지는 황혼"을 가지고 있는 자신은 부자이며, 세속적인 갈망이나 욕심 때문에 고통받는 사람들이 오히려 가난하다는 굳은 신념을 가지고 있었다.

그 아버지 밑에서 자라 열세 살로 접어든 아들은 아버지가 쓰던 장비를 들여다보면서 "노동으로 단련된 손잡이가 도금을 한 것처럼 황금색을 띠며 반들반들하게 빛나는 모습이 정말 아름"답다고 느낀다. 그리고 눈물 한 방울 흘리지 않고 침착하게 장례식을 주관한다. 돼지 죽이는 하루 일과를 마치고 돌아와 고약한 냄새가 나서 미안하다고 하는 남편에게 "성실하게 노동한 냄새"가 나니 창피하게 여길 필요가 없다고 말해 주었던 엄마 역시 반듯하게 남편을 보낸다. 상주로서 아버지를 애도하며 로버트가 한, "존경받는 남편이자 아빠"였다는 말은 그들에게는 단순한 의례적 수사가 아니라 더하지도 빼지도 않은 진실 그대로의 평가였을 것이다.

"새로 덮어서 풀 한 포기 없는 한 무더기 흙", 한평생 아버지가 소유하려고 애썼지만 이제는 아버지를 소유하게 된 땅을 보며 로버트는 마지막으로 아버지에게 속삭인다. 아빠랑 보낸 지난 13년을 영원히 잊지 못할 거라고. 아버지가 되기는 쉬운 일이겠지만 존경받고 잊지 못할 아버지로 남기는 그다지 쉽지 않을 것이다. 그런 아버지를 동화로 살려내기는 더욱 어려운 일일 것이다. 『돼지가 한 마리도 죽지 않던 날』은 그 어려운 일을 성취한 보기 드문 동화 중 하나이다.

사랑의 본질, 그리고 그 방법

다니엘 페나크 『늑대의 눈』

알래스카 눈밭에서 식구들과 함께 뒹굴고 놀며 순록을 쫓아 달리며 살던 늑대. 아름다운 황금빛 털을 탐내는 사냥꾼들에게서 누이를 구해내고 대신 애꾸가 된 채 잡혀 동물원 우리 안에 갇혀 있다.

아프리카 내전 통에 고아가 된 채 팔리고 버림받으며 떠돌던 아이. 나무가 잘려나가는 아프리카에서 더 이상 살 수 없어 이민 온 뒤 열대 식물원에 취직한 양부모를 따라와 동물원 우리 밖에 서 있다.

천국처럼 행복한 날들과 지옥처럼 참혹한 순간을 모두 겪었던 이 두 생명이 마주보고 있다. 며칠 동안 하루종일 꼼짝 않고 자기를 쳐다보는 아이 때문에 늑대는 격렬한 감정의 소용돌이에 휩싸인다. 호기심, 적개심, 의아함, 불안함, 피곤함…… 그런 늑대의 마음을 한순간 열어놓는 것은 아이의 "이상한 짓", 자신도 애꾸눈이 되는 짓이다. 한쪽 눈만 뜬 채 서로 쳐다보는 늑대와 인간. 이윽고 둘은 그 눈을 통해 자신이 살아왔던

175

「늑대의 눈」(문학과지성사, 자크 페랑데즈 그림) 중에서

삶을 남김없이 나눈다.

우리는 아이들에게 사랑하라, 말한다. 인간을, 동물을, 생명 있는 모든 것을 사랑하라 가르친다. 그러나 지금까지 인류가 해 왔던 그 숱한 사랑 타령에도 불구하고 사랑은 그리 널리 퍼진 것 같지 않다. 아니, 오히려 식어 가는 것 같다. 우리는 무엇이 사랑이고 어떻게 하는 게 사랑인지 제대로 알지도 못하는 듯하다. 사랑과 꿈과 희망을 소리높여 외치는 동화일수록 공허한 구호만 아우성치며 되풀이하는 경우가 많다. "떨이"라고 악쓰는 스피커를 틀어 놓고 동네를 빙빙 도는 상인의 트럭처럼.

그래서 사랑이라는 말은 한 마디도 나오지 않는 아이와 늑대의 이 사랑 이야기는 더 각별하게 읽힌다. 늑대의 가족 사랑, 아이와 아프리카 여러 동물들과의 사랑에 가슴이 뭉클해진다. 그들의 사랑은, 사랑의 본질을 보여 준다. 낙타는 아이 없이는 한 발자국도 움직이지 않겠다 한 약속을 지킨다. 치타는 아이가 돌보는 양을 해치려 하지만 아이는 오히려 그 치타를 친구로 삼는다. 치타는 소중한 염소를 지켜 주마 맹세하고 그 맹세를 지키기 위해 스스로 덫에 걸린다. 무엇보다도, 늑대는 누이를 살리기 위해 자기 목숨을 내놓는다.

아이와 늑대의 안에 들어 있던 이 사랑들이 밖으로 나오는 통로는, 그들의 '한쪽 눈으로 마주봄'이다. 늑대는 상처와 슬픔으로 인해 한쪽 눈을 완강히 닫았지만, 아이는 그 늑대와 마주보기 위해, 그 마음을 열기 위해 한쪽 눈을 감는다. 상대방과 같아지기 위해 스스로 낮아짐! 스스로 불완전해짐!

그러나 이야기가 여기서 끝난다면 그것은 단순한 '눈높이 맞추기'에 지나지 않을 것이다. 이제 늑대에게 동물원은 더 이상 예전의 그 감옥이 아니다. 아이의 어깨 너머로 늑대는 푸른 아프리카, 금빛 사하라, 은빛 알래스카를 본다. 모든 동물들이 어울려 노는 것을 "똑똑히 본다". 그리고 눈을 뜬다. 아이도 눈을 뜬다. "짜잔!" 하면서. 수의사나 의사는 "도대체 어떻게 된 건지" 영문을 몰라할 것이다. 드러난 주제 읽기에 익숙한 독자도 이것이 무슨 교훈을 주려는 이야기인지 몰라할 것이다. 그러나 상대방의 눈을 깊이 들여다보며 그 눈동자 안에서 지나가는 삶을 읽어 내려는 독자는 알 수 있다. 이것이 사랑에 관한 이야기임을.

도시는 문명이고 정글은 야만이다?

러디어드 키플링 『정글 북』

햇빛을 가리는 무성한 나무들, 나무들을 휘감고 아귀아귀 타오르는 덩굴식물들, 그 정글 어딘가에 숨어 있는 무서운 독충들, 갑자기 덤벼드는 뱀들. 필사적으로 달리는 어린 영양을 앞발로 툭 쳐 쓰러뜨리고 단번에 목을 꺾는 치타, 아직도 버둥거리는 들소의 옆구리와 다리를 사정없이 물어뜯어 벌건 속살을 잡아 찢는 하이에나 떼…… 자연 다큐멘터리 프로그램에서 이런 장면을 보게 되면 우리는 진저리를 친다. 정말이지 자연은 위험하고 동물들은 야만적이야.

한편, 바둑판처럼 반듯한 거리의 높직높직한 빌딩들, 촛불 빛과 음악이 흐르는 우아한 식탁에서 나이프와 포크를 솜씨 있게 놀려 가며 즐기는 식사 장면 같은 것을 보면 우리는 뭔지 안심을 하게 된다. 문명화된 인간 사회는 그래도 안전하잖아?

정말 그럴까? 정글에서 늑대처럼 자라다가 인간 사회로 복귀하고, 그랬다가 다시 정글로 돌아가는 모글리의 이야기 3편을 위주로 해서 다른 동물들 이야기 4편까지, 도합 7편의 이야기를 담고 있는 『정글 북』(창작시대, 1999)은 그런 문제를 생각하게 해 준다. "정글 북"이라는 제목을 달고 있지만, 이 이야기들은 사실은 집단의 위계 질서와 교육, 서로 종이 다른 개체들 간의 이합집산과 세력 다툼, 모반과 복수, 의리와 배신, 증오와 사랑, 희망과 절망 같은 상당히 인간적이고 '문명적'인 세계를 그리고 있기 때문이다.

이 이야기에서 자연의 세계에 사는 동물들이 보여 주는 삶의 행태는 야비함에서 고결함까지 다양한 스펙트럼을 거치면서 그들의 삶과 함께 엮이는 인간의 삶, 그들이 되비쳐 주는 인간의 모습을 돌아보게 해 준다. 그리고 동물과 인간, 야만과 문명이라는 단순한 이분법으로 갈라놓을 수만은 없는 이 세상의 얽히고설킨 면모를 발견하게 해 준다.

『정글 북』에 나오는 정글을 지배하는 원리는 '힘'과 '법'이다. 책 첫머리에 나오는 '정글에서 부르는 밤의 노래'에 그것은 집약되어 있다. "지금은 힘을 뽐내는 시간/ (…) /정글법을 지키는 자에겐 사냥감이 많으리라!" 풍성한 사냥은 이 세계의 관건으로 보인다. 그러나 그것은 정글법을 지킬 경우에만 허락된다. "어떤 동물도 사람을 잡아먹어서는 안 된다는 것"이 그 정글법 중의 하나이다. 그런 법을 만든 이유는 "사람을 해치게 되면 코끼리를 타고 총을 든 백인들과 징, 횃불, 무기 등을 가진 수백 명의 원주민들이 들이"닥쳐 "정글에 사는 모든 동물들이 고통을 당하게" 되기 때문이다. 하지만 그런 실용적인 이유만 있는 것은 아니다. "모든 생명체 가운데 가장 약하고 무방비 상태인 사람을 해치는 것은 못난 짓"
이라는, 자존심 드높은 이유도 있다. 그런데 인간은 어떤가. 온갖 문명의
이기를 사용해 '약하고 무방비 상태인 (동물을) 해치는 못난 짓'을 서슴
치 않는 경우가 너무나 많다.

모든 법에는 예외가 있듯 그 정글법에도 예외는 있다. "새끼들에게 사
냥법을 가르치기 위해"서는 사람을 죽일 수도 있다. 그러나 그럴 때에도
"자기 부족의 사냥터를 벗어난 곳에서만" 허용된다. 이 융통성 있는 법
칙을 지키지 않고 전횡을 휘두르고 음모를 꾸미던 난폭자인 호랑이 시어
칸은 결국 자기가 그토록 노리던 먹잇감인 모글리에 의해 비참한 최후를
맞는다. 음모와 배신과 복수 그리고 '정의의 심판'이 인간 세상에만 있는
것은 아니라는 말이다.

곰 발루, 검은 표범 바기라와 함께 모글리를 지키던 늑대 무리의 우두
머리 아켈라가 늙어 힘이 빠지자 젊은 늑대들이 반란을 일으켜 그를 몰
아내려 한다. 그것도 정글의 법이다. 아켈라는 "나는 너무 오래 살았다"
며 그 법을 기꺼이 따를 자세를 보여 주지만, 모글리를 시어 칸에게 넘기
려는 움직임에는 결사적으로 맞선다. 모글리에 대한 애정 때문이 아니
다. "정글법에 따라 변론과 대가를 통해 합당하게 늑대 부족이 된 우리의
형제를 죽이는" 것은 "불명예스러운" 짓이기 때문이다. "저 아이를 사람
들이 사는 곳으로 무사히 돌려 보낸다면 순순히 죽음을 받아들이겠다"며
"부족의 명예를 걸고 맹세하"는 아켈라는 명예가 무엇인지, 그 명예를 지
키려는 자존심이 무엇인지를 가르쳐 준다.

「정글북」(창작시대, 크리스티앙 브루탱 그림) 중에서

　모글리가 정글에서 배운 것은 그뿐이 아니다. 그는 우선 살아가는 법을 배운다. 그런데 아빠 늑대가 "정글에서 살아가는 데 필요한 것들을 모글리에게 가르쳐" 주는 데에는 사냥법이나 피신법이 우선하지 않는다. 모글리는 "풀숲의 바스락거림, 따뜻한 밤 공기의 숨결, 머리 위에서 들려오는 부엉이들의 울음소리, 박쥐가 잠시 잠을 청할 때 발톱으로 나뭇가지를 긁는 소리, 연못 위로 튀어 오르는 물고기들의 퐁당거림에 이르기까지, 이 모든 소리에 담겨 있는 뜻을" 깨닫는다. 자신의 필요가 아니라 주위 사물과 환경 그 자체에 먼저 주의를 기울이는 것이다. 사소하고 섬세한 것들을 보고 들을 줄 알고, 그 움직임과 소리의 의미를 깨닫는 것이 정글에서 사는 법의 첫걸음이다.

181

모글리는 또 곰 발루에게 호되게 얻어맞아 가면서 온갖 동물과 의사소통할 수 있는 갖가지 언어를 배운다. 그 덕분에 원숭이 떼에게 붙잡혀 가면서도 솔개에게 자신의 위치를 알릴 수 있었고, 코브라가 득실거리는 구덩이에 빠져서도 무사할 수 있었다. 그러나 모글리가 무사할 수 있었던 것은 그들의 언어를 알았기 때문만이 아니다. 비단뱀 카가 말했듯 그를 살린 것은 "그 용감한 가슴과 공손한 혀"였다. 정글이 그것도 가르쳐 준 것이었다. 말이 아니라 삶을 통해서. 정글에서의 삶은 언제 자신을 폭발시켜야 할지, 언제 자신을 억누르고 겸손해져야 할지도 가르친다. "정글에서의 생활을 통해 모글리는 감정을 억제할 줄 알았다. 정글에서는 감정을 다스릴 줄 알아야 살아남을 수 있고 먹이를 구할 수도 있기 때문이었다." 자연이 야성만이 난무하는 본능의 세계라고? 자연으로 돌아가자, 본성에 솔직해지자, 하면서 원초적 욕망만을 절제없이 풀어 내놓는 인간은 자연을 오해해도 단단히 오해하고 있는 것이다.

그러나 이렇게 배울 것을 제대로 배운 모글리는 늑대 사회에서 뛰쳐나와 인간 세계로 들어간다. 종족이 다르다며 한사코 자신을 거부하는 다른 늑대들에게서 받은 상처와 분노와 슬픔 때문이었다. 하지만 돌아간 인간 사회에서도 그는 온전히 받아들여지지 못한다. 옷과 돈은 불편하기 짝이 없고, 말을 이상하게 한다며 놀리는 마을 아이들은 "반으로 찢어 놓고 싶"을 지경이다. 무엇보다도 "모글리가 가장 이해하기 힘들었던 것은", 진흙 구덩이에 빠진 옹기장이와 당나귀를 도와 주었다가 엄격한 카스트 제도를 어겼다며 크게 질책을 받은 일이었다. 종이 다른 존재에 대해 본능적 적의라고까지 할 수 있는 배타성을 보이는 현상은 인간 사회나 동물 사회나 모두 마찬가지이다. 다른 것은, 동물 사회에서는 생물학적 종으로 그 경계가 세워지지만 인간 사회에서는 종교나 문화의 이름 아래 더욱 가혹하게 세분화된 경계가 세워진다는 점이다.

늑대들과 힘을 합해 호랑이를 물리친 모글리에게, "마법사, 늑대 새끼, 정글의 악마"라는 성난 외침과 함께 마을 사람들이 던지는 돌이 날아든다. 시어 칸처럼 음흉하고 탐욕스럽고 비겁한 사냥꾼 볼데오의 선동. 고기 부스러기나 얻어먹을까 하고 호랑이를 따라다니다 모글리를 몰아내는 데 눈에 불을 켜고 나서던 젊은 늑대 떼 같은 마을 사람들. "저들도 우리 늑대 부족과 다를 게 없는 것 같구나."가 늙은 늑대 아켈라가 내린 인간에 대한 평가이다. 늑대에게도 인간에게도 거부당한 모글리는 다시 정글로 돌아가 "이제부터 나는 정글에서 혼자 사냥하겠다."고 선언한다.

정글과 마을을 오가고 늑대와 인간 사이를 오가며 그 어디에서도 받아들여지지 못해 슬퍼하며 홀로 서는 모글리의 이야기는, 아마도 물리적으로나 심리적으로나 온전히 발붙일 수 없는 두 세계 사이에서 어쩔 줄 모르는 모든 인간의 이야기로 읽힐 수도 있을 것이다. 유년기와 성년기 사이에서, 자유와 책임 사이에서, 야만과 문명 사이에서. 모글리가 에필로그 격인 시에서 노래하듯 "짐승과 새들 사이를 오간 박쥐처럼, 나도 마을과 정글 사이를 오갔다. 왜일까?"하며 괴로워하는 마음을 가져 보지 않은 사람은 아마도 없을 것이다. 그러나 "사람들의 부족 회의도 동물의 그것과 다를 바가 없"듯 그 두 세계가 결국은 별로 다를 게 없다는 것, 그

두 세계를 모두 껴안고 "눈물 흘리며 웃"으며 살아가야 한다는 것을 우리는 안다. 모글리가 "나는 두 명의 모글리"임을 깨닫듯이 우리도 우리 안에 두 명의 내가 있음을, "내 안에서는 이 두 마음이 함께 싸"우고 있음을 안다. 그 둘의 싸움에서 어느 한쪽을 진멸하지 않고 계속 싸우게 두는 것이 "내가 결코 이해할 수 없"지만 "진정한 사람"이 되는 길이 아닐까, 모글리는 그렇게 이해하는 듯하다.

우리들의 여름, 우리들의 낙원

콘스탄틴 파우스토프스키 『우리들의 여름』

여름이 한창이다. 산으로 바다로, 자연을 예찬하며 분주히 오가는 사람들로 온 땅덩이가 북적거린다. 그런데, 자연 예찬이라니! 그렇게 오가는 사람들 대부분이 산허리를 잘라먹고 모래 해변을 파먹은 콘도나 호텔에서 에어콘 쐬며 텔레비전 보는 시간 외에 잠깐 바닷물, 계곡물에 텀벙거리다 오는 게 고작일 텐데. 바닷가에서 밤새 비명을 지르는 그 소름끼치는 폭죽 소리, 계곡 바위 텐트 아래 쿵짝거리는 그 끔찍한 뽕짝 소리가 잦아들면 남는 건 산더미 같은 쓰레기 밑에서 신음하듯 우는 풀벌레 소리뿐일 텐데.

그런데도 사람들은 여름이면 자연을 찾는다. 살아온 날들 대부분을 도시에서 지내 자연과 온전히 하나 되는 체험을 해 본 기억이 별로 없을 요즘 아이들도 기온이 올라가면 자연에 대한 동경심이 따라서 높아간다. 자연으로의 회귀 욕망이 본능적이라는 소리일까. 아니면 그저 매스컴과 주위 환경의 부추김 때문일까. 어쨌든 확실한 것은, 이미 문명의 이기에 길들여질 대로 길들여진 아이들이 개발과 이용이라는 필요악에 의해 망가질 대로 망가진 산과 바다로 단 며칠 간 나들이한다고 해서 자연이란 것을 그다지 절실하게 느낄 수 있을 법하지는 않다는 것이다. '엄마 어렸을 때' 겪었던 일처럼 따뜻한 정이 물씬 풍기는 소박한 자연 체험, 광대한 자연 안에서 나도 한 포기 풀이 되고 한 마리 벌레가 되는 듯한 무아지경의 자연 체험을 우리 아이들에게 물려주는 일은 이미 이상을 넘어선 꿈의 영역에 들어가 버린 듯하다.

그래서일까. 기가 막힐 정도로 흥겹게 자연과 하나 되는 사람들 이야기를 그리는 『우리들의 여름』(소년한길, 2001)은 소설처럼 사실적이고 정교하지만, 소설이라기보다는 판타지처럼 읽힌다. 기껏해야 70년쯤 전일 때, 러시아의 시골 풍경과 사람들 사는 모습은 지극히 자연적이고 인간적이면서, 바로 그렇기 때문에

『우리들의 여름』 표지

도무지 현실 세상 같지가 않은 것이다. 이 이야기에는 먹고살기 고단한 사람들의 땀냄새도 없고, 자유 없는 공산당 치하에서의 이념 갈등도 없다. 그도 그럴 것이, 화자는 모스크바에서 (무슨 일인지는 안 밝혔지만) 일을 하다가 여름부터 첫눈 오는 겨울까지 서너 달 동안의 시골 생활을 즐기는 두 어른 남자이기 때문이다. 말하자면 순전한 휴가 기록인 셈이다. 자연은 풍성하고, 먹을 것은 어디에나 있고, 사람들 사이의 반목도

없고, 집단농장 책임자는 너그럽기 짝이 없다. 호숫가에 마귀가 나타났다는 한 할아버지의 아우성에 "혁명이 일어난 이후로 볼셰비키 당원들이 마귀들을 다 잡아 씨를 말려 버렸는데 마귀가 있을 턱이 있느냐"고 대꾸하는 동네 할머니들의 말은 비아냥도 풍자도 아니고, 그냥 그대로 진심이다.

그렇게 이 이야기는 온전히 자연에만 집중한다. 옮긴이의 말대로 이 이야기의 진정한 주인공은 사람이 아니라 자연이다. 아니, 사람도 그 안에서는 자연의 일부가 된다. 사람은 자연을 주도하지도 않고, 자연에 소외당하지도 않는다. 펠리칸이나 너구리나 야생 고양이나 늙은 말 같은 동물, 자작나무와 사시나무와 딸기 덤불 같은 식물, 해와 달과 별 같은 천체, 심지어는 뻐꾸기 시계와 오르골과 고무 보트 같은 인공물과도 한데 동등하게 섞여 자연의 흐름 속에 몸을 맡긴다. 그 자연은 위압적이지도 않고 도전적이지도 않다. 자연은 처음부터 호의적이며, 마음을 열고 그 안에 잠겨 있으면 오래된 친구처럼 다정하게 말이 통한다. 정말 환상적이다!

자연을 이처럼 환상적으로 우리 앞에 살려 놓는 데에는 작가의 따뜻한 시선과 세밀한 문체가 크게 한몫을 한다. 옮긴이의 설명에 의하면 "같은 시대의 러시아 작가들은 위대한 영웅을 그리는 글쓰기에 몰두하고 있었"을 때 "평범한 사람들의 속내 이야기와 서정적인 자연 이야기를 쓰면서 꿋꿋이 자신의 문학관을 지켜 나간" 작가는 범상치 않은 관찰력과 빛나는 묘사력을 보여 준다. 그리하여 20세기 초 러시아의 한 작은 시골 풍경을 21세기 한국의 어린 독자들이 읽어도 가슴이 두근거릴 만큼 아름답고 이상적인 자연의 전형으로 만들어 놓는다. 시각뿐 아니라 청각과 후각까지 한껏 자극하는 이 작가의 감각적인 문체는 갖가지 동식물과 사물이 엮이는 여덟 가지 작은 이야기들 안에서 어느 한 편 넘치지도 모자라지도 않게 고르게 발휘된다. 그러면서 그 감각들은 주변 동식물과 인간에 대한 연민과 기쁨과 애정 같은 따뜻한 정서를 잔잔하면서도 깊이 있게 전달해 준다. 거의 모든 페이지에서 그 예를 발견할 수 있지만, 특히 다음과 같은 대목을 보자.

저렇게 어린 강아지가 한밤중에 숲을 지나오자니 얼마나 무서웠을까? 우리들이 지나간 발자취를 냄새로 더듬어서 쫓아오자면 도중에 길도 여러 번 잃었겠지. 부엉이 울음소리, 나뭇가지가 부러지는 소리, 풀잎들이 스치는 스산한 소리, 땅끝 멀리서 들려오는 늑대 울음소리도 무서웠을 테고. 무르직은 달려오다가, 울다가, 바닥에 엎드렸다가, 또 급히 달려오다가, 귀를 쫑긋 세웠다가 하며 끝내 힘든 여행을 마친 것이다.

고무 보트 마개에 덤벼들어 바람을 빼놓았다가 혼쭐이 나고 벌로 캠핑에 따라가지 못했던 어린 강아지 무르직이 매인 끈을 물어뜯어 끊고는 몇 날 며칠을 혼자 숲길을 달려 결국 주인을 따라온 것이다. 그러나 화자인 '나'는 강아지의 충성심에 감탄하고 만족스러워하기보다는 "무르직이 얼마나 두려웠을지, 또 얼마나 지쳤을지"를 생각하며 자신이 보냈던 어느 호숫가에서의 무서웠던 하룻밤, "축축한 가을 안개 속에 펼쳐진 검은 호수 위로 새빨간 달이 떠올랐"던 광경을 되새긴다. 강아지를 칭찬하고 용서했다는 언급은 단 한 마디도 없지만 '나'와 강아지 사이에는 같은 경험을 공유한 동지애가 생겼다는 것을 독자는 알 수 있다. 그런 강아지를 '나'는 모스크바로 돌아가면서 다른 사람에게 맡긴다. 무책임해서가 아니다. "무르직은 시골에서 나서 시골에서 자란 개였으니, 모스크바의 아스팔트와 소음 속에서 살라고 하면 무척 괴로울" 것이라는 게 그 이

『우리들의 여름』(소년한길, 유딘 그림) 중에서

유이다. 사람이건 동물이건 각자 있어야 할 자리를 알고, 존중해 주고, 그 자리를 지켜 주는 것이야말로 가장 자연스럽고 성숙한 애정임을 작가는 말없이 알려 준다.

이런 '말없는' 말을 아름답고 재치 있는 정황 묘사로 대신하는 장치를 찾아보는 것이야말로 이 책에서 얻을 수 있는 가장 큰 즐거움이다. 무시로 집에 드나들며 도둑질 정도가 아니라 "대낮에 강도질"을 하는 야생 고양이 때문에 골치를 앓던 '나'는 동네 아이들과의 협동 작업으로 드디어 고양이를 잡는 데 성공한다. 그러나 "동네북처럼 두들겨 패리라"던 결심은 간 데 없어지고, 한 똘망똘망한 꼬마의 "그런다고(두들겨 팬다고) 해도 아무 소용 없어요. 이 녀석은 태어날 때부터 성질이 그런 놈이었는걸요. 한번 배 터지게 밥을 줘 보지 그러세요."라는 충고를 따라, 고양이가 한 시간도 넘게 먹어댈 수 있는 근사한 저녁을 차려 준다. 그야말로 배 터지게 먹은 고양이는 "우리를 빤히 쳐다보고, 또 나지막이 걸린 초록빛 별들을 쳐다보"더니, 바로 그날부터 그 집에서 살면서 도둑고양이 대신 충실한 "경찰 고양이" 노릇을 한다!

그 경찰 고양이가 식탁을 침범하는 닭 떼를 쫓아내고 기절까지 시키는 장면이라든가, 마귀 소동의 주인공이 펠리컨으로 밝혀지는 장면, 기름이 끓는 프라이팬에 코를 들이댔다가 혼쭐이 나는 너구리 이야기에서는 연신 낄낄거리는 웃음을 그칠 수가 없다. 그런가 하면 은퇴한 늙은 말을 보는 연민 어린 시선에서는 마음이 찡해 오고, 밤이 찾아올 무렵 호수의 풍경 묘사는 너무나 아름다워서 숨이 막힐 정도다. 이런 이야기가 있는 한 무아지경의 자연 체험이 꿈만은 아닐 것이다. 자연을 보호하고 보존하는 것이 현실적으로 어려운 일이라면 글을 통해 자연 그 자체보다 더 생생하고 아름답게 되살려 놓는 것도 방법 중의 하나가 아닐까. 다가오는 여름은, 여름뿐만 아니라 언제든, 이 책을 통해 풍성한 자연을 만날 것을 권하고 싶다.

내가 사랑한 원수

캐서린 패터슨 『내가 사랑한 야곱』

형제 간의 라이벌 의식은 아마도 우리가 세상에 태어나서 가장 먼저 겪는 인간 사이의 갈등일 것이다. 부모와 주위 사람들의 사랑과 관심을 사이에 두고 생겨나는 질투와 애증의 감정들. 그 감정은 때로 한 인간의 일생을 평생 지배하거나, 어느 한순간 완전히 변화시킬 정도로 강력한 힘을 발휘한다. 성경에는 특히 이 형제 간의 싸움에 관한 이야기가 많은데, 대표적으로 카인과 아벨, 이스마엘과 이삭, 에서와 야곱, 돌아온 탕아 이야기를 떠올릴 수 있다. 전래동화에서도 신데렐라, 미녀와 야수(디즈니판 만화영화에서는 자매 이야기가 쏙 빠져 있다)를 비롯해서 성공과 사랑 쟁취를 두고 겨루는 두 형제 혹은 세 형제 이야기를 어렵지 않게 찾아볼 수 있다.

이런 이야기에서 주인공은 거의 언제나 동생 쪽이다. 맏아들이 모든 권한을 물려받게 돼 있던 사회에서 그 권한이 동생에게 가는 성경 속의 이야기는 하나님 선택의 무상성(無償性)을 드러내 준다. 하나님은 인간의 어떤 조건이나 자격을 보고 그를 선택하고 사랑하시지 않는다는 것이다. 전래동화에서 막내의 우세는, 작고 힘없는 존재인 어린 아이에게 보내는 애정 어린 지지와 격려, 가능성의 확인에 대한 상징이다. 가장 약하거나 바보인 막내가 막강한 위치에 있는 손위 형제, 나아가서 맹수나 거인까지 이겨내는 것을 보면서 아이들은 현실 세계에서의 자신의 무기력을 딛고 미래를 내다보며 일어설 수 있는 힘을 얻는다.

그런데 막상 그 손위 형제들은 심정이 어떨까. 아무 이유도 없이 자신의 제물은 거부당하고 동생의 제물은 받아들여지는 것을 보아야 했던 카인은. 장난처럼 팥죽 한 그릇에 장자권을 팔았다가 영원히 하나님에게 버림받았던 에서는. 첩의 자식으로 태어나 사라에게 미움받고 생모와 함께 사막으로 쫓겨나서 죽음의 문턱에까지 이르렀던 이스마엘은. 미리 상속받은 재산을 모두 탕진한 채 돌아온 동생을 버선발로 반기며 가산을 털어 잔치를 베푸는 아버지를 보는, 변함없이 아버지 옆에서 성실하게 일했던 형의 심정은. 그들을 변호하고, 그들의 아픈 마음을 알아 주고 위로해 주는 이야기는 성공하는 동생 이야기에 비해 극히 드문 것이 사실이다. 왜 그럴까. 여러 가지 상징적 사건에서 공교롭게도 부정적인 본보기가 되는 그들에게는, 맏이라는 태생적 위치 외에도 그런 운명을 스스로 선택하게 만든 내면이 있었던 것은 아닐까. 열등하고 약한 자뿐 아니라, 자신을 낙오하고 패배한 자라고 여기는 인간에게도 이해와 사랑의 시선을 돌리는 것이 문학, 특히 어린이문학의 한 역할이라면, 그런 맏이들을 들여다볼 수 있는 세계도 그려봄 직하지 않을까. 『내가 사랑한 야곱』(지경사, 2001)이 불러 일으키는 생각들이다.

『내가 사랑한 야곱』이라는 제목을 달고 있지만 이 이야기 어디에도 야곱이라는 이름을 가진 인물은 나오지 않는다. 그러나 어느 작은 섬마을에 사는 쌍둥이 자매 사라와 캐롤린은 성경의 에서와 야곱을 분명히 반영하고 있다. 아버지와 함께 배를 타고 바다에 나가 게잡이를 하면서 집안의 기둥 노릇을 하는 선머슴 같은 언니 사라, 섬약하고 아름다우며 뛰어난 음악적 재능을 갖고 있는 동생 캐롤린. 사라에게는 태어나자마자 죽을 고비를 넘겼던 동생 때문에 그저 바구니에 누운 채 아무에게도 주목을 받지 못했던 일이 상처의 뿌리로 자리잡고 있다. 그리고 자라면서도 동생에게만 쏠리는 주위의 사랑과 관심 때문에 극심한 갈등을 겪는다. 엄마는 캐롤린이 노래할 때면 자기에게는 한 번도 보여 주지 않았던 그런 표정으로 바라본다. 동네 사람들도 캐롤린의 부탁이라면 그 달콤한 표정과 목소리에 홀리듯 들어 준다. 그런 동생에 대한 사라의 감정은 미움을 넘어선 살의를 품고 있다. 아벨을 죽이는 카인의 그림자가 꿈을 빙자해서 사라에게 드리워진다.

난 자주 캐롤린이 죽는 꿈을 꾸었다. 꿈에서 그 애가 죽었다는 소식을 듣기도 했다. 가령 엄마와 캐롤린을 태운 여객선이 침몰하거나, 택시 사고가 나서 아름다운 그 아이가 불에 타 버렸다는 소식 같은 것 말이다. (…) 언젠가 한 번은 내 손으로 직접 그 애를 죽인 적도 있었다.

나는 묵직한 참나무 막대로 배를 젓고 있었다. 그런데 캐롤린이 해변으로 와서 내게 태워 달라고 애원했다. 나는 대답 대신 막대를 들어 때리고 때리고 또 때렸다.

혈육에 대한 살의, 그것도 자신에게 직접적인 위해를 가하지도 않는, 아니 오히려 더 나약하고 순진해 보이는 동생에 대한 살의는 아마도 인간이 견뎌야 하는 죄책감 중 가장 무거울 것이다. 모든 생활이 동생과 관련되면서 사라는 극도의 혼란 상태에 빠져 지낸다. 극에서 극을 치달리며 소용돌이치는 마음. 동생을 한 대 때려 주고 싶어하면서도 속마음을 털어놓는가 하면, 처치곤란인 새끼고양이들을 물에 빠뜨려 죽이려는 현장에서 도망쳐 나와 괴로워하다가도 정작 동생이 부탁해서 고양이들을 살려 줬다는 소리에는 짜증을 낸다. 하나님께 자비를 베풀어 달라고 애원하고, "내가 영원히 동생을 미워하도록 저주받은 게 아니라는 증거를 찾"아 성경을 뒤적이는가 하면 "내가 태어나기도 전에 하나님이 이미 날 심판했고 내가 첫숨을 쉬기도 전에 날 내동댕이쳤다"고 생각하면서 교회에도 발길을 끊는다.

그러면서도 사라는 외면적으로는 동생을 위해 자신을 희생하면서까지 혼신의 힘을 다하는 것처럼 보인다. 동생이 성악 레슨 받을 돈을 벌기 위해 이른 새벽부터 게잡이를 나가고 묵묵히 집안의 자질구레한 일들을 맡아 해 나간다. 그러나 남몰래 흠모했던 캡틴이 자신의 전 재산을 캐롤린의 공부를 위해 내놓고, 유일한 남자친구였던 콜이 캐롤린과 결혼하는 등, 돌아오는 결과는 배신의 연속일 뿐이다. 완전히 케이오패를 당한 사라. 그녀는 그제야 동생과 자신 사이의 질긴 악연의 끈을 끊고 독립을 선언한다. 그리고 그 과정에서 자신을 그토록 얽어매 놓았던 올가미를 자신이 스스로 만들었음을 깨닫는다. 떠나간 콜 : "넌 내게도 뭔가 내세울 만한 것이 있다고는 한 번도 생각해 본 적이 없을 거야." 캡틴 : "사라 루이스, 넌 결코 여자가 되려고 하지 않았잖아." "사라 루이스, 아무도 네게 기회를 주지 않았다고는 말하지 마라. 넌 스스로 기회를 만들 수 있었어. 하지만 그러려면 우선 네가 원하는 게 뭔지부터 알아야 한단다, 애야." 엄마 : "물론 넌 떠나도 돼. 하지만 넌 아직까지 한 번도 떠나고 싶다는 말을 하지 않았잖니."

"나는 벌을 받아야 마땅했다. 무엇 때문인지 확실하지는 않았지만 벌을 받아야 한다는 것만은 알고 있었다."가 사라의 깨달음이었다. 참패를 당하고 벌을 받아야 마땅하다고 여기는 순간, 사라에게는 구원이 다가온다. 패배를 인정할 때 승리가 주어지고, 온전히 자신을 비울 때 충만하게 채워지는 역설의 기적이 구현되는 것이다.

산파가 된 사라가 산골 마을의 쌍둥이를 받아내는 마지막 장면에서는 그런 역설과 깨달음이 완성에 달하는 순간이 눈부시게 드러난다. 쉽고 건강하게 태어난 큰아이에 비해 울음소리도 마치 작별 인사를 하는 것 같은 둘째 아이. 고통스럽게 떨고 있는 그 아이를 살리기 위해 혼신의 힘을 다하는 사라는 아이가 안정을 되찾은 후에야 비로소 큰아이에 생각이 미친다. 바구니에 누워 탈없이 자고 있는 아이는 바로 삼십여 년 전 자신이었고, 정신없이 돌보며 자신의 젖까지 물린 작은아이는 바로 동생 캐롤린, 그러니까 야곱이었던 것이다. 야곱이 사랑받을 수밖에 없었던 섭리를 몸으로 깨달은 사라는 돌아오는 길에 "온몸이 부서질 것 같은 감동"을 느낀다. 그리고 마지막은, "하늘을 바라보며 생각했네."라는 노래의 한 구절이다.

왜 누구는 선택받고, 누구는 저주받았다고 느낄 정도로 소외당하는가. 아무도 쉽게 대답할 수 없는 이 질문과 아무도 쉽게 이해할 수 없는 대답을 이토록 감동적으로 펼쳐 나가는 작품을 만나기는 쉽지 않다. 이 작품의 주제를 한 마디로 요약할 수는 없다. 그러나 확실한 것은, 우리가 알 수 없는 인생의 의문에 부딪혔을 때 할 수 있는 일은 "하늘을 바라보며 생각"하는 일이라는 것이다. 지상에 얽매이지 않고 자의식에 얽매이지 않을 때, 오랜 시간이 지난 후 우리는 온몸이 부서질 것 같은 감동과 함께 해답을 얻을 수 있을 것이다. 그때까지 우리가 할 일은 견디는 일뿐일 것이다. 이런 책과 함께라면 그 견디는 일은 훨씬 아름다울 수 있지 않을까.

일요일의 자유, 그리고 그 조건

하인츠 야니쉬 『일요일의 거인』

월요일부터 토요일까지 꽉 짜인 시간표에 따라 움직여야 하는 우리에게 일요일은 해방의 날이다. 시간 맞춰 일어나지 않아도 되고, 나가고 싶은 곳으로 나가고 싶은 시간에 나갈 자유, 혹은 아무 데도 나가지 않을 자유가 있다. 그런 몸의 자유와 더불어 모든 제약을 뛰어넘는 신나는 환상을 누리는 정신의 자유까지 완벽하게 만끽할 수 있다면 그야말로 금상첨화가 아닐까. 그런 일요일을 만들어 줄 수 있는 책이 『일요일의 거인』(크레용하우스, 2000)이다.

열 살가량의 남자 아이 막스가 생전 처음 보는 삼촌. "모든 것을 엉망으로 만들고 금방 여기에 있었나 싶으면 어느새 다른 곳에 가 있"곤 하는 "회오리 바람" 같은 삼촌은 일요일에만 찾아온다. 그리고 올 때마다 상상을 초월하는 엉뚱한 놀이판을 벌인다. 일요일마다 딴 세상이 되는 막스의 집. 난쟁이 나라로 탈바꿈했다가 간신히 제자리로 돌아왔나 싶었는데 다음에는 막스의 방이 새 둥지가 되고, 거실은 사막이 되기도 했다가 연주회장이 되는가 하면 깊은 바닷속이 되기도 한다. 물안경을 쓰고 스노클을 물고 거실 소파에 앉아, 책을 든 안경 물고기, 밀짚모자 쓴 문어, 눈 세 개 달린 물고기를 보고 사진도 찍는 일가족. 그뿐인가. 막스와 엄마, 아빠, 삼촌 네 사람은 전등, 소금통, 집, 침대, 바지 단추 같은 '사물'로 변해 한바탕 반란도 일으켜 본다. 야외로 나가 네 사람이 한 팀이 되어 바람과 겨루는 모자 뺏기 놀이는 월드컵 결승 경기 이상의 스릴과 재미를 준다.

그렇다고 이 책이 현란한 판타지인 것은 아니다. 네 사람이 그저 상상 게임을 즐기는 이야기일 뿐이다. 아니다, 처음에 즐기는 것은 "일요일의 거인"들인 막스와 삼촌뿐이고 엄마와 아빠는 집 안 가득한 난쟁이 인형, 모래 따위에 신경을 곤두세우며 불평하지만 서서히 두 사람의 페이스에 말려들어간다. 특히 매사에 지극히 현실적이고 진지하던 아빠가 나중에는 누구보다 열렬히 박수치고 환성 올리며 인형극을 관람하고 직접 그림

『일요일의 거인』(크레용하우스, 수잔네 베흐도른 그림) 중에서

자 놀이를 하는 지경(?)에 이르는 장면을 보면 절로 웃음이 머금어진다.

어떻게 그렇게 쉽게 사람이 변하고 현실과 환상이 조화를 이루느냐고? 당연하다. 작가는 이 이야기에서 현실과 환상을, 마주보고 대치하는 극점이 아니라 서로 엮이고 짜이면서 삶에 아름다운 무늬를 만들어내는 씨실과 날실로 사용하고 있기 때문이다. 그래서 인물과 언어와 배경도 실뭉치처럼 탄력 있고 부드럽다. 모난 데도 엉킨 데도 없이 그것들은 스스로를 풀어내어 서로서로 엮이며 새로운 천을 짠다. 그것은 막스 집 거실의 양탄자 같은 천이다. 일요일이면 모래를 가득 담은 채 사막이 되기도 하고, 한쪽으로 치워져 바닥의 분필 그림 악기들에게 자리를 내주기도 하지만, 평일에는 얌전하게 사람들 발판 노릇을 하는 양탄자.

환상 없는 현실은 소망 없는 삶처럼 얼마나 건조하고 무의미한가. 그 때문에 우리는 아이들에게 꿈과 소망과 상상력을 가질 것을 강조하고 있을 터이다. 그러나 그 꿈과 소망과 상상력은 아이들만을 위한 것이 아니다. 아이들의 천성적이고 자유로운 환상은, 삶의 여러 곡절을 거치며 굳어진 어른들의 머리와 가슴 속에서 새롭게 터져 나오는 환상과 함께 엮이고 짜일 때 비로소 더욱 아름답게 완성되는 것이다. 아이들의 천부적인 천의무봉한 환상, 그리고 딱딱한 껍질을 고통스럽게 깨부시고 나오는 어른들의 깊이 있는 환상. 극과 극을 이루는 이 두 환상의 어울림이야말로 우리가 추구하는 환상의 본령일 것이다.

과연, 막스 가족에게 새 세상을 열어 준 기상천외한 상상력을 발휘하는 삼촌은 "모든 것이 암담했고 사는 게 아무런 의미가 없이 느껴졌"던,

"그래서 삶에 대한 욕구가 더 이상 생기지 않았"던 시절을 거친 적이 있다. 그는 "병원에 자주 입원"해야 할 정도로 심각한 우울증 환자였던 것 같다. 그러다가 서커스 어릿광대였던 엘로 아저씨의 도움을 받아 살아가는 일의 의미와 진정한 기쁨을 찾아내었고, 그것을 다른 가족들에게 전해 준다. 삼촌이 삶에 대한 절망과 맞서 싸웠던 무기, 삶의 기쁨을 찾기 위해 사용했던 도구는, 형인 막스 아빠에게 말한 대로 "모든 걸 그렇게 진지하게 받아들여서는 안 돼요. 함께 재미있는 시간을 보낸다는 건 좋은 일이에요."라는 지극히 당연하고 어린 아이 같은 생각이었다.

'함께'를 위해 그는 여자 친구를 사귀고, 십여 년 만에 형의 가족을 찾아온다. 그리고 삶의 딱딱한 껍질에 싸여 굳어가는 형과 형수에게 탄력 넘치는 일요일의 즐거움을 깨우쳐 주고 막스를 행복하게 해 준다. 이 가족은 병상에 누워 생명의 불꽃이 꺼져가는 엘로 아저씨를 위해 함께 위문 공연을 벌인다. 그런 뒤 삼촌은 다시 미국으로 돌아가기 위해 막스와 작별 인사를 나눈다. 막스는 울고 싶은 심정이지만 그 '함께'가 끝나는 건 아니라는 것을 안다. 삼촌은 여자 친구를 데리고 돌아올 것이고, 시골 아들 집에 가 있는 엘로 아저씨를 함께 만나러 갈 것이니까.

삼촌이 늘 쾌활하고 재미있기만 한 것은 아니다. 일요일이 아닌 날에 피곤하고 어두운 얼굴로 오기도 한다. 그러나 막스는 그런 삼촌을 이해한다. 삼촌이 피곤할 수밖에 없는 이유를 어린 아이다운 직관력으로 깨닫는다. "삼촌은 다른 사람보다 훨씬 더 재미있게 지내기 때문에 훨씬 더 많이 슬픈 것뿐"이라는 것을. 슬픔과 기쁨 사이, 행복과 불행 사이, 삶과 죽음 사이, 현실과 환상 사이에서 우리는 얼마나 끊임없이 왔다갔다해야 하는가. 한쪽은 다른 한쪽을 얼마나 공정하게 요구하는가. 슬픔이 크면 기쁨도 그만큼 크고, 행복해지기 위해서는 불행이 무엇인지를 알 수 있을 만큼 겪어야 하고, 현실에 충실하기 위해서는 환상도 단단히 붙들고 있어야 한다. 그 양쪽을 더하고 나누어 적당히 평균을 낸 미지근한 삶은, 적어도 이 "일요일의 거인"들을 위한 삶은 아니다. 그들은 자기들이 거인이기 위해서는 난쟁이가 필요하다는 것을 안다. 이야기의 시작과 말미에 등장하는 난쟁이는 그래서 무심히 보이지 않는다. 난쟁이를 품에 안고 거인으로 살아가는 이 꼬마와 삼촌은 우리에게 엄격한 일상과 자유로운 환상을 즐기는 법, 그 조건을 깨닫는 법을 가르쳐 주는 듯하다.

누가 죽음을 두려워하는가

로이스 로우리 『잃어버린 기억』을 중심으로

몇 년 전 창작집을 한 권 내고 나서 담당 편집자에게 들은 이야기이다. 그 책을 읽었다는 한 아이 엄마가 항의 전화를 걸어왔다고 했다. 문제는 "배고파 죽겠다"라는 표현이었다. 어린 아이가 읽는 책에 죽는다 따위의 험한 말을 쓰면 어떡하느냐는 것이었다. 참 어이가 없었는데, 곧이어 내 머릿속에 떠오른 것이, 내가 번역했던 로이스 로우리라는 작가의 동화 『잃어버린 기억』(지경사, 1994)이었다.

『잃어버린 기억』의 원제는 "주는 사람"이라는 뜻의 "The Giver"였다. 곧이곧대로 옮겨 쓰기에는 너무 맹송맹송한 말이라 책 전체의 내용을 함축한다고 생각되는 "잃어버린 기억"을 제목으로 만들어냈었다. 이 책의 초반에는 얼핏 너무나 평화롭고 질서정연하고 복지 시설이 완벽해 보이는 사회가 그려진다. 그러나 그곳은 색깔도, 음악도, 동물도, 눈도, 비도, 따뜻한 햇볕도, 언덕과 산도 없고, 무엇보다도 사랑이라고는 알지도 못하는, 철저하게 균등화되고 평면화되고 기계화된 사회임이 점차 드러난다. 인류가 전멸할 뻔한 전쟁을 겪은 후 살아남은 사람들이 그런 재앙이 다시 일어나지 않도록 인간을 통제하기 위해 완벽하게 인위적으로 조종하는 세계인 것이다. 그 평화로운 세계의 질서에 어긋나는 일체의 인간적, 자연적 현상은 물리적인 환경에서뿐만 아니라 인간의 정신에서도 깨끗이 지워져 있다. 그 모든 기억은 오직 한 사람만이 간직하고 있으며, 한 사람의 어린 후계자를 정해 물려주게 되어 있다. 그들이 바로 "주는 사람The Giver"과 "받는 사람The Receiver"이다.

12살 어린 나이에 인류의 모든 기억을 물려받아야 하는 엄청난 짐을 짊어지게 된 조나스. 그는 행복하고 아름답고 따뜻한 기억뿐만 아니라 고통스럽고 외롭고 두려운 기억까지도 체험하면서, 인간들에게서 그런 기억들을 빼앗는다는 것이 얼마나 부당한지를 깨닫는다. 자신이 그 세계에서 사라지면 그 모든 기억들이 자신에게서 흘러나와 사람들 사이로 퍼져가게 될 것이라는 사실을 알게 된 조나스는 목숨을 건 탈출을 감행한다.

우리가 너무나 당연하게 인류의 최고선이며 지상 목표로 설정하고 있는 안락과 평화와 질서와 평등 같은 것들이 극단적으로 추구될 때 세계는 어떤 모습이 될지를 이토록 충격적으로 그려내고 있는 작품을 나는 어린이문학에서도 어른 문학에서도 본 적이 없었다. 그 사회에서 풍요는 다른 의미에서의 빈곤이고, 복지는 억압이며, 그들의 안락과 평화는 너무나 무생물적이다. 아픔과 굶주림과 두려움 없이 살 수 있게 된 대신 빼앗기고 잃어버린 것이 과연 무엇인지 사람들은 알지 못한다. 심지어는 죽음에 대한 개념도 왜곡되어, 조나스가 자랑스러워하고 존경하던 아빠는 자신이 갓난아기를 살해한다는 것조차 알지 못한 채 아기를 죽이는 광경을 아들에게 보여 주게 된다.

이 책을 읽고 번역하면서 나는 그 어떤 인간적인 가치관이나 윤리도 절대적일 수 없고 절대적이어서는 안 된다는 생각을 새삼스럽게 곱씹었다. 그런 교훈은 수천 년 인류의 역사를 통해 확인하고 또 확인할 수 있는 것이지만, 이 책만큼 뚜렷하게 각인시켜 준 예가 나에게는 없었다. 그것은 메시지가 완벽하게 녹아들어가 있는 작품 덕분이었다.

이 책은 『멋진 신세계』 같은 미래 사회를, 사회 전체의 시스템에서부터 한 가정의 구조와 개인의 상태까지, 빈틈없이 그려내고 있다. 그 탄탄하고 치밀한 구성에는 한 치의 틈도 없다. 처음에는 그저 평화롭고 풍족해 보이는 사회가 사실은 얼마나 비인간적인 곳인지가, 양파 벗겨지듯 페이지를 넘길수록 계속해서 드러난다. 마치 하나하나 단서를 풀어내놓는 추리 소설을 보는 것 같다. 읽어 갈수록 놀라움은 더해 가고, 조나스의 갈등에 대한 연민, 탈출 계획에서부터 감행에 이르는 과정의 긴장감은 높아간다. 조나스가 탈출에 성공해서 따뜻한 빛과 노래가 있는 사회로 가는지 아니면 그건 그저 굶주림과 추위로 죽어가는 조나스의 환상에 지나지 않는지, 애매한 채로 남겨진 열린 결말은 책을 덮고 난 뒤의 독자를 혼란에 빠뜨린다.

작가가 직접 홍수처럼 쏟아내 놓는 공허한 메시지만 난무할 뿐, 구성도 허술하고, 인물의 개성도 없고, 인간과 세계에 대한 새로운 시각도 없고, 사건이랄 만한 사건도 없이 뻔한 결론으로 이끌어 가는 동화에 익숙해져 있는 독자들에게는 몹시 낯설고 불편할지도 모르는 책이지만, 창작 분야건 독서 분야건 가릴 것 없이 우리 동화계에 가장 시급하게 필요한 것이 바로 그 낯설음과 불편함이 아닐까. 기존의 세계 묘사와 해석을 뒤엎고 넘어서는 새로운 세계를 새로운 언어로 창조해야 한다는 문학 본연의 임무가 동화라고 해서 면제되는 것은 아닐 것이다. 보다 자유롭고 창의적으로 사고하고 표현해야 하는 동화가 교육이라는 명분 아래 기존 이데올로기의 재생산과 심화에만 기여하고 있지는 않은지 반성의 계기를 만들어 주는 것이 바로 이런 낯설고 불편한 작품들이다.

이야기가 한참 옆길로 새나간 듯하다. 다시 '배고파 죽겠다'로 돌아가자. 조나스가 살고 있던 사회가 인간들을 통제하는 측면 중 하나가 언어 사용법이다. 너댓 살짜리 아이가 '맘마snack' 대신 '맴매smack'라고 발음했다는 이유로 매질을 당한다. 맴매를 달라고 했으니 맴매를 받아야 한다는 것이다. "배고파 죽겠다"고 말한 아이는 경고를 받는다. 우리 사회에서 사람이 배고플 수는 있다, 그러나 배고파 죽는 사람은 아무도 없다, 는 것이 그 이유였다. 그 사회의 말에서는 실수도, 비유도, 과장도, 부적확한 사용도 용납되지 않는다. 친구가, 교사가, 부모가 감시하고 고발하며, 벌을 받거나 잘못을 빌게 해야 한다. 맴매를 달라고 했다가 매질을 당한 아이는 한동안 말을 잃는다. '죽겠다'는 말을 허용하지 않는 그 사회에서는, 사회 부적응자와 범법자와 노인이 '해제'라는 묘한 단어

206

로 대신되는, 아무도 모르는 죽음의 길로 들어선다. 다른 사람들은 그것이 죽음인 줄 모르고, 죽음이 어떤 것인지도 모르는 채 생을 마친다. 인간으로서의 생이 아니라 기계 부품 같은 존재로서의 생을.

"배고파 죽겠다"는 말을 동화에 썼다고 항의한 그 엄마는 자기 아이가 죽음을 모르기를 바랐던 것일까. 그 엄마에게 죽음은 두렵고 끔찍하고, 그래서 피하고만 싶은 현상이었던 모양이다. 사실 그 엄마뿐만 아니라 우리 대부분에게 죽음은 그럴 것이다. 그러나 죽음 없는 삶이란 없다. 죽음은 인생의 한 부분일 뿐 아니라 인생의 완성이다. 죽음이라는 지향점이 없는 삶은 목적지 없이 망망대해를 영원히 떠돌아다니는 배처럼 저주받은 상태가 아닐까. 죽음을 인식하고 생각하지 않는 삶은 얼마나 위험한 삶인가. 죽음을 준비하지 않는 인간은 얼마나 교만한 인간인가. 제대로 죽을 준비를 하는 사람이야말로 제대로 사는 사람이 아닐까. 배고파 죽겠다는 비유의 말에조차 그렇게 거부감을 가졌던 그 엄마가 삶에 대해서는 어떤 자세를 가지고 있을까, 나는 좀 딱한 생각이 들었다.

우리 사회에는 아직도 아이들을 밝고 곱고 착하게 키우기 위해 밝고 곱고 착한 이야기만 보여 주고 들려 주어야 한다는 생각이 지배적인 것 같다. 인생이 어떤 것인지, 인간이 어떤 존재인지, 아이들이 실제로 바깥 세상으로 나가면 어떤 일을 겪게 될지와는 상관 없이 말이다. 물론 동화가 한편으로는 아이들을 교화시키고 안정시키고 위로해 주는 역할을 맡는 것도 사실이지만, 다른 한편으로는 이 세상과 인간에 대한 진실을 알려 주고 간접적으로 체험하게 만들어 주는 역할도 담당해야 한다. 죽음은 그 가운데서도 중요한 부분이다. 죽음의 의미, 죽은 사람들과 산 사람들과의 관계, 죽음 앞의 삶에 대해서 어른과 마찬가지로 아이들도 나름대로 깊이 생각할 수 있어야 한다. 그것이 우리 아이들이 이 지상에서의 삶을 올바르고 튼튼하게 예비해 나갈 수 있는 길이다.

「아모스와 보리스」 표지

죽음을 다루는 동화를 생각나는 대로 들어 보자. 우리가 유아용이라고 생각하는 그림책에서부터 죽음 문제는 다양하게 등장한다. 생쥐와 고래 사이의 우정을 그리고 있는 듯한 윌리엄 스타이그의 『아모스와 보리스』(시공주니어, 2000)는 그 이전에 이미 죽음의 문제를 거치고 있다. 한밤중 망망대해에 빠져 기진맥진한 생쥐가 죽음을 눈앞에 두고 자신에게 던지는 소박한 질문은, 죽음에 대한 정곡을 찌르는 명제들이다. 뜨거운 모래밭에서 옴짝달싹도 못하고 말라 죽어가는 고래는, 아무리 크고 힘센 존재도 죽음 앞에서는 무기력할 수밖에 없다는 진리를 보여 준다. 죽음 문턱에 있는 상대를 서로 구해 준 그 생쥐와 고래의 관계는, 그러니 세상적 우정으로 단순하게 보아넘길 일이 아니다. 존 버닝햄의 『우리 할아버지』(비룡소, 2002)는 할아버지의 죽음이 모티프이다. 그러나 그 죽음은 하나도 호들갑스럽거나 비통하거나 심각하지 않고, 아주 잔잔하게 일상으로 녹아들어온다.

역시 할아버지의 죽음을 이야기하는 로베르토 피우미니의 『할아버지와 마티아』(문학과지성사, 2002)는 독특한 환상동화이다. 공식석상의 조사나 문학 혹은 영화 작품에서 죽은이들을 이야기할 때, 그가 아주 간 것이 아니라 우리 안에 남아 있다는 표현을 자주 쓰는데, 할아버지가 마티아의 '안에 남아 있'게 되는 과정이 절묘하게 구체적으로, 그야말로 육체적으로 그려진다. 문자 그대로 할아버지가 마티아의 안으로 들어가는 것이다. 추상적이고 공식적인 수사, 너무나 많이 들어 식상할 지경인 표현에 실질적인 몸뚱이를 부여하고 생생하게 살려내는 이야기의 결말은 사뭇 감동적이다.

죽음에 대한 동화의 시각이 늘 이렇게 따뜻하고 긍정적이기만 한 것은 아니다. 동화가 그리는 죽음 중에서 가장 끔찍하고 충격적인 것은, 내가 지금까지 읽은 한으로는, 구드룬 파우제방의 『핵전쟁이 일어났어요』(같은 책이 같은 출판사에서 『핵전쟁 뒤의 최후의 아이들』(유진, 2003)이라는 제목으로 나왔다. 원제가 기재되어 있지 않아 정확한 제목을 확인할 수가 없다)에 나오는 죽음들이다. 예고 없이 터진 핵폭탄에 고스란히 노출된 뒤 아비규환의 지옥이 되어 가는 독일의 한 지방이 무대이다. 사람들은 끊임없이 죽어간다. 병원에서, 길에서, 버려진 집에서, 상처로, 병으로, 굶주림으로. 주인공은 동생의 죽음, 누나의 죽음, 버려진 곳에서 데려다 동생 대신으로 돌보아 주었던 아이의 죽음, 엄마의 죽음을 차례로 겪는다. 엄마는 그 와중에 아기를 낳고 죽는데, 가장 비극적인 것은, 눈도 없고 팔도 없이 태어나 꼼지락거리는 갓난 동생을 아빠가 안고 나갔다가 빈손으로 돌아오는 일이다.

빌리 슈에즈만의 『잘 가라, 내 동생』(크레용하우스, 2002)을 읽으면서 나는 여러 번 눈물을 닦아야 했다. 번역 여부를 검토하느라 읽으면서 울고, 번역하면서 울고, 교정 보면서 울고, 나온 책을 읽으면서 울었다. 중학교 다닐 때 『플란다스의 개』를 읽으면서 네로가 죽는 대목에서 훌쩍거렸던 이후, 동화를 읽으며 그렇게 울기는 처음이었다. "'내가 죽었네. 심

「잘 가라, 내 동생』(크레용하우스, 민은경 그림) 중에서

장이 멈췄어.' 하고 벤야민은 말했다."로 시작되는 이 동화는, 죽은 벤야민의 영혼이 일 년 동안 가족들 주위를 떠돌다가 드디어 떠나는 애틋한 이야기지만, 죽은 뒤의 세계와 인간의 영혼에 대해 생각하도록 만드는 힘이 실려 있다.

죽은 뒤의 세계를 말하자면 아스트리드 린드그렌의 『사자왕 형제의 모험』(창작과비평사, 2000)을 빼놓을 수 없다. 죽으면 끝, 아니면 죽어 다른 세계로 가면 끝이라는 통념을 얼마나 통쾌하게 뒤흔들어 놓는가. 죽은 뒤에 또 죽어 또다른 세계로 간다는 이 놀랍도록 새로운 발상은 죽음에 대한 깊고 오랜 생각 없이는 가능하지 않았을 것이다.

얼마 전 읽은 우리 동화 한 편에서 나는 우리 나라의 어른들이 아이들에게 심어 주고 싶어하는 생명관, 곧 죽음관의 단면을 보았다. 포수에게 가족을 잃은 늑대가 인간으로 변신해 50여 년 동안 복수의 칼을 간다. 이 늑대 할머니는 시장에 나가 달걀 두 개를 사다가 갖은 수를 부려 아이들로 변신시키는데, 사실은 자기가 늑대임을 밝히면서, 너희들의 친척인 통닭튀김을 사먹었을 뿐 아니라 온갖 짐승들을 잡아 산 채로 뜯어먹고 살았노라고 반성 섞인 고백을 한다. 못할 짓을 했다는 것이다. 육식동물인 늑대가 짐승을 잡아먹는 게 못할 짓이었다면, 뭘 먹고 살아야 했을까? 토끼처럼 풀이나 뜯어먹어야 했을까? 물론 어떤 경우든 산 목숨이 죽임을 당하고 먹힌다는 건 가슴 아픈 일이지만, 생명의 섭리와 자연의 순환이라는 측면에서는 불가피한 것이 아닌가. 동물 다큐멘터리 프로그램에서 먹기 위해 필사적으로 쫓고, 살기 위해 필사적으로 도망가는 먹이사

슬의 현장을 보다 보면 그 냉엄한 삶과 죽음의 질서에 경이로움과 숙연함을 느끼게 된다. 그 현장에서는 어떤 죽음도 헛된 낭비가 아니고 어떤 죽임도, 그야말로 장난이 아니다. 무조건 죽이지 말고 죽지 말자는 증류수 같은 메시지는 우리 아이들이 죽음을 제대로 이해하고 삶을 제대로 꾸려나가도록 이끌어 주는 일에 그다지 큰 도움이 된다고 말할 수는 없을 것이다.

우리가 반성하고 경계해야 할 것은, 자연의 섭리에 순응하는 그런 생명 순환의 생존 방식이 아니라 인간의 광기와 장난기, 아집과 독선, 권력

『사자왕 형제의 모험』(창작과비평사, 일론 비클란트 그림) 중에서

욕과 재물욕에서 빚어지는 무의미하고 억울한 죽음이다. 명시하든 암시하든, 따뜻하게든 냉혹하게든, 죽음의 현장을 아이들에게 보여 준다는 것은 쉬운 일이 아니다. 그리고 바로 그렇기 때문에 다른 어떤 분야에서보다 문학에서 그 일을 맡아야 하는 것이다. 어리다고 해서, 어렵다고 해서 회피해서는 안 된다. 죽음의 현상, 배경, 본질, 의미, 극복 같은 문제들을 허술하고 상투적인 관념이 아니라 생생하게 살아 있는 작품으로 만나는 행복을 이제 우리 동화계가 누릴 수 있는 때도 되지 않았을까?

4부
어린이문학과 동물

1. 어린이문학 속의 동물의 의미

　아이들은 동물 이야기 책을 좋아한다. 혹은, 어른들은 아이들에게 동물 이야기 책을 주는 것을 좋아한다. 유아용 단어 책이나 사물 인지 책에는 으레 동물이 주인공으로 등장하고, 어린 아이들에게 가장 친근한 동화 캐릭터 중 다수가 미피나 미키 마우스, 도날드 덕, 피터 래빗 같은 동물들이다. 조금 자라서 듣거나 읽게 되는 국내외 전래동화에서도 동물 이야기의 비중은 무시할 수 없는 수준이다. 아기 돼지 삼 형제, 늑대와 일곱 마리 아기양, 장화 신은 고양이, 토끼와 호랑이, 은혜 갚은 까치 등등.

　아이들이 동물과 친숙한 이유를 심리학자들은 물활론적 사고방식이라는 시각에서 설명한다. 어린 아이들은 동물　식물뿐 아니라 의자나 책상, 바람과 비 같은 사물과 자연 현상 들도 생명이 있고 의식이 있는 존재, 자신과 감정을 나눌 수 있는 존재로 여긴다는 것이다.[1] 아이들은 그런 존재를 자신들의 세계와 동일한 차원에 놓고 보는 능력이 있으며, 그들과 스스럼없이 교류할 수 있는 타고난 호기심과 사교성을 가지고 있다. 이런 능력은 어른이 되면서 사라지지만, 동물들과의 의사소통 욕구는, 공간과 시간을 초월하고 싶은 욕구와 함께 인간의 근원적인 소망으로 남아 있다.[2] 이런 소망은 판타지 창조로 이어져서 이솝과 라 퐁텐느로 대표되는 우화를 비롯한 각종 동물 판타지를 낳게 한다. 아이들은 물론 어른들도 인간처럼 말하고 행동하고 나아가 마법적 능력을 발휘하기도 하는 동물들과 함께, 현실의 제약을 뛰어넘는 다른 세계로의 여행을 즐길 수 있다. 동물을 사실적으로 그리는 이야기에서도 독자는 그 동물에 대한 이해와 애정, 그들과의 교감을 통해 자연의 본질에 보다 가까이 다가가는 충족감을 누릴 수 있다.

그러나 아이들에 대한 어른들의 교육과 통제라는 이데올로기 차원에서 보자면 문제는 달라진다. 동물 이야기는 그렇게 근원적 세계에 대한 감각을 깨우쳐 주고 인간과 다른 존재와의 화합을 도모하는 행복한 이야기일 수만은 없다. 아이들이 동물과 자신을 같은 차원에 놓고 동일시하는 만큼 어른들도 아이들을 '동물 같은' 존재로 간주하는 경향이 있는데[3] 그런 경향은 아이들처럼 물활론적 사고방식에서 나오는 것이 아니라 아이들을 어른에 비해 열등한 하급 동물로 간주하는 의식에서 나온다. 노들

---

1) 최경숙,『아동심리학』, 민음사, 1989, 147쪽.
2) Tolkien, J. R. R. *The World of Fantasy* 손동인, 『한국 전래동화 연구』, 정음문화사, 1984, 187쪽에서 재인용

먼은 이렇게 단언한다.

　　사실 우리는 '애들(새끼염소들)'을 기본적으로 동물과 비슷한 야만
인으로 여기고, 어떻게 하면 문명화된 인간처럼 행동할지 가르쳐야 한
다고 생각한다. 어린이문학의 많은 캐릭터가 동물이라는 것도, 그러니
이상할 것이 없다. 그 동물들은 아이들의 동물 비슷한 조건들을 나타낸
다.[4]

　어른들은 자신들이 도달해 있는 정신적, 지적 수준과 다른 차원에 있
는 아이들의 상태를, 자신들이 그 과정을 이미 지나왔다는 이유로, 벗어
나야 할 어떤 것으로 여긴다. 아이들은 더 다듬어져야 하고, 다른 것으로
채워져야 하고, 탈바꿈하여 변모되어야 하는, 원시적인 질료이다. 물론
그 순수한 동심의 세계는 칭송받을 수 있지만 잠시 들르는 마음의 고향
일 뿐, 영원히 머무를 수 있는 곳은 아니다. 그곳에 머무르는 자는 곧 낙
오자이고 쓸모없는 자이다. 존중받는 독립적 인간이 되기 위해서는 어린
이의 상태에서 벗어나는 교육과 훈련 과정을 어른들이 이끄는 대로 충실

---

3) "부모들은 가끔 착한 아이들을 '어린 양 little lamb', 많이 먹는 아이들을 '새끼돼지 little pig'라고 부르
고, 우리 사회에서 어린이를 지칭하는 보편적인 이름은 '애들 kids(새끼염소들)'이다." 페리 노들먼/김서정,
『어린이문학의 즐거움 2』, 시공사, 2001. 312쪽.
독일에서도 아이들은 '새끼돼지 schweinchen'로 불리는 경우가 많고, 한국에서도 어른들은 종종 아이들을
'내 강아지'라면서 귀여워한다.
4) 같은 책, 같은 쪽.

하게 따라야 한다. 그 보호와 인도에 순응하면 어른 사회의 성공적 일원으로 편입하는 특권이 주어지지만, 그렇지 않으면 그에 상응하는 여러 형태의 불이익을 감수해야 한다.

동물에 대한 인간의 인식은 어린이에 대한 어른의 인식과 궤를 같이한다. 인간이 출현하기 전 지상의 주인이었던 동물, 자연의 섭리에 순응하며 화합했던 동물은 인간에게 원초적 그리움과 동경의 대상이다. 인간은 가끔 동물처럼 자연에 완전히 섞이기를 꿈꾸면서도 두려워한다. 인간의 질서와는 다른 법칙이 지배하는 야생의 세계가 낯설기 때문이다. 낯선 것은 위험한 것으로 간주하는 인간의 동물적 본능은, 동물을 위험한 존재로 보고 그 위험에서 벗어나기 위해 동물을 길들일 것을 생각해 낸다. 인간의 지배 체제 안으로 들어와 순종하는 동물은 먹이와 잠자리를 보장받고 인간의 동료애적인 애정까지 받을 수 있다. 그러나 길들여지기를 거부하고 그 바깥에서 독자적인 삶을 사는 동물은 언제든 인간 세계를 위협할 수 있는 잠재적인 적이다.

어린이와 동물에게서 자연친화적인 원초성을 보면서도 한편으로는 그들이 바로 그 점 때문에 이성적인 인간의 질서에 대해서 무지하며 따라서 위험한 존재가 될 수도 있다는 어른들의 생각은, 아이들의 동물에 대한 본능적인 친화력과 손잡고 어린이와 동물을 한데 묶는 동기 역할을 한다. 아이들은 동물과 자신을 쉽게 동일시하기 때문에 동물을 통해서 아이들을 가르치면 교육 효과를 높일 수 있다고 어른들은 생각했다. 동물들에게 어떤 전형적인 성격을 부여한 뒤 극적이고 압축적인 사건을 겪

게 하면서 그 캐릭터와 사건의 상징을 부각시키는 것이 서구 어린이문학 초기 동물 이야기의 특성이었다.[5]

아이들과 동물들을 무지해서 위험하거나 열등해서 교육시켜야 하는 존재로 그려내는 목적성 강한 동물 이야기가 문학적 성과를 올리기란 쉬운 일이 아닐 것이다. "내 이야기에서 새들이 진짜 대화를 나누고 있다고 생각하지 말고(우리가 새들의 대화를 이해할 수는 없으므로), 어린이들에게 어울리는 도덕적인 교훈을 전달하는 우화 시리즈로 읽길 바란다. 동시에 신기하고 유쾌한 존재들에게 이따금씩 공연히 잔인한 짓을 하는 어린이들에게서 연민과 상냥함을 이끌어 내어, 보편적인 박애심을 갖게 되길 바란다."고 외쳤던 18세기 후반의 작가 사라 트리머의 작품을 비롯한 19세기 전반 영국의 동물 이야기 중 "오늘날 진정한 재미를 주는 것은 하나도 없다."[6]는 사실은 그리 놀랄 일이 아니다.[7]

어른들의 그 잘못된 교육열이 어린이문학에 얼마나 치명적인가에 대한 릴리안 스미스의 다음과 같은 경고는 오늘날에도 되새겨볼 만하다.

---

5) 케이스 바커는 19세기 이후 어린이책의 특징을 어린이와 동물의 강력한 결합으로 본다. 인간적 특성을 너무나 뚜렷이 보여 주는 동물 캐릭터를 통해 당시의 작가들은 아이들에게 선명한 교훈을 주려고 노력했는데, "어린이들에게 읽혀진 초기 작품들 가운데 어떤 것들은 어린 독자들에게 인생에 대한 메시지를 전달하기 위해 동물들을 **사용**하기도 했다.(강조 필자)
Barker, Keith. "Animal Stroies", *Encyclopedia of Children's Literature*. Ed. Peter Hunt. Routledge, London and New York, 1996. 282쪽.
6) 존 로 타운젠드/강무홍, 『어린이책의 역사 1』, 시공사, 1996. 158쪽
7) 이런 종류의 책에 대한 혹평의 극치는 찰스 램의 "이런 여자들은 악마에게나 잡혀가 버려라"일 것이다. 폴 아자르도 "그녀의 책은 역겨울 뿐 아니라 어찌나 말이 많은지 싫증이 나서 도저히 끝까지 읽을 수가 없다"고 진저리를 친다. 폴 아자르/햇살과 나무꾼, 『책·어린이·어른』, 시공주니어, 1999. 49~50쪽, 53쪽.

아동 문학의 짧은 역사를 살펴 보면, 각각 그 시대의 어린이책에는 그 시대에 가장 나쁜 특징이 두드러지게 나타난 것을 알 수 있다. 우리들은 시대적 관심에 너무 지배를 받아서 어린이들에게 주는 책에까지 나쁜 영향을 미친 예를 알고 있다. 청교도 시대에는 어린이들을 위하여 비뚤어진 선량과 병적인 신앙과 심한 감상으로 가득 찬 신앙심 깊은 책이 씌어졌다. 또 현대에 와서는 인종적 편견에 대한 관심이 눈떠서 사회 부정에 예민해진 결과 배경이 지나치게 많고 문제가 지나치게 많아서 생명을 잃은 이야기가 어린이책에 가득 차게 되었다. 더욱이 이런 책은 테마가 어린이들 본래의 흥미를 자극하기보다는 사회 문제에 대한 어른들의 진지한 관심을 반영했기 때문이다. 그리고 또 그런 책은 문학으로서의 영속적인 진가도 사려 깊이 음미되어 있지 않다.[8]

종교적 메시지와 예절 교육의 강박에 사로잡혀 있던 어린이문학이 어린이라는 존재 자체의 놀랍고도 유쾌한 실체를 포착한 루이스 캐럴의 『이상한 나라의 앨리스』에 이르러 비로소 숨통이 트였듯이, 동물 이야기도 동물이라는 존재 자체에 대한 이해와 사랑을 바탕으로 나온 『검정말 뷰티』에서부터 진정한 작품을 만나게 된다.[9] 그리고 그 이후 동물에 대한 다양한 시각과 깊은 이해를 바탕으로 하는 동물 이야기는 어린이문

---

8) 릴리안 스미스/김요섭, 『아동문학론』, 정음사, 1979, 45~46쪽

학을 풍성하게 만들고 있다.

그러나 어린이와 동물을 같은 차원에 놓고 보는 시각은 오늘날의 어린이문학에서도 여전히 유효하다. 동물을 어떤 도구로 사용하는 글쓰기 경향도 사라지지 않고 있다.[10]

아마 어린이와 동물 사이에는 끊을 수 없는 본질적 연관이 있으며 시대에 따라 그 숨은 의미에 대한 해석만이 변화되는 것뿐인지도 모른다. 어버스넛의 말마따나 동물은 어디로 보나 "털가죽을 두른 우리 자신"[11]일지도 모른다. 아이들은 그것을 무의식적으로 깨닫고 받아들이고 있지만, 어른들은 자신들과 동물들 사이의 닮은 점을 애써 외면하며 아이들과 동물들에게만 내려다보는 시선을 돌리고 있는지도 모른다. 그렇지 않은 어른 작가들은 동물을 통해 인간을 해부하고 묘사하는 작품을 쓰기도 한다. 동물을 주인공으로 내세워 인간을 관찰하고 논평하는 것, 인간에게 도덕적 교훈을 설파하는 것, 동물에게 잔인하게 대하면 안 된다고 아이들을 설득하는 것, 동물의 본성과 야생에서의 삶의 모습을 사실적으로 전달함으로써 동물에 대한 이해와 애정을 높이는 것, 인간과 동물과의 교감을 보여 주는 것, 냉혹한 야생 세계의 법칙을 알려 주는 것…… 이 모든 것이 수많은 동물 이야기의 내용과 목적을 이룬다.[12]

---

9) "빅토리아 시대 사람들은 진정으로 동물을 사랑한 영국 최초의 세대일 것이다. 그들의 책에서 동물을 학대하는 사람들은 무지하고 교육받지 못한 사람들뿐이다. 동물에 대한 이런 태도를 보여 주는 첫 번째 중요한 책이 『검정 말 뷰티』이다." 케이스 바커, 앞의 책. 284쪽.
10) 케이스 바커, 앞의 책. 283쪽.
11) 존 로 타운젠드, 앞의 책. 165쪽에서 재인용.

따라서 문학 속의 동물을 보면 인간이 보인다는 말이 성립될 수 있을 것이다. 그 사회가 동물을 어떻게 다루는지를 보면 아이들이 어떤 대접을 받는지를 알 수 있다. 어린이문학 속의 동물을 살펴보는 일은, 어른들이 어린이를 어떤 상태에 있는 존재로 간주하면서 어떻게 교육시키려고 하는지가 어린이에 대한 이야기에서보다 오히려 더 선명하게 드러날 수 있다. 길지 않은 어린이문학 역사에서 동물은 어떤 자리에 놓이면서 어떤 평가를 받아왔을까. 어른들의 어린이관, 동물관, 자연관이 집대성되어 있는 동물 이야기를 살펴봄으로써 우리는 한 시대와 사회가 어린이에게 어떤 수준과 목표를 요구하고, 그 일에서 어린이문학에게 어떤 역할을 기대하는지를 파악할 수 있을 것이다.

---

12) Carpenter, Humphrey and Prichard, Mari. *The Oxford Companion to Children's Literature*, Oxford University Press, Oxford, 1995. 24쪽.

2. 서구 동물 이야기의 세 가지 타입

　서구의 동물 이야기는 보통 세 가지 타입으로 나뉘어진다. 첫째, 전적으로 인간적인 행동을 하며 인간처럼 말하는 동물 이야기. 둘째, 인간과는 직접적인 연관선상에 놓여 있지 않지만 인간적인 언어구사력을 보여주면서 동물의 본성에 충실한 행동을 하는 동물 이야기. 셋째, 동물 그자체의 본성과 생태를 사실적으로 보여 주는 동물 이야기.[13]

　인간처럼 행동하는 동물 이야기는 전래동화와 우화 외에도, 아주 어

---

13) Sutherland, Zena. *Children and Books* (9th ed.) Longman, 1996. 351쪽.
마가렛 블라운트는 동물 이야기를 쓰는 작가의 경향을 세 가지로 분류하고 있다. 첫째, 동물을 너무나 사랑해서 동물에 대해 쓰지 않을 수 없는 작가들. 잭 런던, C. S. 루이스, 앨리슨 어틀리 등이 이에 속한다. 둘째, 인간에 대해 비판적이며 동물을 인간보다 더 순수하고 우월한 존재로 파악, 이 세상의 주인으로 여기는 작가들. 조나단 스위프트, 비아트릭스 포터 등이 있다. 셋째, 가장 숫자가 많은 부류인데, 의식적이건 무의식적이건 동물 이야기를 통해 독자에게 뭔가 도덕적인 가르침을 주고 싶어하는 작가들. 휴 로프팅, 비벌리 니콜스 등이 있고 C. S. 루이스에게도 그런 경향이 있다. Blount, Margaret. *Animal Land-The Creatures of Children's Fiction*, William Morrow & Company, 1975. 16–17쪽.

린 아이들을 위한 그림책에서 주로 찾아볼 수 있다. 이 경우 동물들은 인간의 장점, 약점, 감정, 습관 등 인간적 특징의 표상으로서 사용된다. 우화의 경우는 말할 것도 없고 대부분의 그림책에 나오는 인간적 동물들에서 우리는 인간의 편린을 보면서 그것을 통해 아이들이 인간과 세상과 자연에 대해, 그리고 인간 관계와 사회 생활에 대해 배우기를 바란다. "확실히 아이들은 동물과 사귐으로써 인간과 사귀는 방법에 대해 깊이 배우게 되는 것처럼 보인다."[14]는 심리학자의 견해도 있다. 아놀드 로벨의 『개구리와 두꺼비』 시리즈, H. A. 레이의 『호기심 많은 조지』 시리즈가 대표적인 작품들로 손꼽힐 수 있다.

두 번째 타입의 이야기는 동물을 다루는 현대 판타지에서 주로 찾아볼 수 있다. 이런 이야기에 등장하는 인간적 동물들은 우화에 사용되는 동물과는 또다른 차원의 의의를 획득한다. 그들은 단순히 인간의 대변인 역할만 하지는 않는다. 예를 들면, 리차드 아담스의 대하서사시적인 동물 판타지 『워터십 다운의 열한 마리 토끼』에 나오는 토끼들은 인간적인 언어뿐만 아니라 지능과 감성까지 갖추고 있으면서도 그 자신의 동물적 본성과 특질을 잃지 않고 있다.[15] 러디어드 키플링의 『정글 북』에 나오는 동물들도 서로 이해할 수 있는 공통 언어를 구사하지만, 그들의 생활은 생태계의 법칙을 충실히 따르고 있다. 집단 간의 혹은 집단 내부의 권력

---

14) 가와이 하야오/김유숙, 『아이들의 우주』, 학지사, 1997. 95쪽.
15) Egoff, Sheila. *Worlds Within*. ALA, Chicago and London, 1988. 9~10쪽.

관계, 이합집산의 역학 관계, 사랑과 증오와 죽음과 살인 등이 얽힌 치열한 갈등 상황 등은 독자들에게 야생 동물들의 본성에 대해서, 인간과 동물 사이의 관계에 대해서 깊이 들여다보게 만들어 주며, 인간과 동물 간의 경계선에 대해 보다 진지하게 고찰하도록 만드는 도전을 던진다.

세 번째 타입의 이야기를 가려내는 가장 중요한 기준은, 작가가 얼마나 그 동물의 생태를 세밀하게 관찰하여 정확하게 묘사하느냐 하는 점일 것이다. 철저히 객관적인 관찰자 시점에서 그들의 움직임을 따라가며, 인간적인 사고나 언어로 그 움직임에 동기 부여를 하고 해석하지 않아야 하는 것이다. 잭 런던의 동물 이야기가 대표적인 경우이다. 샤일라 번포드의 『믿을 수 없는 여행』은 약 400킬로미터에 걸친 험한 산맥과 광야를 넘어 옛집을 찾아가는 개 두 마리와 고양이 한 마리의 행적을 따라가고 있다. 이들은 목숨이 달린 온갖 위험을 무릅쓰고 진한 동료애를 발휘하기도 하는데, 어떤 감상도 인간적 해석도 배제한 사실적인 묘사가 오히려 이 이야기를 감동적으로 만들어 준다. 마저리 키난 롤링즈의 『아기 사슴 플랙』에서는 서부 개척 시대 외딴 숲 속에 살던 한 외로운 소년이 야생 사슴을 길들이려 하는 이야기가 철저히 사실적으로 그려진다. 소년의 갖은 노력에도 불구하고 사슴은 자라면서 점점 더 통제할 수가 없어지고, 결국 가족의 일 년치 양식이 될 밭의 새싹들을 모두 먹어 버린 후 아빠의 명령에 따라 아이가 쏜 총에 맞아 죽는다. 아마도 '애완' 동물 이야기 중 가장 비극적인 결말일 것이다. 원래 아이들용이 아니었던 데다가 '동화' 답지 않은 비극까지 보여 주지만, 이 책은 어린이책의 고전 자리에 올라서 있다. 숲 속의 동물을 길들여 보려는 눈물겨운 시도에도 불구하고 결국 좁혀질 수 없는 인간 사회와 야생 사이의 거리를 깨달은 뒤 자기 자리를 찾아가는 이 소년의 이야기는, 인간의 성숙과 동물을 매개로 한 자연 사이의 관계를 아름답게 보여 주는 대표적인 예이다.

동물 본연의 모습을 그리건 인간적인 모습을 그리건, 동화에서 동물 이야기가 큰 비중을 차지하고 있다는 것은 부인할 수 없는 사실이다. 아이들은 동물 이야기 읽는 것을 좋아하고, 어른 작가들은 동물 이야기 쓰는 것을 좋아한다. 인간의 시각으로 동물 보기, 혹은 동물의 시각으로 인간 보기는, 우리에게 이 세계를 보는 새로운 통찰력을 제공해 준다. 자기와 종족이 다르고 언어가 다른 존재에 대한 이해와 애정을 쌓아가게 하는 데에 동물 이야기처럼 적절하고 풍부한 자극을 주는 재료는 없을 것이다. 동물 이야기는 시공과 문화를 초월하여 보편적 인류의 심성에 호소하는 설득력을 갖는다. 시대적, 문화적 환경에 따라 어린이문학이 관심을 기울이는 분야는 달라질 수 있지만, 어느 시대 어느 문화권에서건 동물 이야기는 변함없이 어린이책 책꽂이의 주인 노릇을 하고 있을 것이다.[16]

---

16) 피터 헌트, 앞의 책, 293쪽.

3. 한국 동물 이야기의 유형별 분류

1999년에서 2001년 사이에 나온 한국 동화 동물 이야기 중 유형 분류를 위해 가려낸 책은 다음 25권이다. 주로 장편 동화를 대상으로 삼았자만, 단편집이라도 책 전체, 혹은 거의 대부분의 이야기가 동물을 소재로 한 작품집도 포함되어 있다.

1. 손춘익, 『마루 밑의 센둥이』, 창작과비평사, 1990

2. 곽재구, 『아기참새 찌꾸』, 국민서관, 1992

3. 이윤희, 『코뿔소에게 안경을 씌워 주세요』, 서광사. 1993 (단편집)

4. 김인만, 『날개 없는 천사의 노래』, 동쪽나라, 1995

5. 김은숙, 『날아라 구구』, 현암사, 1995

6. 이윤희, 『오리너구리의 사과 편지』, 두산동아, 1996 (단편집)

7. 김우경, 『머피와 두칠이』, 지식산업사, 1996

8. 이상권, 『하늘로 날아간 집오리』, 창작과비평사, 1997 (단편집)

9. 이규희, 『달팽이는 이제 울지 않아요』, 교학사, 1997

10. 송재찬, 『돌아온 진돗개 백구』, 대교출판, 1997

11. 소중애, 『자기가 쥐인 줄 알았던 병아리』, 예림당, 1998

12. 송 현, 『쥐돌이의 세상 구경』, 사계절, 1998

13. 박윤규, 『버들붕어 하킴』, 현암사, 1998

14. 박상률, 『까치 학교』, 시공사, 1998

15. 소중애, 『햄스터 땡꼴이의 작은 인생 이야기』, 예림당, 1999

16. 권정생, 『먹구렁이 기차』, 우리교육, 1999 (단편집)

17. 고정욱, 『나의 눈이 되어 준 안내견 탄실이』, 대교출판, 2000

18. 황선미, 『마당을 나온 암탉』, 사계절, 2000

19. 김혜리, 『보보의 모험』, 시공사, 2000

20. 이경혜, 『마지막 박쥐 공주 미가야』, 문학과지성사, 2000

21. 김혜리, 『달려라 미돌이』, 산하, 2000

22. 곽옥미, 『말박사 고장수』, 시공사, 2000

23. 김상균, 『노들나루의 누렁이』, 사계절, 2000

24. 정영애, 『생쥐네 일곱 식구』, 푸른책들, 2001

25. 이상권, 『아름다운 수탉』, 창작과비평사, 2001

동물 이야기의 분류 기준은 앞서 기술한 대로 그 동물에 어느 만큼의 인간성을 부여했는가, 작가의 동물관이 무엇인가 등 여러 가지가 있을 수 있다. 한국 동화가 다루는 동물 이야기를 분석하는 이 글에서는 동물과 인간과의 관계가 어느 정도로 밀접한가의 문제, 즉 동물과 인간 사이의 거리를 분류 기준으로 설정하였다.[17] 여기서의 거리는 동물이 인간과 얼마나 가까운 곳에서 사는가 하는 물리적인 거리라기보다는 서로가 서로의 삶에 어느 정도의 비중을 차지하는가, 어떤 의미를 가지고 있는가 하는 차원에서의 거리를 말한다. 동물이 완전히 인간화되어 있는 우화적 이야기에서는 양자 사이의 거리가 전혀 없다. 그에 비해 자연 안에서 동물적 본성에 충실한 독자적인 삶을 살아가는, 혹은 그렇게 살도록 노력하는 동물 이야기에서 인간과 동물 사이에는 물리적으로나 심리적으로 상당한 거리감이 존재한다. 그 거리의 정도에 따라 다섯 가지 이야기 유형이 추출되었다. 각 유형별 이야기가 반드시 선명하게 경계가 나뉘어지는 것은 아니며 한 유형의 작품에서 다른 유형과 겹치는 부분을 발견할수도 있지만, 그 작품이 보여 주는 동물의 가장 중심적인 특징을 가려내어 분류한 결과이다.

첫째, 동물과 인간 사이의 거리감이 거의 없이 동물의 모습에 인간을 투영시키고 있는 우화적 유형. 동물들은 인간의 간섭이 전혀 없거나 있어도 그 정도가 미미한 자신들의 영토 안에서 자신들끼리의 삶을 영위하

---

17) 이 글의 중심 분류 기준은 아니지만, 어떤 동물이 등장했는가를 나누어 보는 것도 재미있는 참고가 될 수 있을 것이다. 참고로 위 25편의 작품 중 단편집을 제외한 장편 동화들이 대상으로 삼은 동물의 종류를 살펴 보면, 단일 동물로는 개가 7편으로 수위를 차지한다. 닭, 비둘기, 황새, 참새, 까치 등 새를 다룬 동화가 8편으로 '개'와 '새'에 절반 이상의 비중이 실려 있다. 그 외에 쥐가 3편, 나머지는 물고기, 박쥐, 햄스터, 말이 각각 한 편씩이다.

지만, 그 언어와 생활과 성격에서 인간적 그림자가 짙게 배어 나온다. 동물 고유의 속성이 과장, 왜곡되는 경우가 많은데, 대부분의 단편집이 이 유형에 속한다. 『쥐돌이의 세상 구경』, 『날아라 구구』, 『보보의 모험』, 『아기참새 찌꾸』, 『생쥐네 일곱 식구』, 『코뿔소에게 안경을 씌워 주세요』, 『먹구렁이 기차』, 『오리너구리의 사과 편지』, 『마루 밑의 센둥이』 등 9편을 들 수 있다.

둘째, 동물의 운명과 생활 양태가 인간의 삶과 밀접한 관계 아래 있는 인간의존적 유형. 인간과 동물은 둘 사이의 거리를 최대한 좁히고 가까워짐으로써 서로를 이해하고 서로의 삶에 스며들어간다. 이 유형의 이야기에서 동물은 인간에 대한 애정과 전적인 충성을 통해 자신의 존재 가치를 찾는다. 『달려라 미돌이』, 『돌아온 백구』, 『나의 눈이 되어 준 안내견 탄실이』, 『날개 없는 천사의 노래』 등 4편이 있다.

셋째, 상호교류적 유형. 인간과 동물이 각자의 정체성을 잃지 않으면서 서로 대등한 교류를 통해 화해로운 공동체를 이루는 모습을 보여 주는 이야기이다. 동물과 인간은 상대의 영역을 존중하고 그것을 지켜 주기 위해 노력하면서 서로의 삶이 균형있게 어울리는 모습을 보여 준다. 이야기의 발단이나 전개 과정에서 상대를 오해하거나 적대시하거나 이용하는 경우도 있지만 결말은 화해와 균형을 향해 나아간다. 『노들나루의 누렁이』, 『아름다운 수탉』, 『하늘로 날아간 집오리』, 3편이 있다.

넷째, 동물이 인간의 삶에서 갈등 설정이나 해결을 위한 장치 혹은 상징으로서의 역할을 하는 도구적 유형. 여기서 무게 중심은 주인공 인물이 가지고 있는 갈등, 소망 혹은 독자에게 전달하고자 하는 메시지에 쏠려 있으며, 동물은 상징적 코드나 부차적 도구로 사용된다. 둘째 셋째 유형에서 인간과 동물이 공동 주연이라면 여기서는 인간이 주연, 동물은 조연의 역할을 맡는다. 『달팽이는 이제 울지 않아요』, 『말박사 고장수』, 『까치학교』 등 3편이 이 유형에 속한다고 볼 수 있다.

　마지막 다섯째로 독립적 유형이 있다. 동물로서의 자기 본성에 충실하면서 자기 정체성을 찾으려는 동물에 관한 이야기이다. 그들은 자유로운 삶, 동물로서의 자기 자신에 충실한 삶을 찾아 인간과 대결하거나 다른 동물, 자연과 대결하기도 한다. 인간은 동물에게 그 대결의 빌미를 제공하거나, 관찰과 풍자, 극복의 대상이 된다. 『마지막 박쥐 공주 미가야』, 『버들붕어 하킴』, 『마당을 나온 암탉』, 『햄스터 땡꼴이의 작은 인생 이야기』, 『자기가 쥐인 줄 알았던 병아리』, 『머피와 두칠이』 등 6편이 있다. 위 분류 결과는 다음과 같이 도표화할 수 있다.

	유형	동물과 인간의 관계	해당 작품	해당 동물
1	우화적	동물(=인간)	1. 쥐돌이의 세상 구경 2. 날아라 구구 3. 보보의 모험 4. 아기참새 찌꾸 5. 생쥐네 일곱 식구 6. 코뿔소에게 안경을 씌워 주세요 7. 먹구렁이 기차	쥐(2) 비둘기(2) 참새 개

			8. 오리너구리의 사과 편지	
			9. 마루 밑의 센둥이	
2	인간의존적	동물⊂인간	1. 달려라 미돌이	개(4)
			2. 돌아온 백구	
			3. 나의 눈이 되어 준 안내견 탄실이	
			4. 날개 없는 천사의 노래	
3	상호교류적	동물↔인간	1. 노들나루의 누렁이	개
			2. 아름다운 수탉	닭
			3. 하늘로 날아간 집오리	
4	도구적	동물<인간	1. 달팽이는 이제 울지 않아요	황새
			2. 말박사 고장수	말
			3. 까치학교	까치
5	독립적	동물	1. 마지막 박쥐 공주 미가야	박쥐
			2. 버들붕어 하킴	물고기
			3. 마당을 나온 암탉	닭
			4. 햄스터 땡꼴이의 작은 인생 이야기	햄스터
			5. 자기가 쥐인 줄 알았던 병아리	쥐
			6. 머피와 두칠이	개

1) 우화적 유형

'동물 혹은 동물화된 사물을 주인공으로 한 허구적 이야기'인 우화는, 표면적인 스토리 뒤에 숨겨진 의미를 가지고 있는 것을 특징으로 한다. 그리고 그 숨겨진 의미는 주로 인간의 행위, 정신, 정서에 대한 풍자적 코멘트일 경우가 많다.[18] 목소리가 예쁘겠다는 여우의 아부에 넘어가 노래를 부르겠다고 입을 벌리는 바람에 물고 있던 치즈를 놓치는 까마귀, 느긋하게 낮잠 자다가 거북이와의 경주에서 지는 토끼 이야기 등, 명백한 예는 셀 수 없을 정도이다. 어린이를 위한 읽을거리가 따로 없었던 때에 우화가 전래동화와 함께 각광 받는 독서 자료가 되었던 이유는 이런 인간성에 대한 교육 효과 때문이었을 것이다. 실제로 우화는 어린이들이 스스로 선택했다기보다는 존 로크를 필두로 한 교육학자들에게서 아이들에게 '올바른right' 책으로 권장받았다고 하는 편이 정확할 것이다.[19] 그만큼 우화는 아이들에게 가르칠 만한 요소가 많은 이야기로 여겨졌고, 동물들은 인간들이란 어떤 존재인가, 어떻게 행동해야 하는가를 보여 주는 풍자적, 도덕적 교훈을 주기 위해 인간적 특성을 재현하는 모습으로 나타나고 있다. 이 이야기에서 인간은 바로 동물이며, 동물은 인간이다. 둘 사이가 완전히 겹쳐져 하나가 됨으로써 동물의 입에서 나오는 인간의 이야기가 가능해진다.

우화의 이런 의도는 "생쥐네 일곱 식구를 **통하여** 가족 간의 끈끈한 사랑과 서로서로 도와 주는 이웃 간의 보이지 않는 사랑을 이야기하고 싶었"[20]다거나 "찌꾸를 **통해서** 나는 이 세상에서 어울려 사는 모든 자연과 인간이 '한 꿈'을 꾸는 '한 몸'이라는 사실을 이야기하고 싶었"[21]다거나,

---

18) 험프리 카펜터와 마리 프리차드, 앞의 책, 173쪽.
19) 마가렛 블라운트, 앞의 책, 26쪽.
20) 정영애, 『생쥐네 일곱 식구』, 글쓴이의 말 중.
21) 곽재구, 『아기참새 찌꾸』, 글쓴이의 말 중.

"한 마리 작은 새를 **통해** 세상을 보고 싶었"²²⁾다는 작가들의 말에서 확연히 드러난다. 그들은 동물 이야기 "하나하나가 내 안에 들어 있는 또다른 나의 정직한 모습"²³⁾이라거나 "잘 보이는 것보다 드러나 보이지 않는 것이 더 아름다울 수 있다고 생각을 바꾼" 뒤 "버려지고 숨겨진 목숨을 찾아 그것들을 이야기로 썼"²⁴⁾다고 고백하고 있다. "불구의 몸으로 자신보다 남을 먼저 생각하는 보보를 보면서 어린이 여러분은 어떤 생각을 갖게"²⁵⁾ 됐느냐는 질문이 있는가 하면, "동서양의 유명한 고전이나 영적 스승들의 책 속에 담겨 있는 다양한 우화에다 내 나름의 살을 붙이고 옷을 입힌", "재미있고 지혜로운 이야기가 담겨 있는 이 책이 세상을 보는 다양한 시각을 갖게 하고 다양한 사람들의 다양한 생각을 배울 수 있는 지혜의 주머니가 되길"²⁶⁾ 바란다는 희망도 있다.

우화적 이야기에서 동물들의 본성과 자연적 생태가 작가의 교훈적 의도에 따라 왜곡되는 경우는 흔히 볼 수 있다. 『생쥐네 일곱 식구』에서는 서식 분포대가 다른 원숭이, 생쥐, 방울뱀, 반달곰 등이 한데 어울려 산다. 생쥐와 두더지가 결혼을 하고, 생쥐가 새를 키우고, 독수리가 종이 다른 새를 입양해 들인다. "이웃 간의 사랑"을 전달하기 위해 장치된 이

22) 김은숙, 『날아라 구구』, 글쓴이의 말 중.
23) 이윤희, 『코뿔소에게 안경을 씌워 주세요』, 글쓴이의 말 중.
24) 권정생, 『먹구렁이 기차』, 글쓴이의 말 중.
이 단편집에는 그 말마따나 지렁이, 구렁이, 토끼, 오소리, 죽어가는 물총새, 농약 중독으로 몰살당하는 왜가리 일가족 등 주로 슬픔과 연민과 인간으로서의 죄책감을 불러일으키는 동물들이 등장한다.
25) 김혜리, 『보보의 모험』, 글쓴이의 말 중.
26) 송 현, 『쥐돌이의 세상 구경』, 글쓴이의 말 중.

런 우화적 의도는, 여우, 까마귀, 생쥐, 소쩍새, 동박새, 방울뱀, 토끼, 원숭이, 부엉이, 달팽이 들이 모여서 회의하는 장면에서 한 뚜렷한 예를 보여 준다. 동물들은 회의를 거듭한 끝에 숲 속의 한정된 자원을 혼자 너무 많이 사용하는 반달곰을 결국 받아들이는 것이다. 반달곰이 식량을 얼마나 먹어치울지를 계산하는 생쥐에게 "세상엔 계산으로 답이 나오지 않는 것이 너무 많단다."고 타이르는 부엉이의 말은 작가의 메시지를 집약적으로 담고 있다.

자신의 한계와 현실의 제약을 넘어서 특별한 어떤 곳에 도달하고자 하는 인간적 소망은 동물을 더 높은 곳, 넓은 곳으로 내보내는 이야기에서 주로 나타난다. 남다른 비행 솜씨를 갖추어 어딘가 새로운 세상으로 나가기 위해 노력하는 새들을 다루는 『아기참새 찌꾸』, 『날아라 구구』, 『보보의 모험』은 자그만 텃새인 비둘기, 참새를 햇님과 대화할 정도의 높은 곳으로 오르게 하는가 하면, '비둘기 재활 학교'를 운영하게도 하고, 어디인지 모르는 초원을 찾아 수많은 모험을 겪게 한다. 『쥐돌이의 세상 구경』의 생쥐는 말 그대로 세상을 돌아다니면서 시와 아름다움, 자유와 자비, 쓸모있음과 쓸모없음 등에 대해 벅찬 사유의 과정을 거친다. 이 이야기들은 성장과 깨달음, 자아 탐색, 자기 초월 같은 추상적 관념을 따라가면서 "귀하고 훌륭한 것은 하루 아침에 이루어지지 않아.", "평화란 자기 안에 있는 것이지 밖에 있는 것이 아닌걸.", "학교를 하루 결석하는 것보다는 생명의 고귀함을 깨우치는 것이 훨씬 중요한 일이지요."[27], "슬픔을 통해서 기쁨의 가치를 제대로 알 수 있기 때문이지. 쥐돌이 네가 좀더 크면 알게 될 거야." 등등, 작가의 교훈적 메시지가 등장 동물들의 입을 통해 직설적으로 부어지는 서술법을 사용하고 있다.

『코뿔소에게 안경을 씌워 주세요』의 이야기들은 동물의 본성적 생태를 비교적 충실히 그리고 있지만, 그 해석은 지극히 인간적인 시각에서 나오고 있다. 기린은 인간과 똑같이 목뼈가 일곱 개지만 그렇게 길게 늘어난 이유는 바로 교만함이라는 것, 곰은 자신의 식탐에 대한 자책으로 겨울잠을 잔다는 것, 낙타는 숨어 있는 오아시스를 찾으러 다니는 술래라는 것 등. 그러면서 작가는 "언젠가 네가 서 있는 곳이 사막이라고 느껴지거든 (…) 작은 기쁨과 솟구치는 소망의 샘을 찾아 내는 술래가" 될 것을 권하기도 하고, 커다랗고 멋진 뿔을 짝짓기철 힘겨루기에만 쓰는 사슴에 빗대 자기가 가진 힘을 외세를 물리치는 데 쓰는 게 아니라 동족을 짓누르는 데 쓰는 인간군을 "쓸개 빠진 녀석들!"이라고 풍자하기도 한다.

『마루 밑의 센둥이』는 달동네 가난한 집 마루 밑에서 그 집 식구들을 연민 어린 눈으로 관찰하며 동네 개들과 어울리다가 재개발로 마을이 헐리자 자유를 찾아 떠돌이가 되는 개 이야기다. 여러 모습으로 사는 개들을 상당히 사실적으로 묘사하고 있지만, 센둥이를 비롯한 개들이 끊임없이 인간의 삶에 대해 논평하고 의미를 부여하면서, 평등하고 화해롭고

---

27) 이 문장의 뜻은 아마 '학교를 하루 결석하더라도 생명의 고귀함을 배우는 일이 더 중요하다'일 것이다. 그러나 구조상으로 보자면 '학교를 하루 결석하는 일은 중요한 일이다, 그러나 생명의 고귀함을 배우는 일은 더 중요하다'가 된다. 이 책에서는 이렇게 부정확하고 거친 문장들이 눈에 많이 띈다.

정의로운 사회를 향한 소망을 토로하는 모습은 지극히 우화적이다. "굶주리지 않고 자유롭게 살아갈 수 있는 세상"을 향한 희망을 갖고 "그렇게 되기 위해서는 우리 모두 힘껏 노력을 해야지. (…) 옳은 일이라면 그것을 지키고 실천할 수 있도록 최선을 다해 싸워 나가야" 한다는 센둥이의 말은 "우린 결코 물러날 수가 없습니다."는 철거 대책반 대표의 말과 그대로 겹치고 있다.

우화적 유형의 이야기는 분석 대상 작품 중 가장 많은 9편을 차지한다. 동물 이야기를 통해 사실은 인간 이야기를 하고, 그 이야기를 통해 아이들에게 뭔가 가르침을 줄 수 있다는 우화의 쓰임새가 아직도 널리 받아들여지고 있는 것이다.

2) 인간의존적 유형

시각장애인 안내견 훈련을 받고 예나의 눈 노릇을 하는 탄실이, 자폐증에 지체장애인 미정이를 그림자처럼 따라다니며 친구 노릇을 하다가 미정이가 죽자 얼어죽을 지경이 될 때까지 무덤을 지키는 순돌이, 자기를 팔아 버린 주인을 찾아 대전에서 진도까지 먼 길을 되짚어 온갖 고생 끝에 돌아가는 백구, 자기를 보살펴 주던 전경을 찾아 헤매다 파출소에 자리를 잡고 아예 식구가 되어 버린 미돌이. 인간이 없으면 삶의 동기도, 의미도, 보람도 없는 동물들을 다룬 이야기 4편은 공교롭게도 모두 개가 주인공이다. 인간이 야생 동물 중 가장 먼저 길들여 가장 유용하게 사용한 개. 실용적인 면에서뿐 아니라 정서적인 면에서도 개는 인간이 가장 많이 빚지고 있는 동물일 것이다.

동물과 인간 사이에 깊은 정서적 유대가 형성되어 그 둘이 뗄레야 뗄 수 없는 사이가 되어 가는 과정을 그리는 이야기는 각별한 감동을 줄 수 있다. 판타지가 아닌 현실에서 동물과 의사소통이 가능할 뿐만 아니라 서로의 삶에 깊숙이 침투해 들어가 얽히는 경지에까지 이른다면, 인간에게는 굳게 문이 닫혀 있는 자연의 비밀스러운 영역 안으로 초대받는 듯한 신비감마저 느낄 수 있을 것이다. 그러나 한편으로 이 얽힘이 어느 한 쪽의 일방적인 복종과 헌신 위에 세워져 있지 않은지 유의할 일이다. 술에 취해 잠든 주인이 누운 풀밭에 불이 붙자 제 몸을 희생시켜 불을 끈 개는 인간과 개 사이의 깊은 애정과 유대감을 보여 주는 사례로 칭송받지만, 초점이 인간과 개 사이의 애정이 아니라 주인에게 바치는 개의 충성에 맞춰진다면 그것은 인간과 동물 사이의 주종 관계를 공고히 하는 억압적 이데올로기 강화나 마찬가지일 것이다. 특히 우리가 아이들을 동물과 비슷한 야만인으로 여기면서 문명화된 인간처럼 사고하고 행동하는 법을 가르치는 대상으로 간주한다는 혐의가 제기되어 있다면, 인간에게 극진한 애정과 끝없는 헌신을 바치는 개의 이야기를 통해 혹시 우리는 아이들 앞에서 무조건적이고 절대적인 순응의 가치를 소리 높이 외치고 있는 것은 아닌지 조심스레 돌아볼 필요가 있다.

『돌아온 진돗개 백구』는, 개의 자아 확립에 있어 제일 조건이 인간과의 관계에 있음을 강조하는 이야기이다. 갓 태어난 어린 백구에게 엄마가 처음으로 정색을 하고 들려 주는 말이 "너희들은 (…) 조선 사람들이 아주 옛날부터 사랑해 온 조선의 개란다. (…) 우리 진돗개들은 예전부터 주인을 내 목숨처럼 여기며 살아왔단다."이다. 백구에게 인생의 표본으로 제시되는 것은 해남으로 팔려 갔다가 바다를 헤엄쳐 진도로 돌아온 할머니이다. 『나의 눈이 되어 준 안내견 탄실이』도 마찬가지로, 은퇴한 안내견인 평강 할아버지는 멋모르는 어린 시절을 보내고 훈련소로 들어온 탄실이의 머릿속에 "안내견은 세상 사람들이 주는 사랑을 먹고 자라며 그 사랑을 희망으로 돌려 준단다.", "훌륭한 일을 하기 위해서는 항상 희생이 뒤따르는 법이란다."라는 말로 희생을 각오하고 인간에게 희망을 주어야 하는 안내견의 임무를 새겨 넣는다. 이 두 개의 일생은 전적으로 인간을 축으로 한 삶이 된다. 제목 속의 '돌아온' 과 '나의' 라는 단어부터 이 이야기들의 중심 입장은 인간이라는 사실을 단언하고 있지 않은가.

이 개들에게 있어서 최고의 미덕은 자신의 본능을 억제하고 인간에게 완벽히 길들여지기, 야성을 죽이고 인간에게 돌아가기이다. 백구는 함께 떠돌이 개가 되자고 설득하는 블랙을 거절하고, 멧돼지를 죽이고, 늑대와 싸워 이기면서 자기 안의 야성을 철저히 눌러 버린다. 그리고 눈앞의 조그만 이익을 위해 자신을 팔아 버린 주인을 너그럽게 이해한다. 그것은 개의 운명이다. "그렇다고 사람을 원망해선 안 돼. 그게 우리의 삶이야. (…) 사람들의 칭찬을 받으며 귀히 여겨지던 개들도 쓸모가 없어지면 보신탕 신세가 되고 마는 세상이야. 그건 어쩔 수 없는 개의 운명이지." 하던 이웃집 황구 할아버지의 말을 생각하는 백구의 자세는 개의 운명에 관한 한 인간은 언제나 옳으며 그 인간의 손에 전적으로 자신을 맡기겠다는 수긍과 수락의 자세이다. 자기를 옭아매 보신탕용으로 팔려던 인간까지도 백구는 비난하지 않는다. 수많은 죽을 고비를 넘기고 돌아와 그 고비가 자기를 "지혜롭게" 만들어 주었다고 생각하는데, 그 지혜란 "어떻게 개들이 그 복잡한 사람들의 세계를 다 이해할 수 있겠"는가이다.

탄실이는 먹고 자고 행동하는 것 모두 엄격하게 통제받으며 시각장애인의 눈 역할을 하는 일에 일생을 바쳐야 한다. 어미개가 되는 것도 포기해야 한다. 탄실이도 "자신의 본능을 억제하면서 오로지 주인의 입장을 헤아리며" 사는 안내견의 삶을 수락한다. "남을 위해 더욱 봉사하는 삶을 살아야겠다고 결심"하면서. 안내견으로서의 운명을 받아들이지 않으려 하는 개 우담이가 "온전히 자신을 버리지 않"아서 좋은 주인을 만나지 못하고 자꾸 훈련 학교로 되돌아오는 것이 안됐고, 언젠가는 깨달을 날이 있을 거라고 생각한다.

어린 백구나 탄실이에게 인간을 위해 충성을 다할 것을 가르치는 것이 인간이 아니라 어른 개들이라는 사실은 주목할 만하다. 백구나 탄실이는 인간과의 깊은 정서적 교류에서 생기는 애정으로 헌신하는 것이 아니라 연역적인 당위성에 의해 충성하기 때문이다. 백구와 서영이 그리고 할머니 사이, 탄실이와 예나 사이에 각별한 사랑과 배려가 있는 것처럼 보이지만, 독자가 정서적으로 몰입하여 공감할 만한 동기는 그려지고 있지 않다. 서영이와 할머니는 평범한 개 주인 역할에서 더 나아가고 있지 않으며, 예나가 탄실이에게 자기가 어떻게 시력을 잃었는지를 눈물 흘리며 설명하는 것만으로 둘 사이의 유대감은 순식간에 형성된다. 탄실이와 백구의 충성심은 거의 유전자에 각인된 형질인 듯하다. 원래 인간에게 충성하도록 타고난 개들, 윗세대 개들에게 전해받은 그 모토를 일말의 의문도 제기하지 않고 자기 것으로 받아들여 실천하는 아랫세대 개들. 여기서 우리는 동물들에게(아이들에게) 서로 이해하고 공감하게 되는 길고 힘든 과정을 바탕으로 한 신뢰와 헌신과 사랑을 원하는 것이 아니라, 자신의 편의에 의해 설정된 틀을 따르는 복종을 원하는 인간을(어른을) 본다.

인간과 동물 사이에 실천적으로 교감이 이루어지는 과정이 단서로 제공되는 경우, 동물의 헌신은 설득력과 공감을 얻을 수 있다. 『날개 없는 천사의 노래』는 어느 정도 그런 단서를 제공하고 있다. 개장수에게 팔려 가다 극적으로 탈출한 순돌이는 개 훈련소에 몸을 의탁하지만 값비싼 훈련견에 밀려 홀대를 받는데, 말도 못 하고 학교도 못 다녀 친구 하나 없는 정신장애아 미정이에게 지극한 애정을 쏟아붓는다. 약하고 소외당하는 존재끼리의 본능적인 동병상련의 정은 순돌이가 미정이에게 바치는 정을 설명해 주고 있다. 『달려라 미돌이』에서는 인간의 보살핌을 애타게 찾는 어린 강아지의 심정이 독자에게 애틋하게 전달된다.

3) 상호교류적 유형
산 속의 먹을 것이 떨어져 가축을 잡아 먹는 살쾡이와 그 가축을 지키기 위해 살쾡이를 잡아쪽 하는 마을 사람들 사이의 치열한 싸움을 그린 「밤의 사냥꾼 살쾡이」를 비롯한 동물 이야기가 담겨 있는 『하늘로 날아간 집오리』는 인간과 동물이 함께 살아가는 삶에 대해, 생명의 존엄성에 대해, 생명체들이 각자 지켜내고 있는 삶의 방식에 대해 경외심을 갖고 존중해 줄 것을 부탁하고 있다. 그러나 그 부탁은 작가의 표면적인 외침이 아니라 서로 얽혀 있는 동물과 인간의 삶에서 깊이 익어 우러나는 말 없는 메시지로 전달된다. 동물과 인간은 서로 관찰하고, 탐색하고, 의지하고, 때로 투쟁하지만, 기본적으로는 서로의 삶의 영역과 방식을 이해하고 존중한다. 어느 한쪽이 다른 한쪽에 종속적으로 소속되는 것이 아니라 동등한 차원에서 서로의 삶을 나누는 것이다. 인간과 동물은 각자의 삶 사이에 일정한 거리가 있음을 확인한다. 이 거리는 다람쥐를 자식처럼 키우는 할머니 이야기인 「고양이가 기른 다람쥐」에서처럼 지극한 애정으로 좁혀지기도 하고, 역설적으로, '문태 형'과 대담한 야생 족제비가 상대방의 습성과 심리를 구석구석 알아내는 「두 발로 걷는 족제비」에서처럼 목숨 건 전의로 좁혀지기도 한다.

그러나 그들은 결국 인간으로서, 야생 동물로서 상대방을 받아들인다. 수달에게서는 "사람이 멀리 있을수록 좋"다는 해남 할아버지. 발톱으로 할퀼까 무서워 부들부들 떨면서도 제가 걸린 쥐덫을 풀어 주는 어린 소년을 반항하지 않고 지켜보다가 풀려난 뒤, 다시는 그 집 닭을 잡지 않았다던 살쾡이. 어쩌다 제 방에 갇혀 한겨울을 필사적으로 살아낸 들쥐를 잡으려 갖은 애를 쓰다가 결국 피투성이가 되어 탈출에 성공한 녀석의 흔적을 본 후 들쥐 집을 발견하면 모른 척 지나쳐 주는 소년. 이들은 모두 상대방의 삶의 방식과 자신 사이의 거리를 존중한다. 동물과 인간 사이에 애정과 신뢰와 평화뿐만 아니라 미움과 투쟁과 죽음이 존재하는 것도 그런 이유에서이다. 그것이 생명의 기본 질서이고 우리가 인정해야 할 다양한 삶의 양태이기 때문이다. 이 메시지는 다람쥐를 키우던 할머니의 깨달음에 선명하게 나타나 있다.

> 돼지를 집 안에서 키우는 사람들 (…) 뱀이나 원숭이도 사람처럼 키운다. 하지만 그런 사람들도 반성해야 한다고 어머니는 중얼거렸다. 동물이 사람처럼 살 수는 없기 때문이다. (…) 더러운 돼지 우리일지언정, 무서운 천적들이 도사린 숲 속일지라도, 동물들은 그 곳에서 자유롭게 살고 싶어한다.[28]

『노들나루의 누렁이』의 기본 줄거리는 개싸움, 개경주, 표범사냥 등에 개를 사용하는 인간을 중심으로 풀려 나간다. 누렁이는 욕심 많은 인간에게 도구로 쓰이는 듯 보일 수도 있다. 그러나 이 이야기에서는 누렁이가 독자적으로 가지고 있는, 인간이 간섭할 수 없는 개로서의 자유 의지가 보인다. 다른 개와 싸우고, 경주에서 혼신의 힘을 다해 달리고, 짝이 표범에게 당하자 혼자 밤중에 나가 표범과 전면 승부를 벌이는 누렁이의

---

28) 이상권, 『하늘로 날아간 집오리』, 165쪽.

244

모습은 전혀 인간 의존적이지 않다. 누렁이를 통해 살아가는 의미와 재미를 새록새록 찾아가는 점백이 아저씨와 참기름 가게 아저씨도 개에게 무조건적인 봉사를 요구하지 않는다. 짝을 맞는 누렁이를 위해 개집을 청소하고 새 밥그릇을 장만하는 은영이 어머니, 따뜻한 깔개를 만들어 주는 선영이, 백설이를 누렁이 집에 맡기고 눈물 흘리는 순자. 식음을 전폐하고 옛주인을 그리는 백설이를 위해 한나절을 걸어 옛집으로 데려가 주는 어린 은영이. 인간들은 동물에게서 동물 이상의 능력이나 도덕을 바라지 않는다. 누렁이에게 목숨을 잃은 표범 짝귀에게도 은영이 아버지는 예를 다한다. "사실 따지고 보면 짝귀도 불쌍한 놈"이다. "짐승들이 마음 놓고 살아갈 수 있는 산이 점점 줄어드니 자꾸 사람 사는 곳까지 와서 먹이를 찾는 게 아니겠"는가. 만일 누렁이가 죽었으면 그는 짝귀와 함께 묻어 줄 생각이었다. "비록 살아서는 서로 죽도록 싸웠지만 죽어서는 그렇게 함께 묻혀 다 용서하고 친구가 되었으면" 하는 마음으로.

『아름다운 수탉』 역시 좁은 집 안에서 인간들에게 길러지기는 하지만 결코 길들여지지 않고 본성을 지켜내는 멋진 수탉 이야기이다. 하루살이나 다름없는 위태로운 목숨인 수평아리를 사다가 죽을 고비를 넘기고 의젓한 아빠 닭이 되도록 키워낸 일가족의 정성이 따뜻하게 그려진다. 닭 한 마리 때문에 그들의 삶에는 많은 말썽이 생기고 치뤄야 할 대가도 만만치 않지만, 긍정적인 변화와 성장 또한 없는 것이 아니다. 닭도 인간의 은공을 갚기 위해 노심초사하지 않고 닭으로서의 삶을 당당하게 살아갈 뿐이다. 닭과 인간은 서로서로 빚지고, 서로서로 갚으면서 서로서로 커

간다. 모자라는 것도, 넘치는 것도 없다.

　작가들이 이 유형의 이야기에서 전달하려고 하는 메시지에는 두 가지가 있다. 첫째, 동물과 그들의 삶 자체에 대해 이해할 것, 둘째, 동물의 삶에 대해 인간이 일정하게 가지고 있는 영향력을 인식하고 그에 따른 책임을 다하라는 것이다. "재미있게 읽고, 누렁이와 같은 개는 물론 다른 동물들도 깊이 이해하고 사랑했으면 좋겠"[29]다는 말, "동물들에게도 나름대로 삶이 있다고 생각"하고 "사람과 동물이 어떻게 함께 살아왔는지도 알게 될" 것을 바라고, "이제 앞으로는 작고 하찮은 동물일지라도 함부로 대하지 않"[30]기를 바란다는 말, "아무리 하찮은 동물이라 해도, 인간이 기를 때는 책임이 따른다는 사실 (…) 그런 동물도 너희랑 똑같은 하나의 생명"이니 "적당히 기르다가 버릴 바에는 처음부터 기르지 않"는 것이 좋다는 말이 그것을 전해 준다.

　4) 도구적 유형

　교통 사고로 세상을 떠난 아빠, 돈을 벌어 온다며 뭍으로 간 뒤 소식이 없는 엄마. 할머니와 단둘이 사는 고장수에게 정 붙일 것이라고는 제주도 특산 조랑말인 조랑순이뿐이다. 『말박사 고장수』에서 냄새 때문에

---

29) 김상균, 『노들나루의 누렁이』, 글쓴이의 말 중.
30) 이상권, 『하늘로 날아간 집오리』, 글쓴이의 말 중.

반 친구들에게 따돌림을 받으면서도 극진히 말을 돌보는 장수는 조랑순이와 함께 가끔 환상 여행도 떠난다. 말 나라에 가서 환대를 받기도 하고, 설화 속 제주도로 들어가 여러 가지 초현실적 사건을 겪기도 한다. 그러나 이 이야기는 동물과 인간이 같은 차원에서 서로의 삶 속으로 스며들어가는 상호교류적 유형으로 읽히지 않는다. 표면적 이야기의 비중은 말 돌보기에 기울어져 있는 듯이 보이지만, 장수의 무의식 속의 지향점은 가족 관계, 친구 관계에 쏠려 있기 때문이다. 장수는 언제나 세상에 없는 아빠와 집으로 돌아오지 않는 엄마를 그리워하며, 부재하는 부모 때문에 생기는 상실감을, 조랑순이와 조랑순이의 새끼인 조랑일마를 통해 달랜다. 말하자면 조랑말은 인간 관계에서의 결핍을 해소하는 도구로서의 역할을 하고 있는 것이다.

장수에게 조랑순이와 조랑일마가 중요한 것은 그 말들이 아빠, 엄마와 자신을 이어 주는 강력한 연결 고리이기 때문이다. 특히 지상에 없는 아빠는 조랑순이와 조랑일마를 통해 자신의 존재를 늘 장수에게 일깨워 준다. 그 연결 고리들은 이야기 곳곳에서 드러난다. "조랑순이라는 이름은 장수의 아빠가 지어" 준 것이다. 곧 새끼를 낳을 조랑순이를 보며 "나는 말부자다."라고 소리를 질러 보아도 "마음 한구석은 여전히 텅 빈 느낌"이다. "엄마에게선 벌써 일 년째 아무런 소식이 없"기 때문이다. "조랑순이의 따뜻한 몸에 기대고 있으면 몸과 마음이 따뜻해"지는 것도 "꼭 엄마 아빠 품처럼 포근하게 느껴"지기 때문이다. 장수가 새끼를 밴 조랑순이에게 정성을 다하는 이유도 "세상을 뜬 아빠가 들려 준 말을 가슴 속에 그대로 간직하고 있기 때문"이다. 장수는 아빠가 생전에 이른 대로 말먹이를 구하기 위해 이웃 마을까지 다닌다. 조랑순이는 장수에게 아빠의 존재감을 주고 아빠를 살아 있게 만드는 말(언어)의 화신으로서의 말(동물)이다.

장수가 "갑자기 자신이 대단한 사람이 된 것 같"은 기분을 느끼는 것도 조랑순이가 새끼 낳는 것을 계기로 친구들의 관심이 쏠리기 때문이다. 친구들의 놀림을 막아 주는 우호적인 담임 선생, 조랑말 목장 설립을 목표로 파견된 아빠를 따라 전학 온 예쁜 여자 친구 아름이, 아름이 아빠와의 교류도 모두 말이 매개가 된다. 조랑순이가 목장으로 거처를 옮겨 훈련을 받은 끝에 경주에서 우승한 뒤 돌아온 엄마는 일자리를 얻어 장수와 함께 목장에서 살기로 한다. 현실적인 결핍이 모두 충족된 그날 밤 장수가 꾼 꿈에는 아빠가 등장하여 심리적 결핍까지 채우는 대단원을 보여 주는데, 그 꿈 속에 말은 등장하지 않는다. 꿈 속에서 아빠와 함께 만든 눈사람은 장수가 낮에 그림에 그려 넣었던 "할머니 눈사람, 엄마 눈사람, 꼬마 눈사람"일 것이다. 말하자면 무의식에 찍힌 가족 기념사진인 셈인데, 그림 속에는 있던 말들이 그 사진 속에는 없다. 헤어진 가족을 이어 주고 현실적, 심리적 결핍을 해소하는 도구로서의 역할을 다하고 빠져나온 것이다. 그리고 그들은 이제 장수가 아무 거리낌없이 눈부신 눈밭에서 신나게 "함께 뛰놀고 싶"은 친구로서의 역할을 새롭게 맡을 수 있을 것이다.

『달팽이는 이제 울지 않아요』에 나오는 주요 동물은, 달팽이가 아니라 황새이다. 언어 장애에 행동 장애까지 있어 학교에도 다닐 수 없는 "반푼이" 갑수의 별명이 달팽이다. 달팽이는 어느 소나기 그친 날 잠시 등장하는데, 그것은 갑수에게 아무리 느려도 자기가 할 일은 해낼 수 있으며 해내야 한다는 깨우침을 주기 위해서이다. 사람들의 놀림이 없는 별나라를 동경하던 갑수는 어느날 저수지에서 총에 맞은 하얀 새가 자신을 별나라로 데려다 주리라 믿고, 폐교의 공작새 우리에 몰래 넣고 돌봐준다. 그리고 부도를 낸 채 폐교의 숙직실에서 도피 생활을 하는 그 마을 출신 아저씨. 두 사람은 황새 돌보기를 매개로 친해지고, 아저씨는 애초에 결심했던 자살 대신 자수를 택한다. 황새가 노출되고 그 사연이 알려진 뒤 갑수는 신문 기사에 감동한 어느 재활 병원 측의 호의로 치료를 받으러 떠난다. 외로운 장애인 아이와 죽음을 생각했던 범법자를 맺어 주고 구해 주는 황새. 그로써 황새의 역할은 마감된다. 갑수는 사람들이 황새를 동물원으로 데려간 뒤 충격으로 앓기까지 하지만, 황새의 빈 자리는 친구들이 접어 준 종이학과, 자신을 별나라(재활 병원)로 데려 가는 하얀 새(병원 차)로 곧 대체된다. 갑수는 병원 차 안에서 "마치 하얀 새 등에 올라탄 채, 내가 그토록 가고 싶었던 별나라를 향해 날아가는 것처럼 너무너무 기쁘기만 하"다. 황새는 도구로서의 제 역할을 성공적으로 다한 셈이다. 갑수는 "나의 하얀 새를 (…) 별나라로 가기 위해서 돌본 것이었으니까."

『달팽이는 이제 울지 않아요』가 울음을 그친 달팽이에 관한 이야기가 아닌 것처럼, 『까치학교』도 까치들이 다니는 학교에 관한 이야기가 아니다. 까치가 많이 살아서 까치마을이라고 불리는 동네에 사는 아이들이 다니는 작은 학교가 바로 까치학교이다. 본교가 분교로 줄어들었다 폐교가 되었다 다시 살아나는 과정에 까치는 아무 상관이 없다. 그러나 까치는 웃음소리 같은 갖째잭 갖째잭 소리로 늘 그 자리에서 울며, "좋은 소식"에 대한 희망을 심어 준다. 까치는 그렇게 소망을 나타내는 기호로 쓰인다. 오염으로 죽어가는 바닷가 마을에서 살 희망이 없어 서울로 이사 간 은수네가 데려갔지만, 어떻게 왔는지 그 먼 길을 걸어 다시 돌아온 개 노랑이와 함께 까치는 자연 회복, 공동체 회복에 대한 하나의 상징이다. 아이들의 졸업 사진에 까치 부부가 함께 찍히는 것은 너무나 당연하다.

5) 독립적 유형

인간으로부터 자유로운, 독립적인 삶을 살아가는 동물을 다루는 이야기가 예상보다 많았고, 예상보다 다양하다는 사실을 확인하는 일은 즐거운 경험이었다. 블루길과 베스 같은 외래종 물고기와 싸우는 버들붕어 · 금강모치 · 쉬리 같은 민물고기들, 양계장의 삶을 거부하고 나와 청둥오리 알을 품어 키우는 암탉, 종족의 몰살을 지켜보아야 하지만 포기하지 않고 왕국 재건에 나서는 박쥐, 한껏 인간을 빈정거리면서도 우리 안에 갇힌 애완 동물로서의 제 삶을 낙천적으로 받아들이는 햄스터, 알에서 깨어나 처음 본 쥐를 엄마인 줄 알고 따라가 동생 쥐들을 힘껏 보살피며 사는 병아리, 절대로 믿을 수 없는 사람의 곁을 떠나 자유를 찾아가는 개. 이 유형의 이야기들은 동물의 종류도, 이야기의 성격도 모두 개성적이고 독립적인 양상을 보여 준다.

대부분 삼인칭 서술을 쓰고 있지만[31] 주인공 동물의 자아에 쉽게 접근할 수 있는 일인칭 서술의 주관적 시점을 함께 보여 주고 있는 이 이야기들에서 동물들에게 가장 중요한 것은 '내가 누구인가' 하는 자기정체성 정립의 문제이다. 햄스터 땡꼴이는 "나"답게, 나는 쥐와 비슷하게 생긴 것 같지만 쥐가 아니라 햄스터다, 원숭이와 생김새와 행동이 비슷하다고 사람을 원숭이라고 부르면 좋겠느냐며, 햄스터로서의 제 정체성을 공포한다. 암탉 잎싹은, 알을 품어 병아리를 키우는 일에서 자신의 정체성을 발견하고, 그 일을 위해 일생을 싸워 나간다. 쥐를 엄마로 알고 크는 병아리 엄지는 생긴 것도 먹는 것도 다른 형제들과 다른 자신에 대한 의문을 품고 "난 누구일까? 어디서 온 것일까?"를 거듭 묻는다.

자기 정체성에 대한 질문은 다른 동물과의 관계를 통해 더욱 선명해지고 깊어진다. 올빼미와 나방과 다람쥐와 인간에 대한 의문 끝에 미가아는 박쥐인 자신의 모습에 눈을 돌린다. 버들붕어 하킴은 다른 종의 민물고기들과 합심해 외래종인 블루길과 베스를 물리치는 싸움을 통해 시공을 관통하는 자신의 존재 의미를 정립한다. 그리고 두칠이는 머피를 둘러싼 싸움개 헉크와의 갈등으로 흔들리던 중, 헉크와의 갈등을 야기하는 근본적 원인이 인간에게 있음을 깨닫고 자기 삶의 주인으로서 자신의

---

31) 햄스터 땡꼴이만 "나"라는 일인칭 서술을 사용할 뿐 나머지는 모두 삼인칭 서술이다.

위치를 인간과의 투쟁을 통해 찾아 나서게 된다.

그리하여 투쟁은, 자유와 독립과 자아 성취를 원하는 동물들이 반드시 거쳐야 할 통과 의례가 된다. 자신과의 싸움, 동족과의 싸움, 다른 종족과의 싸움, 자연과의 싸움, 인간과의 싸움은 이들이 자신의 목표에 도달하기 위해 치러야 하는 필수 조건이다. 『마당을 나온 암탉』에는 이 모든 싸움이 집약되어 있다. 양계장을 나오기 위해 자신과 싸워 가며 먹이를 거부하는 잎싹. 죽음의 구덩이에서 간신히 살아 나와 그리던 마당으로 들어서지만, 이번에는 같은 종족인 닭과 오리 들에게 거부당해 쫓겨난다. 우연히 발견하고 품은 알에서 깨어난 청둥오리인 초록머리를 지키기 위해 척박한 환경을 감수하며 안전한 곳을 찾아다닌다. 그리고 자신의 목숨을 노리는 족제비와의 기나긴 투쟁. 이 모든 전쟁을 거친 잎싹의 종착지는 자연의 섭리인 죽음이며, 그 죽음을 통해 초라한 허물을 벗고 파란 하늘을 훨훨 나는 영원한 환희의 순간이다.

"우리 햄스터들도 이름을 지키려고 애쓰는데 만물의 영장이라는 사람들은 자기 이름을 더럽히고는 그것을 깨닫지 못하는 것 같"다고 중얼거리는 햄스터, 시를 읊고 노래를 지어 부르는 물고기, 인간의 앞잡이가 된 동족보다는 차라리 앙숙지간인 고양이를 신뢰하는 개, 너구리의 주례로 열리는 오소리의 결혼식에 하객으로 참석하는 고슴도치와 박쥐…… 이들의 이야기에서는 동물로서의 그들의 삶에 대한 객관적이고 사실적인 관찰보다는 작가의 주관적인 감정 이입이 더 선명하게 드러난다. 이런 이야기를 동물들이 '독립적' 인 존재로 그려지는 유형으로 분류할 수 있을까? 그럴 수 있을 것이다. 왜냐하면 이 감정 이입은 인간이 자신을 동물보다 높은 곳에 있는 존재로 여기면서 일방적으로 자신의 것을 쏟아붓는 데서 생기는 것이 아니라, 대상 동물에 대한 철저한 관찰과 깊은 이해, 한없는 연민을 바탕으로 동물에게서 인간으로 흘러들어오는 감정의 교류에서 생기는 것이기 때문이다. 작가들은 심도 있는 자료 조사와 공부를 통해 "마치 내가 한 마리 버들붕어가 된 듯 민물고기의 세계로 빠져"[32] 들어 물고기 이야기를 쓰거나, 한약재 시장에서 "가슴에 구멍이 뚫린 채 꾸덕꾸덕 말라 가는 죽은 박쥐를 (…) 만나고 돌아오는데 (6월인데도) 한겨울 얼음물에 들어간 것처럼 온몸이 덜덜 떨"리는 경험을 한 뒤 "박쥐로 잠시 살다 온 듯한 느낌"[33]으로 박쥐 이야기를 써낸다. 분명히 작가 자신이 모델인 듯한 작중 인물에 대해서 햄스터보다 몇 천 배 몇 만 배 더 불쌍하다고 한다든가, 세상에서 제일 믿을 수 없는 건 사람이라고 내뱉는 등, 인간에 대한 자괴심 섞인 평가도 망설이지 않는다. 그러면서 그들은 각각의 동물들이 살아가는 삶 속으로 스며들어가 동물들의 기쁨과 슬픔, 희망과 좌절, 애정과 증오, 삶과 죽음을 대신 말해 주고 싶어한다. 인간을 위해서가 아니라 동물을 위해서. 그리고 다시 우리 인간을 위해서.

왜냐하면 "모든 생명은 하나로 이어져 있기 때문"[34]이다. 그리하여 내 주인은 바로 나 자신"[35]이라는 자각은 인간에게만이 아니라 모든 생명에

---

32) 박윤규, 『버들붕어 하킴』, 글쓴이의 말 중.
33) 이경혜, 『마지막 박쥐 공주 미가야』, 글쓴이의 말 중.
34) 박윤규, 같은 책, 176쪽.

게 유효하다는 인식을 바탕으로, 인간들이 모든 생명을 나 자신처럼 존중하기를 바라기 때문이다. 그럴 수 있다고 믿기 때문이다.

그런데 이 모든 말들이 정작 동화 속의 동물들에게는 어떻게 들릴까? 그들은 아무 말이 없다. 제 본성을 왜곡시켜 가며 인간성을 부여하는 우화적 이야기에서 비둘기와 참새는 불가능한 비행 훈련을 달게 받아 내며 작가와 독자를 즐겁게 만들어 준다. 무조건적인 충성을 요구하는 인간에게 개들은 기대 이상의 헌신을 바친다. 까치는 변함없는 소리로 지저귀며 기꺼이 하나의 기호가 된다. "우리가 우는 것과 사람들에게 좋은 소식 사이에 무슨 상관이 있는가"고 묻지 않는다. 양계장의 닭들은 지금 이 순간에도 품지 못할 알을 낳고 있다. 어떻든 주어진 삶을 묵묵히 살아가며 그들 자신에 대해, 그리고 우리 인간에 대해 보여 주고 있고, 그걸 아이들에게 알리는 방법에 대해서도 가르쳐 주고 있다. 이런저런 식으로 어린이문학을 풍요롭게 만들어 주는 동물들에게 우리는 정말이지 큰 빚을 지고 있다. 빚쟁이 인간! 이 빚을 어떻게 갚아야 할까.

---

35) 김우경, 『머피와 두칠이』. 117쪽.